2008年パリ・シンポジウム

源氏物語の透明さと不透明さ

場面・和歌・語り・時間の分析を通して

寺田澄江
高田祐彦
藤原克己 編

青簡舎

本書は、東京大学文学部・布施学術基金より刊行助成を受けたものである。

Paris symposium 2008,
Transparence and Opacity in *Genji monogatari*:
analyses of scenes, *waka,* narrative and time
Sumie TERADA, Hirohiko TAKADA and Katsumi FUJIWARA, Editors
SEIKANSHA Publishing Co., Ltd., 2009
ISBN 978-4-903996-18-9

開会の辞

イナルコ日本研究センター所長
アンヌ・バヤール＝坂井

イナルコ並びにイナルコ所属日本研究センターの源氏研究グループが、パリ第七大学とコレージュ・ド・フランスの協賛のもと、このように源氏物語をテーマに掲げる学術会議（シンポジウムあるいはワークショップ）に皆さんをお招きするのも既に五回目となりました。私ども源氏研究グループは、イナルコとパリ第七大学の研究者を中心として、すでに六年前から源氏の仏訳を進めています。この仏訳作業は研究活動を構成する両輪の一つで、もう一つがこのようなシンポジウムの形を取っています。第一回目の文学研究に出発し、二回目の作品を取り巻く時代またはコンテクスト、三回目の美術的側面、四回目の立教大学との共催での受容史といった道程を辿り、第一回、第二回の成果が『シパンゴ *Cipango*』の最新号に桐壺の巻の仏訳とともに発表されたばかりです。

いま「道程」という言葉を使いましたが、それは明確に一つの意味を持っています。それは現在定着されつつある学術政策――フランス国内のものであるばかりでなく、どうやら日本国内のものでもあるようですし、また多かれ少なかれ世界中どこでも同じ現象が起こっているようですが――、何はともあれ現今の短期的視野に立った学術政策とは相反する研究活動である、という点です。それはもちろん源氏物語の膨大なページ数、その宏大な世界がおのずから強いるものでもありますが、それはまたわれわれの選択の結果でもあります。この選択というのは長いスパンでの源氏に関する言説と知識の蓄積を目指す、といった、あるいは無謀かもしれない試みです。そしてその蓄積に、今日始まるシンポジウムが大きく貢献することは間違いありません。

このような目的を持つことは、この活動がパリで行われることにより、一層重要なものとなるのではないでしょうか。パリで、ということは、従来の源氏学の拠点から外れた場所で、ということを意味しています。そしてその距離こそが様々な分野、フィールド、ディシプリン、学閥に属する研究者の話し合いの場を提供することを可能にしていると私達は考えており、今後もそのような場を長く提供して行きたいと願っております。

最後になりましたが、遥々日本からお出で頂いた参加者の方々、レディファーストで河添房江さん、佐野みどりさん、そして土方洋一さん、高田祐彦さん、藤原克己さん、また遥々ではなくとも参加を快諾してくださったジャクリーヌ・ピジョーさん（Jacqueline Pigeot）、ダニエル・ストリューヴさん（Daniel Struve）に心からお礼申し上げます。また、この準備に大きく貢献してくださったエステル・レジェリ＝ボエールさん（Estelle Leggeri-Bauer）、ミシェル・ヴィエイヤール＝バロンさん（Michel Vieillard-Baron）にもあつくお礼申しあげます。そしてこれは皆さんお気づきだと思いますが、このシンポジウムの組織を完全に担ってくださった寺田澄江さんの活躍がなければ今日の開催にこぎつけることはありえませんでした。最後の最後に——重要性から言えば最初に述べるべきことですが、このご挨拶では最後になってしまいました——、国際交流基金、及び東芝国際交流財団の多大な御援助なしにはこのシンポジウムの実現が不可能であったことを申し上げ、この場を借りて深く感謝の意を表したいと思います。

◇目次

◇第三セッション《時間と語り》

ままに

◇総　括

◇第一セッション　《場面、視線、劇的空間》

垣間見
——文学の常套とその変奏——

ダニエル・ストリューヴ

うつせみの世にも似たるか桜花
咲くと見し間にかつ散りにけり
『古今和歌集』

一　垣間見の場面

穂積以貫が聞き取り、『難波土産』（一七三七年刊）に収録された近松の談話の中に『源氏物語』についての発言がある。近松はそこで『源氏』の一節を読んで人形浄瑠璃の本質をつかんだと語っている。末摘花の荒れ果てた屋敷を源氏が雪の朝立ち去ろうとする時の場面で、源氏が雪に埋もれた橘の木を随身に払わせると、隣の松がまるでそれに嫉妬するかのように自分で雪を払い枝を起こす、それを源氏が軽く驚きの気持ちで見るという場面である。近松はこれを読んで、「正根なき木偶にさまざまの情をもたせて見物の感をとらん」[1]、すなわち生きた役者に太刀打ちできる人形になるよう、命を吹き込むとはどういうことか分かったと言っている。

江戸時代中期のこの浄瑠璃論の一節は、何世紀にもわたり日本文学や他の分野に与え続けた『源氏物語』の影響を例証するものである一方、この物語が場面的性質を強く帯びている事も語っているように思われる。これと言ったところのない橘と松の競い合いの場面が劇作家としての近松を惹き付けたとするならば、「第三者の視線の下で、二人の人物（行為項 actant）が関係を結び合う」[2]という、場面構成の必須要素を全て備えているからだと言えよう。主人公光源氏の視線が、眼前の現実を情景（spectacle）として構築する訳だが、この景は不可視の境界によって観察者の彼とは引き離されている。この場合は、観察行為がはらむ虚構性が境界となる訳である。「場面は二つの構成要素、即ち、場面が措定する距離をおいた視線とこの視線によって囲い込まれた場との二つの間で揺れている」[3]。あるいはまた、清水好子氏が述べているように「作中に、ある人物の視線が設けられることによって、そこに展開されるのは必然的に視覚的な構造を持つ世界、すなわち、場面ということになる」[4]。

清水好子氏は「場面というのは、視覚的な世界の構造を持つ文章である。これが、源氏物語における、言語による具象化の方法の原型と言えよう」とか、「文章によって描かれる人間像について、その真実感が、こういう作中人物の視線を通した場面で、とくに強く発揮されているのは、注目すべきところである。」などと述べ、場面の連続のように構成されている『源氏物語』の視覚的要素の重要性に注目する。その中でも、視線から遮蔽物によって隠された情景を隙間を通して覗くという垣間見の場面が、凝集度の高さによって他を引き離して浮上して来る。垣間見というモチーフは『竹取物語』や『伊勢物語』の第一章段において既に見られるが、十世紀後半の物語の中で真に場面としての発展を見せる。かくしてこの場面は『うつほ物語』の中に多数現われ（三田村雅子氏によれば五一場面）[5]、『源氏物語』においても三三場面あり、内二四は男が女を垣間見る場面だとのことである。[6]今井源衛氏が言うように、このように多数集まっているのは物語に特有の現象ではあろうが、垣間見というモチーフが、取り外し自在な仕切り、屏風、几帳で広い室内空間を分割し、私的空間を守りきることが難しい平安時代の貴族の邸宅の日常の現実の在り方に根ざしていることに疑いはない。しかし一方、身分の高い貴族の女は夫または最も近い肉親以外に姿を見せることは禁じられているという現実もあった。源氏は自分の実の息子の夕霧が自分の妻達の顔、特に最愛の紫上の顔を見ることがないよう細心の注意を払っている。男が女を見るという垣間見の場面は、見る側に通常禁忌の侵犯という感情を多かれ少なかれ伴わせるものだが、身分や地位の違いによって、この一般的風習としての禁忌を犯すことが深刻な行為となる場合は、恐怖の感情をも呼び起こす。従って垣間見はあるべき振る舞いと色好みの衝動とが責めぎ合う磁場の中核をなしていると言えよう。色好みなる男は歌や音楽と同様に、世の諸相を知り、女を惹き付ける業を身につけなければならず、その意味において垣間見は、不名誉な噂を起こし恥をかくといったリスクを負っても学習しなければならないことの一つだったのである。

男の憧れの視線、あるいは観察者としての視線が女に注がれるという垣間見の場面は平安の恋愛文学の象徴的在り方を示しているのであり、エスペランザ・ラミレズ＝クリステンセンが宇治十帖についての分析の中で述べているように、[7]「ひと時の快楽がその反復を欲望させ、つかの間のイメージが完全なイメージに成長することを求め、不在が現前を呼ぶという」、この文学世界のクライマックスを形作り、動的な要素として機能しているのである。「この場は日本の物語や歌において反復されていて、愛の始まりを意味するモチーフの原型と見なせるものだと思える」ともこの研究者は述べている。垣間見の場合、読者は登場人物に同化することを求められる。そして登場人物の眼前に繰り広げられる場面を見、その情景に接し、感動を共に生きるのである。しかし同時に、景を見つめる登場人物を読者は見ている。垣間見は従って二重性をその本質とする。登場人物が見つめる場面と、その見つめている姿の場面を見るという、二つの場面の連合なのである。強い感動のひとときであるとともに、読者が批判的視点に立ち返り、自覚的な態度に戻るときでもある。その意味において、垣間見は物語が生み出す幻影とそのメカニズムを象徴的に表しているとも言える。

フランスの文学者ジャン・ルセ（Jean Rousset）は、その名高い研究において「始めての出会い」の場面を検討し、[8]古代から現代にかけて西洋の恋愛文学や演劇の重要な一要素として機能していたと論じ、最後に普遍的な性質が認められるのではないかと自問しているが、この垣間見の場面は、まさにその日本版と言えないだろうか。もちろん、目を見つめ合って「未知の二人が向かい合う」という、ヨーロッパ文学で見られる「始めての出会い」と、穴を通して覗き見するという、平安時代の恋物語によく現れる垣間見とは非常に異なっているが、恋愛文学中の地位や役割の類似も指摘できよう。この論文では、ジャン・ルセの研究にヒントを得て、『源氏物語』における垣間見の場面とその変奏を考察したいと思う。

二　空蟬と軒端の荻

『源氏物語』の「若紫」の垣間見の場面を分析した論文の中で、[9]『源氏』以前の物語は「未熟」であるという従来の評価に反対して、三田村雅子氏は『うつほ物語』の終りの方に見られる垣間見の場面は精緻なものになっていると強調し、特に源氏が北山で若紫を発見する場面が『うつほ物語』の一場面から相当な影響を受けていると指摘する。この場面で仲忠は父兼雅の行方不明になった妻とその子供、つまり自分とは異母兄弟の男の子を石作寺で見出し、ひそかに垣間見る。『源氏物語』と『うつほ物語』の二つの場面が意味するものは違っていても、『源氏物語』の作者は読者達がよく知っていた場面を使って、自分が愛する人に良く似た子供を源氏が発見するという場面をつくりあげたという理解である。

同様のことが一七歳の源氏が伊予介の妻、空蟬を垣間見るという巻三「空蟬」の場面についても言えないだろうか。その前の巻で彼女と一夜を過ごした源氏は義理の娘、軒端荻と碁を打つ空蟬を垣間見る。東の方を向き源氏の正面によく見える女と、その女からも隠れようとしているかのような女とを、半分開けた格子の隙間から垣間見るのである。この場面構成は十世紀末の作品、『落窪物語』の垣間見の場面と非常に良く似ている。この物語では落窪の君に目をつけた道頼が、好機をとらえて彼女を訪れるに先立って、選んだ女の容姿を確かめるために格子の狭間から覗く場面がある。そこで彼は正面に見える侍女あこきと、彼には後ろ向きになっているため顔立ちが分からない姫君を見る。

　君の見たまへば、消えぬべく火ともしたり。几帳、屏風ことになければよく見ゆ。向ひゐたるはあこきなめりと見ゆる、容体、かしらつきをかしげにて、白ききぬ、上につやゝかなるかいねりのあこめ着たり。添ひ臥したる人あり。君なるべし。白ききぬの萎えたると見ゆる着て、かいねりの張綿なるべし、腰より下に引きかけて、そばみてあれば、顔は見えず。かしらつき、髪のかゝりば、いとをかしげなり、と見るほどに火消えぬ。[10]

「空蟬」の垣間見の場合は、順序が逆になって顔の見えない方の女が先に描写されているが、類似の表現が多い。

　寄りて西ざまに見通したまへば、この際に立てたる屏風も、端のかたおし畳まれたるに、まぎるべき几帳なども、暑ければにや、うち掛けて、いとよく見入れらる。火、近うともしたり。母屋の中柱にそばめる人やわが心かくると、まづ目とどめたまへば、濃き綾の単襲なめり、何にかあらむ上に着て、頭つきほそやかに、ちひさき人の、ものげなき姿ぞしたる。顔などは、さし向かひたらむ人などにも、わざと見ゆまじうもてなしたり。手つき痩せ痩せにて、いたうひき隠しためり。今一人は、東向きにて、残るところなく見ゆ。白き羅の単襲、二藍の小袿だつもの、ないがしろに着なして、紅の腰ひき結へる際まで胸あらはに、ばうぞくなるもてなしなり。いと白うをかしげに、つぶつぶと肥えて、そぞろかなる人の、頭つき額つきものあざやかに、まみ口つきいと愛敬づき、はなやかなる容貌なり。髪はいとふさやかにて、長くはあらねど、さがりば、肩のほどきよげに、すべていとねぢけたるところなく、をかしげなる人と見えたり。[11]

二つの話では両方とも灯の光が女達の姿を照らしている。『落窪物語』においては灯は消えかかっていて、消えることによって男が見ている景も終ってしまう。女達の姿を構成するもの、衣、頭つき、髪、顔立ちについて双方ともに記述があり、既存のカノンに従っているように見える。『源氏物語』の作者が導入した違いは、女主人と侍女という関係ではなく、二人がおなじ身分だということだ。社会的身分の違いが（侍女のあこきは道頼のような高い身分の男の前で身を隠す必要はない）、性質と感性（心）の違いとに転換されている。そして、観察者の目は眼前の現実を穿つ鋭いものとなっている。

目をしつとつけたまへれば、おのづからそば目に見ゆ。目すこし腫れたるここちして、鼻などもあざやかなるところなうねびれて、にほはしきところも見えず、言ひ立つれば、わろきによれる容貌を、いといたうもてつけて、このまされる人よりは心あらむと、目とどめつべきさましたり。にぎはしう愛敬づきをかしげなるを、いよいよほこりかにうちとけて、笑ひなどそぼるれば、にほひ多く見えて、さるかたにいとをかしき人ざまなり。あはつけしとはおぼしながら、まめならぬ御心は、これもえおぼし放つまじかりけり。[12]

「にほひ多く見え」る軒端荻とは反対に空蝉は「にほはしきところ」がなく、その態度の全て、その手の動きに至るまで人目に立つまいとする気遣いに支配されており、顔立ちははっきりせず朦朧としている。視線を引き止めるようなものは何も無いはずだが、主人公の視線を「まづとどめ」る。義理の娘の華やかな美しさからは期待できない勝れた感受性と気品が感じられるのである。若い源氏は、この対極的に配置された二つのものの前で揺れるのである。『落窪物語』の場面と同様に、垣間見の場面に次いで垣間見た人のもとに忍んで行くという場面が重なる。道頼は物語の最後まで落窪君一筋であるが、若い源氏の方はあまりはっきりしない。源氏が近づいたことを悟った空蝉は衣と軒端荻を残して逃げてしまう。源氏は彼女と一夜を過ごすが、その単純さに失望して翌日手紙を送るということすらしない。軒端荻には何も隠しているものがなく、何も予告せず、何も期待させない。源氏が憧れる人を思い出させる若紫の美しさとは違って、「にほひ多し」と形容されるその美しさは光源氏を魅惑する力を持っていても長く心をとどめる力はない。源氏にとって軒端荻という女は、忍び込んできた源氏からのがれて、空蝉が衣とともに後に残した、抜け殻のようなものにしか過ぎない。

三　大君と中君

源氏の恋愛遍歴の皮切りとなる垣間見の場面はこの物語の核心的問題を象徴的に表していると言えるのかもしれない。『源氏物語』の最終部をなす宇治十帖においても同じように、二人の女を見る垣間見の場面がこれに響き合うように置かれている。薫は大君と中君を二度垣間見ている。初めは「橋姫」の夜の場面で、霧を通して、時々現れる月の光によって二人を見る。灯火が月の光に変り、光景全体に宇宙的な広がりを与えている。若い娘達の名は示されておらず、あまり区別がつかない。空蝉を直ちに見分けることができた源氏とは違い、薫は彼女達に以前に会ったことがないので認識することはできない。しかし、非常に薄められているとはいえ、空蝉と義理の娘の間にあった二極性がここにも存在しているようである。大君はより落ち着いて感受性が細やかで、中君はより明るく魅力にあふれる人柄のようである。

内なる人一人、柱に少しゐ隠れて、琵琶を前に置きて、撥を手まさぐりにしつつゐたるに、雲隠れたりつる月の、にはかにいと明くさし出でたれば、「扇ならで、これしても、月は招きつべかりけり」とて、さしのぞきたる顔、いみじくらうたげににほひやかなるべし。添ひ臥したる人は、琴の上に傾きかかりて、「入る日を返す撥こそありけれ、さま異にも思ひ及びたまふ御心かな」とて、うち笑ひたるけはひ、今少し重りかによしづきたり。[13]

二人の姉妹の対比は「椎本」にある二つ目の垣間見の場面で再度取り上げられ、対比構造がさらに強調される。ここは真夏の昼間の場面で、宇治に涼みに来た薫は姉妹がいる仏間に接した所にいる。姉妹は更に奥まった部屋に移って行くが、仕切りの後ろにいて鍵穴から二人を覗いている薫からは見えている。

まづ一人立ち出でて、几帳よりさしのぞきて、この御供の人々の、とかう行きちがひ、涼みあへるを見たまふなりけり。濃き鈍色の単に、萱草の袴のもてはやしたる、なかなかさまかはりてはなやかなりと見ゆるは、着なしたまへる人からなめり。帯はかなげにしなして、数珠ひき隠して持たまへり。いとそびやかに、様体をかしげなる人の、髪、袿にすこし足らぬほどならむと見えて、末まで塵のまよひなく、つやつやとこちたう、うつくしげなり。かたはらめなど、あならうたげと見えて、にほひやかに、やはらかにおほどきたるけはひ、女一の宮も、かうざまにぞおはすべきと、ほの見たてまつりしも思ひくらべられて、うち嘆かる。

またゐざり出でて、「かの障子は、あらはにもこそあれ」と、見おこせたまへる用意、うちとけたらぬさまして、よしあらむとおぼゆ。頭つき、髪ざしのほど、今すこしあてになまめかしきさまなり。「あなたに屏風も添へて立てはべりつ。急ぎてしものぞきたまはじ」と、若き人々、何心なく言ふあり。「いみじうもあるべきわざかな」とて、うしろめたげにゐざり入りたまふほど、気高う心にくきけはひ添ひて見ゆ。黒き袷一襲、同じやうなる色あひを着たまへれど、これはなつかしうなまめきて、あはれげに、心苦しうおぼゆ。髪、さはらかなるほどに落ちたるなるべし、末すこし細りて、色なりとかいふめる、翡翠だちていとをかしげに、糸をよりかけたるやうなり。紫の紙に書きたる経を、片手に持ちたまへる手つき、かれよりも細さまさりて、痩せ痩せなるべし。立ちたりつる君も、障子口にゐて、何ごとにかあらむ、こなたを見おこせて笑ひたる、いと愛敬づきたり。[14]

この垣間見の場面は動的であるという点で他の垣間見と全く違っている。二人の姉妹の対照性もしっかりと描き出されている。一方は立って呑気に外を見ている。もう一人は座っていて、見られるかもしれないということを常に心配して膝行で移動する。父の喪に服している二人は殆ど同じ服装だが、同じ服装が二人に与える印象は違っている。妹は生き生きと活発で、姉は控えめで優雅である。妹を形容するのは前の垣間見の場面で使われていた「らうたし」と「にほひやか」である。同様に、前の垣間見において姉を形容していた「よしづきたる」は「よしあらむ」という言葉に受け継がれている。そして、姉が戸の陰にすぐさま隠れてしまうとすれば、妹は微笑んだ顔のまま、少し留まって薫が隠れている方を向く。物語のこのエピソードはこの微笑を休止符として、省略の技法によって終り、その後どうなったかは語られていない。「空蟬」の若い源氏と同様に、薫はこの場面で二つの感情の動きを生きることになる。

彼は妹の美貌に心を奪われるが、それはまさにその顔立ちが、子供の時一度見たことがあり、彼に取っては理想の美を体現し、彼があこがれ続け、しかし手の届かない存在、女一宮を思い出させるからなのであった。しかし同時に、姉の控えめな優雅さには「あはれげに心くるしうおぼゆ」るのであった。巻末の場面であり、薫を感動させるだけで、筋の上の展開につながっている訳ではないが、この場面は助川幸逸郎氏が述べているように、二人の姉妹と薫の関係を読者に視覚的に提示してくれるのである。[15]

四　竹河

二人の姉妹を垣間見るという場面は「竹河」にもある。

玉鬘の娘達の評判の美しさに惹かれて集まる若者の中に、優柔不断の薫と、姉娘に夢中で恋患いに悩む男の喜劇的な役回りを演ずる夕霧の息子、源氏の孫の蔵人少将がいる。「竹河」はそれ自体で完備した物語世界のミニチュアをなしているもので、玉鬘の娘達の結婚話の進展状況、世に出始める薫、蔵人少将の執拗な求婚とが交互に語られて行く。この物語のクライマックスの一つは、桜の花盛りの場で繰り広げられる垣間見である。玉鬘の息子の一人を訪ねて来た少将が、家に誰もいないと思い、廊に通じる戸を開けると、中庭の向こう側で姉妹が碁を打っているのが見える。

> をりしも例の少将、侍従の君の御曹司に来たりけるを、うち連れて出でたまひにければ、おほかた人少ななるに、廊の戸のあきたるに、やをら寄りてのぞきけり。かううれしき折を見つけたるは、仏などのあらはれたまへらむ

に参りあひたらむここちするも、はかなき心になむ。夕暮の霞のまぎれは、さやかならねど、つくづくと見れば、桜色のあやめもそれと見分きつ。げに散りなむのちの形見にも見まほしく、にほひ多く見えたまふを、いとど異ざまになりたまひなむこと、わびしく思ひまさらる。若き人々のうちとけたる姿ども、夕ばえをかしう見ゆ。右勝たせたまひぬ。「高麗の乱声、おそしや」など、はやりかに言ふもあり。「右に心を寄せたてまつりて、西の御前に寄りてはべる木を、左になして、年ごろの御あらそひの、かかれば、ありつるぞかし」と、右方はここちよげにはげましきこゆ。何ごとと知らねど、をかしと聞きて、さしいらへもせまほしけれど、うちとけたまへるをり、ここちなくやは、と思ひて、出でて去ぬ。またかかるまぎれもやと、蔭に添ひてぞうかがひありきける。[16]

この二人の姉妹が碁に興じているというモチーフは、この巻を「空蟬」に直結させるが、性質は非常に違っている。少将の視線には源氏の視線が持つ鋭さがない。感激で一杯の少将は妹がいることにすら気づかないほどである。「左側」にいるから姉だと見当をつけたようだが、彼の視線は真っ直ぐ姉娘の方に注がれる。しかし物が見えづらい状況なので、見えるのは着物の色だけである。信者が仏を拝むような憧れ方を表現する為に使われている仏教用語は、ここでは恐らくアイロニカルな効果をねらったものと思われる。さらに、春という季節と桜というモチーフが選ばれているということで、もう一つの一連の垣間見、源氏が幼い紫を発見する「若紫」の場面、源氏の妻女三宮を柏木が垣間見し、彼女に恋し、不倫の関係を結び、若くして死ぬという「若菜上」の破滅的な垣間見、そして夕霧が野分のおかげで義理の母紫上の美しさを一生に一度垣間見、美しい桜の花にたとえる「野分」の場面にこの景が重ねられることになる。桜の花は確かに「にほひ多き」美しさの象徴ではあるが、はかなさ、落胆が待っているつかの間の時の象徴でもある。そして「竹河」ではこの様相が強調されているのである。姉娘は桜の花に結びつけられるが、それはアイロニーを伴って別の男に彼女が嫁ぐことに関係づけられ、求愛者の少将は彼女から永遠に遠ざけられてしまう。この間の心情は、作中人物の心に浮かんだものなのか語り手のコメントなのかよく分からない「散りなむのちの形見」という歌の句の引用によって表現されている。ここで使われている「かたみ」という言葉は、不在の人が残した物を指し示し、別離を鋭く表現する言葉である。暗がりと霞にもかかわらず、若い娘の「匂い多き」美しさは少将の視界を覆い尽くすが、それは彼の満たされぬ思いと喪失感をかき立てるばかりである。少なくとも言えることは、この人物には殆ど何も見えていないということだ。見えるものがあるとすれば不可避のものとして現われている別離だけなのである。

視線の欠落を強調するかのように、垣間見の場面そのものの前に、内裏へ赴く前に二人の碁を見に来た母親や侍女達や兄弟達の目に映る二人の娘の場面が置かれているが、ここでは二人ははっきりと分けて描かれている。そしてここでも二人の女の美しさを対照的に表現するというこれまで見て来た方法が使われている。

桜の細長、山吹などの、をりにあひたる色あひの、なつかしきほどに重なりたる裾まで、愛敬のこぼれおちたるやうに見ゆる、御もてなしなども、らうらうじく、心はづかしき気さへ添ひたまへり。今一所は、薄紅梅に、御髪、色にて、柳の糸のやうにたをたと見ゆ。いとそびやかになまめかしう、澄みたるさまして、重りかに心深きけはひはまさりたまへれど、にほひやかなるけはひは、こよなしとぞ人思へる。[17]

姉の方は「愛敬のこぼれ落ちたるやうに」「にほひやかなるけはひ」などと描写され、妹の方は「いとそびやかになまめかしう澄みたるさま」「重りかに心深きけはひ」と描写され、二人の美しさが対照的に表現される。このように精緻な景を我が物にできなかった少将は、読者よりも劣った立場にいると言うことができるだろう。しかも彼は、派手さはないけれどより深い妹の美しさを軽んじ、結婚する事が可能であったかもしれない彼女には見向きもせず、自分の手には届かない姉にのみ夢中になるという判断力の無さをさらけ出している。この態度は源氏や薫のそれとは趣が異なるものでもあった。妹は内裏で成功し、姉のほうは上皇の后と難しい関係になってしまうのだが、妹娘の賢さを浮き彫りにし少将のおろかさを強調するかのような滑稽を帯びた失敗譚にふさわしい結末であろう。

また、碁というモチーフの使い方の違いも考えるべきであろう。「空蟬」では、源氏が去った後も遊びは続く。彼は勝負が終わるところを見ず、終る音を聞いて、空蟬のところへ忍んで行こうと思うのである。従って、碁は垣間見の場面と物語の筋運びとを繫ぐ役割を負っている。それに対して「竹河」の場合は、碁は少将が来る前に始まり、垣間見の場面の途中で終り、憧れの人を見つめる視線をそらさせてしまうのである。垣間見の場面はその後に続く出来事につなげられることなく、宙に浮かび、少将はその反復を求めてむなしく待ち続けるのである。

五　結論

垣間見は平安物語の様々な特質を集約している。十世紀末の作品に既に精度を高めて成長している例が見られるが、『源氏物語』においては様々なヴァリエーションを通じてあらゆる可能性が追求されている。垣間見の場面が何度も回帰して来るということは、それが心につきまとってやまないものだからであり、ヴァリエーションの諸形態は対比と対応からなる複雑な関係を生み出して行く。初めに登場する空蟬のモチーフが示すように、目に映る物は目には映らない物を呼び起こし、場面にある物は場面にはない物を想像させて行く。これと関連して考えれば、これまで述べて来た様々な場面は、もう一つの場面、一般に垣間見の場面に入れる事がためらわれている「御法」の場面と向き合わせた時に、その真実の意味を獲得すると言えるのではないだろうか。この場面で源氏の息子は紫上の「むなしきから」を見つめるために几帳の帷子を引き上げる。

御几帳の帷を、もののたまふまぎれに、引き上げて見たまへば、ほのぼのと明けゆく光もおぼつかなければ、大殿油を近くかかげて見たてまつりたまふに、飽かずうつくしげに、めでたうきよらに見ゆる御顔のあたらしさに、この君のかくのぞきたまふを見る見るも、あながちに隠さむの御心も思されぬなめり。「かく何ごともまだ変らぬけしきながら、限りのさまはしるかりけるこそ」とて、御袖を顔におしあてたまへるほど、大将の君も、涙にくれて、目も見えたまはぬを、しひてしぼりあけて見たてまつるに、なかなか飽かず悲しきことたぐひなきに、まことに心まどひもしぬべし。御髪のただうちやられたまへるほど、こちたくけうらにて、露ばかり乱れたるけしきもなう、つやつやとうつくしげなるさまぞ限りなき。火のいと明きに、御色はいと白く光るやうにて、とかくうち紛らはすことありしうつつの御もてなしよりも、いふかひなきさまにて、何心なくて臥したまへる御ありさまの、飽かぬところなしと言はむもさらなりや。なのめにだにあらず、たぐひなきを見たてまつるに、死に入る魂の、やがてこの御骸にとまらなむ、と思ほゆるも、わりなきことなりや。[18]

生前の「匂ひ」に満ちた美しさよりも勝り、完璧な光輝く美しさの中に閉じられて、紫上は隠れることなく夕霧の視線にさらされている。源氏はその場にいて、これまでし続けて来たように夕霧の視線を禁じようとはもはや思わない。ヴェールがかかったように目を覆う涙も視界を妨げることができない。垣間見の場面においては境界を構成する遮蔽物を通して禁じられた情景が現われるのだが、この境界はここでは消滅し、もう一つの境界、死と生との間に横たわる境界が現われる。夕霧は悲しみのあまり、自分の魂が紫上の体に留まることを望み、この境界を越えようとする。[19]

「うつせみの世にも似たるか桜花咲くと見し間にかつ散りにけり」という『古今集』にある歌が示すように、「匂ひ」に満ちた桜の花は「うつせみの世」、すなわち「はかない人の世」というイメージのシンボルになっている。紫上の遺骸は、物語の冒頭におかれた空蟬というモチーフを見事に形象化する存在と化しているのである。

〔注〕

1 『近松浄瑠璃集』下（日本古典文学大系五〇、岩波書店、一九五九年）三五六頁
2 Philippe Ortel, *La Scène, Littérature et Arts Visuels*, Marie-Thérèse Mathet éd., L'Harmattan, 2001, p. 7.
3 前掲書、一九七頁
4 清水好子『源氏物語の文体と方法』（東京大学出版会、一九八〇年）六〇頁
5 三田村雅子「若紫垣間見再読―だれかに似た人」（『源氏研究』八号、二〇〇三年四月）
6 川上規子「源氏物語における垣間見の研究」（『日本文学』四六号、一九七六年）
7 "The Operation of the Lyrical Mode in the *Genji Monogatari*", *Ukifune, Love in the Tale of Genji*, Andrew Pekarik ed., Columbia University Press, New York, 1982, p. 33.
8 Jean Rousset, *Leurs Yeux se rencontrèrent. La scène de première vue dans le roman*, Librairie José Corti, 1984.
9 前掲論文（注5）
10 『落窪物語・住吉物語』（新日本古典文学大系、岩波書店、一九八九年）二三頁。文章を読みやすくするため漢字・仮名遣いを少し改めた。
11 『源氏物語』一（新潮日本古典集成、新潮社、一九七六年）一〇七～一〇八頁
12 同、一〇九頁
13 同六（一九八二年）二七五～二七六頁

14 同、三五〇～三五一頁

15 「椎本巻末の垣間見場面をめぐって―〈女一の宮〉とのかかわりを軸に―」（『中古文学論考』十七号、一九九六年一二月）

16 同上、二一八～二一九頁

17 同、二二四頁

18 同、一一六～一一七頁

19 「死に入る魂の、やがてこの御骸にとまらなむと思ほゆる」という一節の解釈は新潮日本古典集成に従った。ただし日本古典文学全集は「死に入る魂」を紫上の魂とする（『源氏物語』四、小学館、一九七四年、四九六頁）。

垣間見で見る理想的な美と死との関係は「蜻蛉」で薫が女一宮を垣間見る場面にも示されている。光源氏や紫上などの冥福を祈った「御八講」が六条院で行われ、その五日目、法事が終わったすぐ後、一度だけ子供の時に見て忘れられずにいた女一宮の姿が薫の目の前に現れる。真夏の場面で、女一宮は「白い薄物」を着て氷を弄んでいる。その後、薫は妻に女一宮が着ていたと同じ着物を着せ同じように氷を持たせて、その幻影を絵であるかのように楽しむ一方、物足らなさを感じた。そして亡くなった大君、人の妻になった中の君、自分のものにならず失踪した浮舟など離れていった女性達のことを思い出し、また回りにいる女性達のことを思い内省し、物のはかなさを悟るのであった。それは巻末で蜻蛉という「あるか、なきかの」虫のイメージに結晶し「ありと見て手にはとられず見ればまた行方も知らず消えし蜻蛉」という薫の和歌で表現される。

源氏物語と源氏能のドラマトゥルギー
――謡曲「野宮」との比較――

河添　房江

一　野宮の時空

中世の能の世界では、『源氏物語』を典拠とした源氏能がいくつかあるが、ここでは賢木巻で六条御息所と光源氏の別れを語る野宮の段と、それに取材した謡曲「野宮」の詞章を比較検討してみたい。そこから物語の人物達の視点と思いが生動的に連鎖し、関係をなし、それを契機に長編化していく『源氏物語』のあり方を照らし返し、「源氏物語の場面、語り、時間」というテーマに迫っていきたいのである。謡曲「野宮」のシテ（六条御息所）を中心とした削ぎ落とされた語りの求心性が、多彩な視点をかかえる『源氏物語』と異質であればあるほど、その異質なものどうしを突きあわせ、その裂け目から見えてくるものが、物語の場面そのものの読み解きにも示唆的であると考えるからである。

＊

葵巻で六条御息所の生霊事件により正妻の葵の上を失った光源氏は、御息所と疎遠となり、それを悲観した御息所は、娘の斎宮と伊勢に下ることを決意する。賢木巻で六条御息所は、嵯峨野の野宮で精進潔斎の日々を過ごしていた。伊勢への出発もいよいよ今日明日と迫った頃、光源氏は野宮を訪れる。

はるけき野辺を分け入りたまふよりいとものあはれなり。秋の花みなおとろへつつ、浅茅が原もかれがれなる虫の音に、松風すごく吹きあはせて、そのこととも聞きわかれぬほどに、物の音ども絶え絶え聞こえたる、いと艶なり。（賢木 八五）[1]

古来、名文の誉れ高く、池田亀鑑の『新講源氏物語』により、五十四帖中の圧巻と讃えられた賢木巻の野宮の場面は、従来その文章の魅力がさまざまに分析されたところである。たとえば野村精一氏は[2]、この文章についての古注釈や近代諸家の解釈を網羅的に紹介しながら、「たしかに単なる叙述でもなければ、描写でもない」とされ、『源氏物語』独自の〈表現空間〉の自立を説くなど、秀抜な論述を展開されている。とはいえ、ここでこの名文の機微を今更ながらなぞることに眼目があるわけではない。野宮の別れの段と、それに取材した謡曲「野宮」の詞章を比較検討することで、物語の人物達の視点と思いが生動的に連鎖し、関係を成していくあり方を照らし返して、『源氏物語』の場面、語り、時間といった問題を考えようとするものである。

まずは謡曲「野宮」という搦手からの分析をはじめる前に、賢木巻の野宮の場面の語り出しでいくつか確認しておくべき点があろう。野宮の情景とは、語り手が影のように光源氏に付き従い、その主人公の移動とともに切り取られた光景である。したがって、同時進行の時間と臨場感あふれる空間をさながら現出させて、読み手の心を作中世界にたくみに引きずり込む世界となっている。敬語の消失が、語り手と主人公との心理的な距離の切りかえを示して、語り手が変幻自在に作中人物に同化したり、異化して離れる〈語り〉となっているのである。

一つの場面が心情形容詞で締め括られる場合、心情形容詞がそもそも主語を明示する必要がないことで、作中人物から語り手、読み手にまで、心情が自然に共有される仕組みがあることが、高田祐彦氏により注目されている。[3] この条の「いとものあはれなり」も光源氏、語り手にとどまらず、その場面に居あわせた者なら誰しも味わうような感情を表出しているとみるべきであろう。そして、この一連の文章が、歌ことばや引歌をなめらかに繋げつつ、視覚・聴覚両面から揺さぶりをかけるような艶麗な文章であることも、これまで指摘された通りである。

忘れてはならないのは、この野宮の光景を通過することによってのみ、光源氏が六条御息所の内面に真に同化できる段階に至りえたという点である。そもそも光源氏が野宮に赴いた直接の動機は、六条御息所の心情や世間態をはばかって、別れの挨拶をするべく重い腰を上げたというものであった。

もとの殿には、あからさまに渡りたまふをりをりあれど、いたう忍びたまへば、大将殿え知りたまはず。たはやすく御心にまかせて参でたまふべき御住み処にはたあらねば、おぼつかなくて月日も隔たりぬるに、院の上、おどろおどろしき御なやみにはあらで例ならず時々なやませたまへば、いとど御心の暇なければ、つらきものに思ひはてたまひなむもいとほしく、人聞き情けなくやと思しおこして、野宮に参でたまふ。九月七日ばかりなれば、むげに今日明日と思すに、女方も心あわたたしけれど、立ちながらと、たびたび御消息ありければ、いでやとは思しわづらひながら、いとあまり埋れいたきを、物越しばかりの対面はと、人知れず待ちきこえたまひけり。
（賢木　八四―八五）

生霊事件を経た今となっては、六条御息所に多少の未練はくすぶり続けても、恋の高揚の気分とはおよそほど遠い儀礼的なニュアンスでの訪問であったはずである。

ところが、嵯峨野に分け入り、野宮の光景を目の当たりにすることで、

火焼屋かすかに光りて、人げ少なくしめじめとして、ここにもの思はしき人の、月日を隔てたまへらむほどを思しやるに、いといみじうあはれに心苦し。（賢木 八六）

という六条御息所の内面を思いやっての光源氏の心の痛みが喚起されたのである。つまり野宮の文章の起動力といったものが、醒めきった二人の関係を転換しつつ、恋の挽歌ともいうべき世界にまで一挙に昇華させてしまうのである。光源氏にとっても、どう展開するのか不透明で予断を許さなかった別れの場面が、最後には六条御息所の手をとらえて別離を惜しむまでに、読者をも納得させる形で物語に刻まれたともいえよう。

二 世阿弥と源氏能

以下、賢木巻と謡曲「野宮」を比較検討していきたいが、その前提として、「源氏能」とよばれる謡曲全般の位相について、少し説明を加えておきたい。中世に至って、連歌とともに新しいジャンルを形成し、文化メディアともなった能が、さまざまな古典文学を典拠（いわゆる本説）として成立したことは、よく知られている。世阿弥がそのドラマトゥルギーを明らかにした作能書『三道』の冒頭でも、能における本説の重要性は次のように説かれている。

一、まづ、種・作・書、三道より出でたり。一に能の種を知る事、二に能を作る事、三に能を書く事なり。本説の種をよくよく安得して、序破急の三体を五段に作りなして、さて、言葉を集め、節を付けて、書き連ぬるなり。

（三五二）[4]

謡曲は、さまざまな古典文学をプレ・テクストとした、まさに引用の織物といえるだろう。したがって謡曲はプレ・テクストによる分類が試みられており、その一つの分類が『源氏物語』に取材した、いわゆる源氏能である。現行曲は、「葵上」「浮舟」「源氏供養」「須磨源氏」「住吉詣」「玉鬘」「野宮」「半蔀」「夕顔」の九曲で、その他に金剛流のみ復曲した「落葉」を加えると十曲になる。[5]

同じ『三道』の「三体作書条々」には、女性をシテとした女体の能について次のようにあった。

一、女体の能姿、風体を飾りて書くべし。これ、ことに舞歌の本風たり。その内におきて、上々の風体あるべし。あるいは女御・更衣、葵・夕顔・浮舟などと申したる貴人の女体、気高き風姿の、世の常ならぬかかり・よそほひを、心得て書くべし。（中略）かやうなる人体の種風に、玉の中の玉を得たるがごとくなる事あり。かくのごときの貴人妙体の見風の上に、あるいは六条の御息所の葵の上に憑き祟り、夕顔の上の物の怪に取られ、浮舟の憑物などとて、見風の便りある幽花の種、逢ひがたき風得なり。（三五九―三六〇）

ここでの「葵・夕顔・浮舟」は、『源氏物語』を代表する女君というより、多くの注釈の指摘するように、すでに世阿弥の時代に存在した謡曲名に取材したものと理解するべきだろう。「女御・更衣」にしても、『源氏物語』を読破せずとも、手取り早く中世の源氏梗概書か、それすら読まなくても、誰しもが知っている桐壺巻の冒頭の「いづれの御時にか女御・更衣……」を踏まえたと考えられる。

「葵上」「夕顔」「浮舟」が、世阿弥が『三道』をあらわした時代にすでに上演されていたとすれば、それは高貴な女性が物の怪にとり憑かれるというドラマティックな物語展開が、作能に適していたという理由に拠るものであろう。そして世阿弥は、こうした憑き物の物語展開に「幽花の種」、つまり〈幽玄〉の美の源泉を見いだし、女能の無上の境位とする。世阿弥は、当時の源氏学の大家であった二条良基との交流のなかで、『源氏物語』の根源にある〈花〉や〈景気〉や〈幽玄〉の本質を会得していったらしい。[6]

能の歴史からいえば、源氏能の現行曲は、この『三道』で示された作能の理論により添うかのように、制作されていった。「野宮」は、「葵上」と同じく六条御息所の物語に取材し、その後の物語を補っている。また「玉鬘」は、「浮舟」の流離する女君のシテを手本として作能されたという。さらに夕顔の怪死という夕顔物語の後半を本説とする「夕顔」に対して、その前半の五条での光源氏と夕顔の出会いを脚色した「半蔀」が生まれたのである。廃曲ではあるが、「朝顔」も、やはり夕顔巻前半の光源氏と中将の君の贈答歌や、朝顔斎院の物語を軸に構成されている。

世阿弥が次男元能に相伝した『三道』が、それ以降の源氏能の制作に直接およぼした影響は明らかにはしがたい。それにしても、『三道』が作能の本質を衝いたものであっただけに、『源氏物語』を本説として次々に能が制作されていった際に、結果的にその理論に添う作曲が多くなったといえるだろう。

さて謡曲「野宮」の粗筋は、次のようなものである。晩秋の嵯峨野の野宮の旧跡を訪れた旅の僧（ワキ）の前に、一人の女（シテ）があらわれる。女は、九月七日の今日は、かつて光源氏がこの野宮に六条御息所を訪れた日であるといい、二人の再会や、六条御息所が娘の斎宮と伊勢に下ったことを旅の僧に語り、みずから六条御息所と名乗って黒木の鳥居の陰に姿を消す。後場といわれる後半では、車に乗ってあらわれたシテの御息所が、賀茂祭での葵の上との車争いの屈辱を述べて、妄執を晴らしたまへと願う。光源氏の来訪を回想しての舞の後、御息所は再び車に乗って出ていったが、はたして火宅（迷界）を出たのかと結ばれる。謡曲「野宮」は、「葵上」と同じく六条御息所の物語に取材しながら、生霊事件を削ぎ落とすことで、それを主題化した「葵上」よりも幽玄の境地をきわめたといえるだろう。

三　謡曲「野宮」の受容と解体

続いて謡曲「野宮」の詞章を具体的にとりあげ、その搦手から『源氏物語』の世界への反照を試みていきたい。もとより謡曲「野宮」に限らず、『源氏物語』の中世的な享受である源氏能の位相を、そのまま『源氏物語』の本文と比較することは、短絡といわれかねないかもしれない。謡曲と『源氏物語』を根幹から縛り上げる作品の内在律は、私たちが想像する以上に異質である。源氏能にあって、中世源氏梗概書や源氏寄合など連歌寄合の反映なども無視できないところであろう。

とはいえ、異質であることが、両者の関係を考える上でかならずしもマイナスに作用するわけではない。むしろ重要なのは、異質なものをぶつけた際に、その裂け目から見えてくるものである。謡曲と『源氏物語』の共通項より、その相違点こそ、かえって物語表現の深層への読みを思いがけず喚起したり、両者のドラマトゥルギーの差異といったものを浮かび上がらせてくれるのである。源氏能と、その逆光のなかに浮かび上がる『源氏物語』のシルエットに、ここでは目を凝らしてみたい。

謡曲「野宮」では、「はるけき野辺」以下の名文は、前シテである御息所の語り、サシに続くクセの段に取り込まれている。

さてしもあらぬ身の露の、
光源氏のわりなくも、忍び忍びに行き通ふ、
心の末のなどやらん、
また絶え絶えの中なりしに、
つらきものには、さすがに思ひ果て給はず、はるけき野の宮に、分け入り給ふ御心、いとものあはれなりけりや、
秋の花皆衰へて、虫の声もかれがれに、松吹く風の響きまでも、さびしき道すがら、秋の悲しみも果てなし。かくて君ここに、詣でさせ給ひつつ、情をかけてさまざまの、言葉の露もいろいろの、御心の内ぞあはれなる。
(野宮　三〇三)[7]

右の条では、最初に「言葉の露」の詞章が近接して出ていることに注意したい。すでに土方洋一氏により、賢木巻の野宮の文章については、《野辺—浅茅—秋風》という歌ことばの観念連合が前提にあり、そこには「露」が欠落していることが注目されている。そして後の二人の贈答では「露」がキーワードとなり、読者とともに共有されている情感を確認するというのである。[8]ところが、謡曲「野宮」では、「露」の表現をすぐに入れて、『源氏物語』の背景にあった歌ことばの観念連合を前面に押し出す詞章となっている。その意味で、『源氏物語』より、謡曲「野宮」の詞章の方が表現の透明度は高いともいえよう。

また、謡曲で「き」という事実譚をしめす助動詞に枠取られながら、賢木巻の野宮の段が語り直されるとき、光源氏の心情なり行為は再解釈されて、『源氏物語』の文脈とはかけ隔たった様相を呈してくる。ここでは生霊事件にはふれず、野宮の光景を目の当たりにしたことによりはじめて、「いとものあはれなり」「などて今まで立ちならさざり

りつらむ」「いといみじうあはれに心苦し」といった光源氏の心情が喚起されたという、賢木巻の表現の機微もみとめられない。前にも述べたように、六条御息所に対して、「いといみじうあはれに心苦し」と思う光源氏の心の痛みは、野宮の光景を実見してこそ生じる感慨であったはずである。謡曲では、いってみれば光源氏の心情が安定した意味づけを得ており、物語表現そのものが孕む起動力の問題や、生霊事件を経由した六条御息所と光源氏の愛憎関係の真実はひとまず切り離されている。

つまり賢木巻では、六条御息所から「つらきもの」に思われたくないという消極的であった光源氏の心情が、謡曲では反転している。謡曲「野宮」では、「つらきものには、さすがに思ひ果て給は」ぬ光源氏の愛の不変や持続性が、前提となっている。そこから野宮に赴いた光源氏の情愛の深さが、「いとものあはれなりけりや」と、詠嘆の意味の「けり」までも付されて評されるのである。ここでも、『源氏物語』の野宮の光景、それは六条御息所の内面の心象風景でもあろうが、それを「いとものあはれなり」と光源氏が感受する賢木巻とは、文脈の主体客体が逆転している。光源氏の義務的な別れの訪問ではなく、最初から感動的な愛の再会が期待されていたというのが、謡曲「野宮」の一貫した主張であった。

『源氏物語』にあって、読者にとっての作中人物の不透明性、作中人物相互の他者了解の不可能性があるとされるが、[9]謡曲「野宮」では、シテ御息所から見た光源氏は、変わらぬ情愛を注ぐ了解可能な人物となっている。やや図式的な言い方をすれば、賢木巻が他者了解の不可能性を前提に、二人の再会と別離が語られているのに対して、謡曲「野宮」の場合は他者了解の可能性を前提として、再会が語られているといえる。それは続くアイの語りの「御息所の御事は、さすがにつらき事には、おぼしめし果て給はぬ御方なれば」(野宮　三〇六)により、シテ御息所の光源氏への理解が外側から保証されていることからもうかがえる。

謡曲「野宮」のドラマトゥルギーが、『源氏物語』といかに違うところを目指していたか、それは冒頭に掲げた賢木巻の野宮の段の起筆に続く一節、

ものはかなげなる小柴垣を大垣にて、板屋どもあたりあたりいとかりそめなめり。黒木の鳥居どもは、さすがに神々しう見わたされて、わづらはしきけしきなるに、神官の者ども、ここかしこにうちしはぶきて、おのがどちものうち言ひたるけはひなども、ほかにはさま変りて見ゆ。火焼屋かすかに光りて、人げ少なくしめじめとして、ここにもの思はしき人の、月日を隔てたまへらむほどを思しやるに、いといみじうあはれに心苦し。

（賢木　八五―八六）

を踏まえた謡曲の、

ものはかなしや小柴垣、いとかりそめの御住まひ、今も火焼屋のかすかなる、光はわが思ひ内にある、色や外に見えつらん、あらさびし宮所、あらさびしこの宮所。

（野宮　三〇二）

の条に注目すれば、さらに鮮明になろう。

たとえば、「火焼屋」なる野宮という神域の異空間を特徴づける言葉は、賢木巻では続く「かすかに光りて」に引きとられて、あたりの暗さもしのばせ、夕暮時という時の推移を刻む表現になっているとされる。[10] 一方、謡曲「野宮」では、「今も火焚き屋の幽かなる」は「光はわがおもひ内にある　色や外に見えつらん」に引きとられ、「愛憎の境を退いてなお残る余炎をじっと見つめる女の哀切の極み」[11] とされるモノローグに転化している。

仮に賢木巻の「火焼屋かすかに光りて」を、六条御息所の内面世界の喩的な景とし、いまだくすぶり続ける光源氏

への情炎の余韻をみるにしても、それを感受する主体は、あくまで語り手と同化した光源氏のはずであった。

ところが謡曲「野宮」では、「小柴垣」や「黒木の鳥居」など、浄域である野宮に特徴的な景物がくり返されるとしても、それはシテ御息所の心と眼により統括され、再構成された情景にほかならない。『源氏物語』では、光源氏の心と眼を切り離しては、野宮の情景を語ることはできないのとは逆に、謡曲「野宮」では、語り手と同化した光源氏の視点はことごとく消し去られる運命にあった。光源氏が露をはらって野宮を訪れる所作さえも、シテの御息所が代わってするのである。

しかも謡曲「野宮」において、排除される視点は光源氏にとどまらない。「ものはかなげなる小柴垣を大垣にて」の直前に「睦ましき御前十余人ばかり、御随身ことごとしき姿ならで」と姿をあらわした従者達は、「御供なるすき者ども」という表現に引きとられ、野宮の閑雅な雰囲気や光源氏の「ことにひきつくろひたまへる御用意」に同化的な視線をめぐらしていた。

また「神官の者ども、ここかしこにうちしはぶきて、おのがどちものうち言ひたるけはひなども、ほかにはさま変りて見ゆ」と叙されるように、光源氏一行に異和的な視線を投げかけたであろう神官達による文脈の揺りもどし、あるいは光源氏の来訪を取り次ぎ、また二人の間を取りなす六条御息所づきの女房達の同化的な視点や思惑などを、賢木巻では逸することはできない。

従者達、神官達、女房達がそれぞれに刻む光源氏や六条御息所への心理的距離の偏差が、野宮の段に独特の遠近感と精彩をあたえていることは否めないであろう。清浄閑寂な野宮を舞台に、二人をとり巻く同化と異和の視線がさまざまに交錯するなかに、独自の厚みある物語世界が招きよせられたのである。

ところが野宮の段をいろどる多彩な視点は、謡曲のシテ御息所の語りの求心性にあっては、すべて消去されてしまう。それらは半ば陶酔的にくり広げられるシテの回想の中では、行き場を失うほかない。

そこに物語と謡曲というフォルムの差異を考える必要があるにしても、『源氏物語』のいかに多様な視点を削ぎ落とすことで、謡曲のドラマトゥルギーが成り立っているか、という点であらためて注意を喚びさますのである。謡曲は、互いに相対化しあう多彩な視線をあたかも夾雑物であるかのように捨象し、六条御息所のモノローグとして再構成することで、シテ御息所の半生をそれなりに統括することに成功している。謡曲「野宮」は、その限りで純化され、完結したドラマとなりえた。

しかし、謡曲の受容と解体の相から、『源氏物語』を反照するならば、人物像を孤として抽出するだけでは事足らない、この物語の場面構造が浮かび上がってもくる。人物群像がいかに絡みあい映発しあうか、その相関を不透明性を含めて分析する視点が必須となるだろう。

四　娘斎宮の物語と時間構造

さて謡曲「野宮」では、野宮の別れの後の伊勢への下向がクセの段の続きで語られている。

その後桂の御祓ひ、

白木綿かけて川波の、身は浮草のよるべなき、心の水に誘はれて、行方も鈴鹿川、八十瀬の波に濡れ濡れず、伊勢まで誰か思はんの、言の葉は添ひ行く事も、ためしなきものを親と子の、多気の都路に赴きし、心こそ恨みなりけれ。

（野宮　三〇三―三〇四）

伊勢下向にあたって、斎宮一行は桂川で禊をすることになるが、謡曲「野宮」では、その禊で流す「白木綿」を付けた榊の物象を、そのまま伊勢に流れていく六条御息所の喩的なイメージに転じている。六条御息所の担う流離の主題が、「白木綿」のメタファーに凝縮されたともいえよう。

ちなみに賢木巻では、神事にもちいる「木綿」は、光源氏から桂川の禊に赴く斎宮への贈歌に付けられて、物語に姿をみせていた。

十六日、桂川にて御祓へしたまふ。常の儀式にまさりて、長奉送使など、さらぬ上達部も、やむごとなくおぼえあるを選らせたまへり。院の御心寄せもあればなるべし。出でたまふほどに、大将殿より例の尽きせぬことども聞こえたまへり。「かけまくもかしこき御前にて」と、木綿につけて、「鳴る神だにこそ、

八洲もる国つ御神もこころあらば飽かぬわかれのなかをことわれ

思うたまふるに、飽かぬ心地しはべるかな」とあり。いと騒がしきほどなれど、御返りあり。宮の御をば、女別当して書かせたまへり。

国つ神空にことわるなかならばなほざりごとをまづやたださむ

（賢木　九一—九二）

この斎宮との贈答は、光源氏の好きごころを少なからず刺激し、不透明ながらも斎宮との後の物語を予感させる伏線となっている。結果からいえば、斎宮は都にもどり、六条御息所の死後に光源氏の養女となり、冷泉帝のもとに入内した。時に光源氏の好き心をそそりつつも、立后して後代の読者から秋好中宮と呼ばれる存在である。それだけに、この歌の贈答のエピソードは、その後どう展開するかは不透明ながら、六条御息所の物語の枠を踏みこえてしまうも

のを含んでいる。

六条御息所との野宮の別れは、娘斎宮と光源氏の物語を新たに紡ぎ出す発端ともいえるが、こうした経緯は謡曲「野宮」では一切ふれられることはなかった。「白木綿」は六条御息所のイメージであり、そのまま六条御息所が逢坂の関の向こうから光源氏に返歌した、

鈴鹿川八十瀬の波にぬれぬれず伊勢まで誰れか思ひおこせむ　（賢木　九四）

を詞章とした「鈴鹿川、八十瀬の波に濡れ濡れず、伊勢まで誰か思はんの」に繋げられている。

続くアイの語りも、六条御息所が斎宮の母として野宮に過ごし、ともに伊勢に下向するという表層的な説明に終始している感がある。シテ御息所が母として、いかに斎宮の生に繋がるのか、あるいは母から娘に受け継がれ、展開するテーマとは何かといった側面を、謡曲「野宮」は顧みてはいないのである。[12]

さらに、「白木綿かけて川波の」に続く「身はうきくさの寄るべなき、心の水に誘はれて」の詞章は、『古今集』雑下の小野小町の歌「わびぬれば身を浮き草の根を絶えて誘ふ水あらばいなんとぞ思ふ」を引歌することで、六条御息所の流離とそこに隠された罪のイメージをかもし出している。そして、この罪のテーマがやや隠微ながら揺らめきはじめたことは、後場で、車争いの事件を前面に出し、「報いの罪」や「妄執」に言及することと呼応している。

さらには、末尾のキリの「生死の道を　神は享けずや」の詞章とも響きあうことになろう。「や」を疑問の係助詞として、六条御息所の救われがたさを婉曲に表現していると考えても、やはり愛執の罪は無限に循環し、神の救済から疎外され、「生死の道」（六道）を流転する境涯に繋がるのである。

もとより『源氏物語』でも、六条御息所の伊勢下向には、罪と流離の主題が深くまつわりついていた。しかしなが

ら、両者の違いをいうならば、『源氏物語』では六条御息所の罪と流離を、光源氏の罪と流離の構図の偏差として描き出そうとしている。たとえば須磨に光源氏が自主的に退去したことを知って、伊勢の六条御息所が須磨の光源氏に宛てて送った消息は次のようなものであった。

「なほ現とは思ひたまへられぬ御住まひをうけたまはるも、明けぬ夜の心まどひかとなん。さりとも、年月は隔てたまはじと思ひやりきこえさするにも、罪深き身のみこそ、また聞こえさせむこともはるかなるべけれ。

うきめ刈る伊勢をの海人を思ひやれもしほたるてふ須磨の浦にて

よろづに思ひたまへ乱るる世のありさまも、なほいかになりはつべきにか」と多かり。（須磨　一九三―一九四）

六条御息所のこの消息には、都から境界的世界に放逐されるかのように退いた者どうしの共感がまぎれもなく息づいている。両者の贈答のなかで唯一、共感の上に成り立ったものとされる所以でもあろう。[13]と同時に、この消息は「罪深き身」や「伊勢をの海人」など、六条御息所の伊勢人としての罪と流離の強烈なまでの自覚に裏うちされており、光源氏の罪と流離のテーマとは、重複するかにみえて、伊勢／須磨という偏差の構図を描き出している。伊勢下向を逡巡する心理は、光源氏の須磨行きを考えあぐねる心理と通底している部分もあるだけに、罪と贖罪をめぐる主題の差異も際立つのである。

六条御息所は清浄な禁域である伊勢に越境したのではなく、仏教の論理からは「罪深き所」（澪標巻）とされる伊勢に封じられたのであり、その罪深さが、第二部でふたたび物の怪となる六条御息所の魂を助長したともいえる。そのように伊勢下向と須磨下向が、罪と流離のテーマにおいて、相照らしあう関係に置かれたことが、六条御息所のこの消息により、はからずも明らかにされるのである。須磨／伊勢の空間の偏差を刻むことによって、罪にしても流離にしても、六条御息所と光源氏それぞれに固有な主題を組成するといい換えてもよい。

栄華から流離へ、そして流離から栄華へ、人間の生の流転の相のなかに、連鎖する人間関係を形づくり、かつそれぞれの主題の独自性を証していく、それが『源氏物語』の時間構造のすべてではないにしても、大きな特徴の一つということもできる。光源氏と六条御息所、そして光源氏と斎宮、あるいは六条御息所と斎宮など、男女や親子という連鎖する人間模様を分厚く描き出しているのが、この物語の世界なのである。

そのように分厚い人間関係は立体的な物語の流れをつくり出し、逆にその多様な関係に繋ぎとめざるをえない個々の人物の生といったものを、より確固たる形で物語にひき据えていく。野宮の別れの場面にしても、光源氏・六条御息所それぞれの人生史の忘れがたき一齣として物語に組み込まれ、またそうであることで長編化する物語の時間のなかに真に位置づけられるとともに、新たな物語を起動しているのである。

最後に謡曲「野宮」と『源氏物語』の時間構造の相違について、まとめておきたい。『源氏物語』が基本的に流れ去る時間、継起的時間とか歴史的時間を主題化する世界であるのに対して、「野宮」の詞章には、

長月七日の今日はまた、昔を思ふ年々に、人こそ知らね宮所を清め、御神事をなすところに、（野宮　三〇一）

とあり、また、

また車に、うち乗りて、火宅の門をや、出でぬらん、火宅の門（野宮　三一〇）

で結ばれている。ここでの「や」の係助詞の意味は、詠嘆、疑問、反語説があるが、そのなかでは、疑問説の「火宅の門をはたして出たのであろうか」が有力なように、シテの六条御息所は、火宅の門を出て成仏したというより、輪

廻する迷妄の世界にまだ居続けている。そして来年の「長月七日」になれば、六条御息所の霊はまた野宮にやって来て、光源氏の愛の思い出に生きる「御神事」をするという趣である。その意味において、謡曲「野宮」のシテの御息所は、愛の思い出に生きる存在であって、永劫回帰の時間、循環する時間に生きているともいえる。つまり流れ去る時間、継起的時間を生きるほかない『源氏物語』の登場人物とは一線を画することになるのである。

謡曲「野宮」のシテ御息所を中心とした削ぎ落とされた語りの求心性から、『源氏物語』に視線をめぐらすとき、あらためて六条御息所を軸とした複雑多岐な人間関係や、時間構造といったものに眼を開かざるをえないのである。

〔注〕

1　『源氏物語』の引用は、小学館の新編日本古典文学全集による。
2　野村精一「野宮のわかれ」『講座源氏物語の世界　第三集』（有斐閣、一九八一）。
3　高田祐彦「饗宴の楽しみ」『源氏物語と和歌世界』（新典社、二〇〇六）。
4　『三道』の引用は、小学館の新編日本古典文学全集の『連歌論集・能楽論集・俳論集』による。
5　『源氏物語』を意識しながら、独自の筋を展開した「紘上」「胡蝶」を加えると、源氏能は現行曲において十二曲となる。さらに廃曲である「朝顔」を加えることもできる。
6　二条良基は、稚児時代の世阿弥の美を、『源氏物語』の紫の上や女三の宮にもなぞらえた人物である。
7　謡曲の引用は、小学館の新編日本古典文学全集の『謡曲集①』による。
8　土方洋一「『源氏物語』と歌ことばの記憶」（『国語と国文学』二〇〇八・三）。
9　藤原克己「「袖ふれし人」は薫か匂宮か」『源氏物語と和歌世界』（新典社、二〇〇六）。
10　清水好子「源氏物語の作風」『源氏物語の文体と方法』（東京大学出版会、一九八〇）。

11 筒井曜子『女の能の物語』(淡交社、一九八八)。
12 母の主題の捨象は、六条御息所物語を本説とするもう一つの謡曲「葵上」も同様であろうが、その点については、別稿を参照されたい(「謡曲「葵上」と六条御息所」『性と文化の源氏物語』筑摩書房、一九九八)。
13 小町谷照彦「光源氏の「すき」と「うた」」『源氏物語の歌ことば表現』(東京大学出版会、一九八四)。

記憶のかたち、かたちの記憶

——源氏物語と絵画——

佐野　みどり

はじめに

物語と記憶という問題設定において、筆者の第一の関心事は、記憶という行為や記憶の内容ではなく、記憶があらかじめ想起の誘発を組み込んでいることにある。記憶ディスクールは、読者―作者の〈想起・回収〉の回路を明確に立ち上げる仕掛けだが、ここで問題にするのは、イメージを介在させる記憶の想起と回収のあり方である。

絵画テクストには、構図やモチーフなどに見る〈図様伝統〉というかたちの記憶、あるいは画家の出自や時代を示す〈様式〉という記憶の枠が潜在する。物語内に布置された記憶の描出という記憶ディスクールと画面に刻印されたさまざまに異なる階層の記憶。物語の絵画は、刻印と解釈のたえまない往還運動によって、画家と読者（語りと読み）双方の記憶ストレージに新たな記憶をストックすることだろう。あるものは共同知として、あるものは極私的な知として、再び記憶の総体のなかにひそやかに、しかし確実に、あるいは漠然と、位置を占めるのだ。記憶の想起と回収の連続体、それこそがテクストなのだ。

筆者は二〇〇六年のINALCO源氏シンポジウムにおいて[1]「絵画の語り、物語の語り――筋の外、あるいは記憶の欲望」と題して、『源氏物語』の絵画化作品の〈語り〉の構造について報告をした。それは時間、視点、語り手、筋の外の四つの視角から、十二世紀の絵巻、「徳川五島本源氏物語絵巻」の〈読み〉と〈語り〉の往還を読者論の立場で論ずるものであったが、〈記憶の欲望〉と副題につけながらも、記憶のトポスを十分には議論することができなかった。それを補完するものとして、本稿では『源氏物語』というICONと記憶の問題を『源氏物語』の絵画化の領野で、考えていきたい。

まず、筆者の立ち位置を明らかにするために、〈筋の外〉（これはアリストテレースの『詩学』からの用語である）と、物語のダイナミクスとしての〈記憶の先望性〉について、簡略に再論しておきたい[2]。

一　筋の外、記憶の先望性

「源氏物語絵巻・鈴虫第二段」を見てみよう（図1）。画面対角線上を右下から左上に、笛を吹く公達、源氏、冷泉院と居並ぶこの人物配置は暗示的だ。ここで想起すべきは、夕霧は柏木未亡人・落葉宮から柏木遺愛の笛を贈られ、その笛を奏でた夜、彼の夢中に柏木が現われ、源氏はその笛をいずれ相承すべき者へわたすと夕霧から預かる（横笛帖）という、笛をめぐるプロットの運びである。しかも鈴虫帖の、この絵巻に選択された場面の直前、六条院女三宮の御殿での十五夜の宴で、源氏は横笛の名手だった柏木の死を哀傷するのであった。そもそも鈴虫帖とは、月に誘われ古き友を想う白楽天の詩の一節「三五夜中新月色、二千里外故人心」を本説に、亡き柏木を物語の文脈に呼び戻し、琴の音と鈴虫の響きを往還しつつ止揚されていく源氏の柏木への赦し、すなわち読者の柏木への愛惜を確認する帖と

図１　源氏物語絵巻　鈴虫第二段（五島美術館）

いえるだろう。[3] とするならば、ここで笛を吹く人物は夕霧と見なすことが適当だ。つまり、ほぼ画面中央の源氏を中心に、冷泉院と夕霧が並んでいる構成なのである。そして、画面対角線上に並ぶという、このきわめて暗示的な人物配置が、源氏との親子関係によっていることに気づくならば、この場面の読みは読者にとっていっそうスリリングで興味深いものとなる。世間に秘された親子（源氏／冷泉院）、世間が認める親子（源氏／夕霧）が同一線上にしかも対照的に配置されているのであるから。

ここまで解読した『源氏物語』愛読者は、源氏のもう一人の息子、薫の不在に気づくに違いない。すなわち、冷泉院、源氏、夕霧という描かれたモチーフが、描かれなかったモチーフ、薫を呼び出すのである。言い換えるならば、描かれたものは不在のモチーフを徴付けるのである。横笛を吹く夕霧は、画面外へと視線を向けている。読者は、まず笛から柏木を想起し、そして対角線上の源氏親子のならびに、薫を想起することになろう。何も描かれていない銀の大気に、読者は薫（世間に認められていながら、実は本当の息子ではない息子）を幻視するのではないか。ここでは画面の対角線上に、源氏をめぐる――兄弟相互の関係は希薄な、それゆえに源氏との関係から物語の結構に深く関与するキャラクターを付与された――子供たちが並んでいるのである。

さて、画家は、源氏と冷泉院を鏡に映りあうかのごとき一対として描いている。このような対をなす配置を鏡像関係と考えるならば、画面にはこのほか二組の鏡像が見られる。左端の柱のもとにいる公達は、廊ではなく畳のある庇の間にいることから、螢兵部卿宮と見なされるが（廊と屋内は、源氏・冷泉院・兵部卿宮／夕霧・若き公達という二つのグループの階層化を示すものでもある）、彼は廊にいる真ん中の公達（おそらくは拍子をとっている）と鏡像関係にあり、そして、夕霧と笙を吹く公達も鏡像関係となっている。つまり、源氏と冷泉院の緊密な鏡像を、やや緩んだ二組の鏡像が囲むのである。

ところで、公達の奏楽は、冷泉院と源氏との対面という絵巻第二段詞章に取られた箇所には語られていない。原典では、女三宮御殿で源氏のもとに蛍兵部卿宮をはじめ公達が集まり管弦の遊びをする→そこに冷泉院からの誘いの文が届く→源氏は公達を引き連れ院のもとに参上する（その冷泉院へと向かう牛車のなかで、若き人々が笛などを吹く）→冷泉院と源氏の対面、という展開である。つまり絵巻詞章が切り取る物語切片の外側にある情景（女三宮御殿での琴の遊び、牛車での笛の遊び）が、画面内に持ち込まれ、重層化してこの冷泉院邸での十五夜の宴が、――しかもよりホモソーシャルな様相が強められた情景として――顕ち現れているのだ。

絵巻を読む読者は、目前の詞章や画面のみならず、〈物語の記憶〉をも楽しむのである。場面性で切り取られた情景は、必ずしも一点の時間に集中するものではない。画面はさまざまな切片の情景と統括的筋との融合として認知され、記憶の基テクスト（原典）参照という〈読み〉のなかで、この静態的な画面は物語内の時間の広がりを獲得する。とりわけ、このような抄出本的な物語絵巻の場合、詞章はその〈切り取り〉という作業によって、その前後を読者に徴付ける作用をもつことに注目すべきだ。絵巻の絵はそのような詞章の〈切り取り〉前後をも情景として含みうるのである。

ところで、アリストテレースは『詩学』において、悲劇の構成要素としての筋（出来事の組み立て）の重要性を説き、それが合理的で必然的であること、つまり良き悲劇は筋に偶然の介入を排除すべきことをいうが、その一方で筋は筋の外をも含むことを認めている。[4] すなわち、神の意志や運命といった非合理で偶然に支配される要素を筋から排除すべきことを繰り返し説いてきたアリストテレースは、そのように排除されねばならなかった要素を劇は含みうるとするのである。舞台上で繰り広げられているドラマは、舞台外（劇の外＝筋の外）をも観客に想起させるということであろう。すなわちアリストテレースは、作劇法としてテクストの表層から作者が注意深く排除した非合理が、観客の見る行為のなかで呼び出され、舞台内の出来事と縒り合わされてドラマが完成すると説くのだ。アリストテレースのいう〈筋の外〉の語は、きわめて魅力的、示唆的だ。

絵巻詞章は、原典から物語切片を切り取り、読者のまえに場面を提示する。画面は原則的にその詞章が切り取る情景を絵画化するが、時には詞章の前後のシーンからもモチーフを取り込む。読者は、詞章を読み画面を眺め、原典の記憶を回帰させつつ、眼前に広がる物語世界を読み、解釈するのである。絵巻は一個の完結した作品世界を自立させながらも、同時にその外側に基テクストである物語の全貌を付帯させているのだ。つまり読者は目の前にある絵巻を（読者が捉えている）物語の全体像のなかで解釈するのである。時には、筋を先取りして、読者の期待に整合する解釈もつくりだすだろう。

提示された筋、眼前に繰り広げられる筋は、その外側を参照しつつ味わわれる、これは絵巻と原典という限定的関係では当然のことともいえる。しかし、このことをあらためて物語と読者の相互作用のなかで問い返しておきたい。

絵巻の読みにおいて、参照される筋の外側とは、必ずしも原典にしかと書記されたものに限らないのだ。たとえば先に眺めた「鈴虫第二段」。原典、「鈴虫帖」が白楽天の漢詩を本説とするところまで、読み取る読者にとって、筋の外側とは原典『源氏物語』が作品世界の背後に屹立させている物語の〈景の全体像〉[5] そのものであるだろう。むろんこれは読者ひとりひとりにとって微妙に異なるものだ。よく訓練された読者、深い教養のある読者、そして限られた知識の読者。そして参照系としての時代や階層の集合知。

解釈は、また記憶へと回収され、〈景の全体像〉に含まれていく。増殖し収集される記憶という〈景の全体像〉は、固い存在ではない。時には参照される記憶自体が、じつは持ち得なかった記憶ということもあるだろう。〈景の全体像〉という〈筋の外〉には、記憶の再生産によって誘発される連想、すなわち期待も含まれるからだ。そのような、期待という未来へのベクトルと記憶（狭義の）という過去へのベクトル、想起と回収の螺旋運動こそが、物語のダイナミクスなのだとしたら、記憶の欲望を掘り起こし構造化（秩序化）することが〈語り〉であるといってもよい。そのような期待をも含む、すなわちさまざまなレヴェルの想起の畑地は〈記憶の先望性〉という鋤によって耕されるのである。

ここで前提としているのは、読者の読みのなかで（読みの度ごとに）創出される作品というテクストの開かれであり、読者の読みがその度ごとに創出する〈テクストの語り〉という生きた語り観だが、そのような読者の〈読み〉によって姿を現す作品（テクスト）は、作品内のもろもろの筋と読者の期待と記憶という筋の外が縒り合わされ現前するものなのである。

二　想起と回収

さて、『源氏物語』を対象に、物語と絵画という議論を開くとき、おそらく次の二つのアプローチがあるだろう。ひとつは、『源氏物語』に内在する絵画の問題、そしてもうひとつは、『源氏物語』が創出する絵画の問題だ。前者は、たとえば、「絵にかかまほし」といった語り手の声の響き[6]や一幅の絵画を絵解きするかのような情景叙述[7]、あるいは読者が了解している特定の絵画的イメージの引用など、〈絵画〉のフレーミングで対象化される言述についての探求であり、そして後者は、そのような絵画的領域[8]をかかえこんだ『源氏物語』がいかに絵画化されているか、という物語の二次的創出の考察である。前者においては、物語手法としての、記憶ディスクールに占める絵画的イメージの効用が問題となるだろうし、後者では、いかにして源氏絵の図様定型が形成され蓄積し、参照系としての『源氏物語』のICON化が完成するのか、あるいはそのICON化、換言するならば、共通認識（common identity）化がどのようなポリテクスを生み出したかが、昨今の刺激的な源氏論議のなかでも大きな論点となっているのだ。

しかし筆者がとくに強調しておきたいことは、内在と二次創出といったこの腑分けが、静態的な物語観を前景化するものではないということだ。物語に内在するイメージの析出は、〈読み〉のたびごとに形をなす、すなわち、言葉を変えるならば〈掘り起こされるもの〉であり、それはさまざまな知の蓄積、解釈のトポスの変容とともに姿をかえて現れうるものである。読者が持ち得る参照系の負荷によって、それは常に新たな掘り起こしを提示することになるだろう。物語に内在する〈絵画の語り〉は、予型論的な参照系の組み込みだけではなく、〈いま・ここ〉の読者の記憶（文化的、社会的、個人的記憶）へともアクセスするものである。先に記憶の先望性について述べたように、〈読み〉が創出する〈語り〉、それこそが〈いま・ここ〉の読者が手中にしている〈物語の語り〉なのであり、記憶の欲望の構造化ゆえに、物語の創出はおわることのないダイナミクスのもとに位置するのである。

二―一　物語に内在する絵画

まず〈物語に内在する絵画〉の例として、「絵にかかほまし」という言葉の用例を眺めてみよう。

【史料二】絵にかかまほし

夕顔

をかしげなる侍童の姿好ましう、ことさらめきたる、指貫の裾露けげに、花の中にまじりて朝顔折りてまゐるなど、絵にかかまほしげなり。

朝顔

二条院に夜離れ重ねたまふを、女君は戯れにくくのみ思す。忍びたまへど、いかがうちこぼるるをりもなからむ。「あやしく例ならぬ御気色こそ心得がたけれ」とて、御髪をかきやりつつ、いとほしと思したるさまも、絵にかかまほしき御あはひなり。

手習

薄鈍色の綾、中には萱草など澄みたる色を着て、いとささやかに、様体をかしく、いまめきたる容貌に、髪は五重の扇を広げたるやうにこちたき末つきなり。こまかにうつくしき面様の、化粧をいみじくしたらむやうに、赤くにほひたり。行ひなどをしたまふも、なほ数珠は近き几帳にうち懸けて、経に心を入れて読みたまへるさま、絵にもかかまほし。

なお、次の用例も「絵にかかまほし」の外延である。[9]

初音

殿の中将の君、内の大殿の君たち、そこらにすぐれてめやすく花やかなり。ほのぼのと明ゆくに、雪やや散りてそぞろ寒きに、竹河うたひてかよれる姿、なつかしき声々の、絵にもかきとどめがたからむこそ口惜しけれ。

……

美しい侍童が指貫の裾を露にぬらして朝顔を手折って持ってくる（夕顔）、あるいは、女三宮との結婚で夜離れすることの多い源氏が、もの怨じする紫の上をいとおしくその髪をかきやる（朝顔）、そして出家し姿を変えてもなお美しい浮舟の読経に余念ない様子（手習）、あるいは雪明りの夜明け、若き貴公子たちのそれぞれ心を惹く声々で竹河謡い歩く姿（初音）。これらの情景を絵に描き取りたいほどだと作者は記す。読者は自らの仮想の絵画フレームにこれらの情景を枠どり、そのあはひ・情緒を鮮明に捕捉することであろう。「絵にかかまほし」というフレームの提示が、物語の情景を印象的に押し出すのだ。

絵というレトリックを用いた形容は、〈絵のようだ〉といったより端的な比喩（直喩）もある。[9]

【史料二】絵にかきたるやう

須磨

住まひたまへるさま、言はむ方なく唐めいたり。所のさま絵に描きたらむやうなるに、竹編める垣しわたして、石の階、松の柱、おろそかなるものからめづらかにをかし。山がつめきて、聴色の黄がちなるに、青鈍の狩衣、指貫、うちやつれて、ことさらに田舎びもてなしたまへるしもいみじう、見るに笑まれてきよらなり。

胡蝶

竜頭鷁首を、唐の装ひにことごとしうしつらひて、楫取の棹さす童べ、みなみづら結ひて、唐土だたせて、さる大きなる池の中にさし出でたれば、まことの知らぬ国に来たらむ心ちして、あはれにおもしろく、見ならはぬ女房などは思ふ。中島の入江の岩陰にさし寄せて見れば、はかなき石のたたずまひも、ただ絵に描いたらむやうなり。……

前者は、光源氏の須磨流謫生活を語る箇所である。わびしい田舎住まいを唐めくと規定したうえで、「絵に描きたらむやう」と記す源氏の住まいは、竹垣、石の階段、松の柱と具体的な細部が言挙げされている。ここは、『白氏文集』の「五架三間なり新たなる草堂、石の階松の柱竹編める垣」を本説とする叙述なのだが、それは同時に当時の屛風や襖（障子）に描かれていた絵画のイメージを引き出すものでもあったはずだ。まず「住まひたまへるさま、言はむ方なく唐めいたり」と大まかに全体観が語られ、ついで垣や階段、柱へとまなざしは細部へと移っていく。あたかも目の前に須磨の情景を描いた名所絵を置いているかのような、視点の動きである。「唐めいたり」に注目し、『白氏文集』との関係からいうならば、ここは、十一世紀の貴重な世俗画遺例である「山水屛風」（東寺伝来、現京都国立博物館）のごとき画面を想起してもよいだろう。[10]

後者は少々厄介だ。まず、ここで叙述される情景の枠が唐絵的な異国性＝ハレの風流を指向していることを押さえておこう。「絵に描いたようだ」とされるのは直接的には池泉の石組みの美であり、それは必ずしも唐絵ではない。よってここでの絵のフレームは、まず唐絵がもつ目なれぬ晴れやかさへの意識を引き出しつつ、その上に唐絵やまと絵を問わず描かれた池泉のイメージ——たとえば先の「山水屛風」唐装人物がいる草庵の前に広がる池泉、あるいは十二世紀と時代が下るが四天王寺伝来の「扇面法華経」巻六第九扇「渡殿の女房」といった画面——を重ね合わせる二重の想起を読者に要請するものだ。

史料二が、読者に委ねられた絵画の想起であるとするならば、史料三は、読者と作者の間でイメージはぶれることがない。明示的な絵画のフレームだ。

【史料三】絵画の引用

桐壺

このごろ、明け暮れ御覧ずる長恨歌の御絵、亭子院の描かせたまひて、伊勢、貫之に詠ませたまへる、大和言の葉をも、唐土の詩をも、ただその筋をぞ枕言にせさせたまふ。

蛍

くまの物語の絵にてあるを、「いとよくかきたる絵かな」とて御覧ず。小さき女君の、何心もなくて昼寝したまへる所を、昔のありさま思し出でて、女君は見たまふ。

総角

在五が物語描きて、妹に琴教へたるところの、「人の結ばん」と言ひたるを見て、いかが思すらん、すこし近く参り寄りたまひて、「いにしへの人も、さるべきほどは、隔てなくこそならはしてはべりけれ。いとうとうとしくのみもてなさせたまふこそ」と忍びて聞こえたまへば、いかなる絵にかと思すに、

蜻蛉

あまたをかしき絵ども多く、大宮も奉らせたまへり。大将殿、うちまさりてをかしきども集めて、まゐらせた

まふ。芹川の大将のとほ君の、女一の宮思ひかけたる秋の夕暮に、思ひわびて出でて行きたるかたをかしう描きたる、をいとよく思ひ寄せらるかし。

これらは、特定の物語絵を道具立てとし、絵画的イメージに託して作中人物の心情を語るものだ。たとえば、蜻蛉帖では、読者が持つ〈芹川大将の物語絵〉の記憶を引き出し、薫の女一宮への思慕を芹川大将の女一宮への切ない恋を類比として効果的に語りだす。また蛍帖では、〈くまの（またはこまの）物語〉の絵を眺める紫の上に、昼寝している少女の幼い無心さを、光源氏に引き取られ頑是無かった頃のわが身に重ねあわさせ、少女から現在に至る思いを述懐させるのである。読者もまた若紫帖で鮮烈に物語世界にデビューした幼い若紫の姿をまざまざとイメージし、物語の時間を往還することとなる。まことに見事な語りだ。

以上、見てきたごとく、『源氏物語』に内在する絵画の設定は、レトリックとしてきわめて有効に機能している。たとえば史料三の総角の例は、まさしく匂宮＝業平という話型の開示に他ならないし、同・蛍の場合も〈くまの物語絵〉が触媒となって紫上の思いがくっきりと輪郭付けられた方向へと舵を切っていく、いわば媒介変数だ。従来、このような物語に内在する絵画については、その物語手法、すなわち絵画的イメージが物語世界の描出に如何に有効に使われているかが議論されてきている。いっぽうで『源氏物語』の絵画化ということに対しては、とりわけ源氏絵の図様定型がどのように形成され蓄積し、源氏物語のICON化が完成するのかが論点となってきた。また、近年ではそのような共通認識がいかなる政治性を生み出したかということにも注目が集まっている。[11]

しかし今回筆者が特に強調したいのは、『源氏物語』に布置された〈絵画の語り〉こそが源氏絵という『源氏物語』の二次的創出に、伝統と創造との葛藤を与え続けた力源のひとつであるという点だ。物語作者が当時の読者と〈協働〉して組み込んだ〈絵画の語り〉は、後世の読者たちの〈読み〉によって掘り起こされ、新たなイメージを結び、また記憶されていく。物語の創出は、終わることのないダイナミクスのもとに位置するのである。

二―二　イメージの揺らぎと拓き

たとえば、サウスオーストラリア美術館の「須磨・明石・澪標図屏風」（図2）を眺めてみよう。この作品は、日本では展観されないまま近年海外に出てしまったが、本年三月から六月にかけてオーストラリアで開催された「輝く御子――源氏物語の美術」展（二〇〇九）に出品された。[12] 展覧会を企画したニューサウスウェールズ州立美術館学芸員のカーン・トリン氏と栃木県立博物館学芸員の茨木恵美氏の共同執筆というかたちで、美術論文誌『國華』千三百五十八号（二〇〇八年十二月）に紹介論文が出されている。そこでの両氏の解釈に基づきつつ画面を確認していきたい。

まず形状を確認しておこう。この屏風は各縦一五四・〇センチメートル横三四八・〇センチメートルという大型のいわゆる本間屏風六曲一双である。このような大型の屏風に「源氏物語」を描く作例は、中世末以降、伝存作例が見られるようになり、近世になると多くの作例がのこる。この事実は、源氏絵の私的享受と公的享受（この問題は当然、近年盛んに議論されるようになった源氏絵享受の政治性の文脈へと繋がるものだ）、源氏絵屏風の流派的位相（源氏絵というやまと絵主題に対する狩野派といった漢画系流派介入の位相あるいは様式の位相）などの論点をただちに提示するものだが、深追いしない。いまは、それらが大きく分けて小形画面集成型――色紙や扇面を五十四または六十葉貼付する、あるいは金雲で細かく分節して源氏五十四帖の場面を描くといった、たとえば浄土寺蔵「源氏物語扇面貼付屏風」や宮内庁三の丸尚蔵館の狩野探幽筆「源氏物語図屏風」などの作例――と、二・三場面もしくは単一場面の大画面型――宮内庁三の丸尚蔵館の伝狩野永徳筆「源氏物語図屏風」は、左隻に若紫帖の「北山の垣間見」場面のみを描き、右隻には

右　隻

左　隻

図 2　須磨・明石・澪標図屏風（サウスオーストラリア美術館）

常夏・乙女・蜻蛉の三場面を配している——の二方向があったこと、[13] 前者が『源氏物語』五十四帖全体をアンソロジーとしてではあれ網羅することで、物語の全貌を俯瞰するものであるならば、後者は多数の図様やイメージの蓄積をもつ『源氏物語』から限られた場面を切り出し、大画面の（屏風絵の）論理に物語の文脈をなづませ添わせるものであること、の二点を押さえるのみとしよう。

さて、この屏風は、後者の大画面型に属する源氏絵であるが、画題としての場面選択、とりわけ左右隻の取り合わせが興味深い。左隻は、たとえば出光美術館の狩野探幽筆「源氏物語図屏風」左隻などが直ちに想起されるごとく、典型的な澪標図である。[14] それに対して右隻は伝存作例のなかでは珍しい構成である。

海と浜辺が対角線でくっきりとわかれ、簡潔で力強い対角線構図をとる左隻にたいして、右隻は、左右両側に屋台を配した構成であり、屋台の背後に広がる海や山並み、すなわち物語の人物が眺める風景と、物語の人物たちが息づく場は、画面を上下に分割する。（もちろん、この分断は、中間に漂う金雲によって幾分曖昧になり、画面全体の統一感を損なうことはない。）その水平感の支配力を破調させるのが、画面左、苫屋の柱に寄り立つ直衣姿の男性像と、画面右端上部の小部屋にいる二人の女性像が結ぶ斜めの力である。その苫屋の縁や屋根がつくる順勝手の斜線は、右へと平行移動し、柴垣、そして豪壮な屋敷を形づくる。

緑の畳を敷き詰め阿彌派風の水墨山水の屏風を立てまわした屋敷の広間は、男たちの宴会の只中である。庭の池に面して格子をあけ御簾を巻き上げた広間で、僧形の人物が客人（俗体の男性三名）をもてなしている様であることから、ここは明石入道邸、すなわち源氏を迎えた明石入道の歓待のありさまと考えることができる。とするならば右上、別室にいる女性は、彼の娘、後の明石上と女房であろう。そして先述したごとくこの女性（明石の上）と構図的に強い張力によって結ばれる画面左、侘びた住居の縁に立ち外を見やる貴人が、源氏であることは疑いを容れない。庭の若木の桜が咲いていることに着目するならば、この場面は、「須磨には、年かへりて日長くつれづれなるに、植ゑし若木の桜ほのかに咲きそめて、空のけしきうららかなるに、よろづのことおぼし出でられて、うち泣き給ふをり多かり……南殿の桜は盛りになりぬらん、ひととせの花の宴に、院の御けしき、内の上のいときよらになまめいて、わが作れる句を誦じ給ひしも、思ひ出できこえ給ふ。いつとなく大宮人の恋しきに桜かざししけふも来にけり（須磨帖）」と、春巡りきた須磨のわび住まいで若木の桜花から、都の春を思い浮かべる場面と考えられよう。[15] 多くの場合、須磨帖からは、前年の秋、須磨に移り住んだ源氏が「前栽の花いろいろ咲き乱れ、おもしろき夕暮に、海見やらるる廊に出で

図3　源氏物語手鑑　須磨二（和泉市久保惣記念美術館）

たまひてたたずみ」都を恋しく思う場面が絵画化される（図3）。そのような、よく知られた典型的な、須磨の秋の夕暮、思い侘ぶ源氏という源氏絵の図様伝統を利用しながら、ここでは、秋の前栽に代わって花咲く若木の桜と、季節を変換し、物語の時間構造上、画面右手の〈明石入道邸の宴〉との連続性を強めた場面選択となっているのだ。

本屏風右隻は、一般的な――少なくともこの屏風が描かれた（十六世紀末から十七世紀初と考えられる）時代の――源氏絵とは異なる場面選択や情景描写が見られる。しかもそれは、既に強固に存在していた源氏絵の図様伝統をフレームとすることで、イメージを重積させるという自覚的な手法である。たとえば、画面左、明石帖のエピソードを展開させる、〈明石入道の源氏歓待〉の情景が、大枠としては通常の源氏絵伝統にのっとった入道邸での男たちの宴会として描出されながら、そのような本筋のエピソードが隣室の茶の湯の描写によって担保されているかのごとき場面設定がなされていること。これは、十六世紀末から十七世紀前半にかけての風俗図（茨木氏は、邸内遊楽図である「相応寺屏風」（徳川美術館）や武士風俗画である「調馬・厩図屏風」を挙げる）に見る新たな文化ヘゲモニーの象徴的モチーフとしての〈広間の茶の湯〉描写取り込みと、機を一にしたものだ。

先述したごとく、画面左の苫屋の情景は、『源氏物語』もしくは源氏絵に親しんだ読者にとっては、挿図に掲げたような秋の須磨流謫生活をまず想起させるものであったに違いない。それは、庭を眺める源氏の姿に、苫屋の廊に立ち感慨を込めて海の彼方を眺めやる情景を想起させ、そこに秋から春への時の巡りを感じさせ、源氏の思い侘びた時間を観覧者に共有させる仕掛けなのだ。源氏絵に通暁した観覧者の記憶にリンクし、情趣をいっそう深めるのである。さらに彼らは、原典のこの箇所に、源氏の今（須磨の生活）と昔（都の生活）を往還する述懐を読み出すのみならず、物語の原風景としての「あをによし奈良の都は咲く花の薫ふがごとく今盛りなり（『万葉集』小野老）」が与える、昔今という時間の深さにまで思い至るだろう。きわめて複雑に織り込まれた引用の織物としての『源氏物語』の中で、源氏は、まさにこうした人々の記憶の堆積を背景に、さまざまな物思いに囚われ翻弄されるのだ。その若木の桜は、たとえば能の「須磨源氏」に重要なモチーフとして登場するように、とりわけ中世の読者にとっての「物語の景の全体像」の重要な要素のひとつであった。須磨帖を描く際の最も流布した「須磨の秋の夕暮を思い侘ぶ源氏」という源氏絵の図様伝統に絡め取られたかのように、「若木の桜に昔今を思う」場面を描き、読者の記憶、原典に組み込まれた記憶それぞれが重なり合い揺らぎ、新たなイメージを拓き、「景の全体像」を豊かにしていくのである。

なお、この一双屏風が、右隻、須磨帖・明石帖、左隻、澪標帖という、いわゆる明石一族物語を焦点化した左右隻の組合せであることは、本作全体の構想としても重要だ。たとえば澪標図に関して殆ど構図を似通わせる出光美術館の「狩野探幽筆源氏物語図屏風」は、右隻・賢木図、左隻・澪標図の組合せである。須磨・明石・澪標帖を選択し、

図 4　山水屏風（神護寺）

海神王の娘との結婚による流され王（光源氏）の再生という話型を一双屏風に仕立てた本作の制作が、幸い人明石の上（娘が国母となる）にあやかるという意図にあるとするならば、周縁にしか存在を示しえない明石の上という本屏風は、貴人の妻となるべき女性に対する、妻のありうべき姿の提示としていささか鋳型化した圧力をしめすものだ。

また時には、『源氏物語』に由来し、それを契機としながら、しかし描かれた場面は正確にどの場面なのか決定的とは言えない、すなわち観覧者によって物語への回帰の相が開かれているといった、テクストと緩やかな関係性を結ぶ作例もある。池田忍氏は十二世紀末から十三世紀初めのやまと絵屏風である神護寺の「山水屏風」（図4）は、「宇治十帖の物語が展開する主要な舞台として物語に登場する三つの住まいを描く、ある種の源氏絵として制作された」もの

であり、そこには「やまと絵屏風の図様が源氏物語の享受を通じて変容し、新たな意味が重層的に重ねられていくプロセスが想定」できると説かれている。[16] すなわちこの屏風の「図様の特徴は（中略）物語本文に対して相応の注意を払った上で、物語の生起する場を描こうとしている点にある」と説かれるのである。池田氏の議論は、神護寺の山水屏風を、「平安時代における本来の意味での「山水屏風」ではなかった」（密教寺院伝来の灌頂屏風としての使用は、制作当初のプランではない）と推測し、「往生を希求する女性たちによって『源氏物語』宇治十帖の物語と重ね合わせて享受される過程の中で、仏教信仰へと誘う機能を備えるに至った」という見解にたつもので、「鎌倉時代において、屏風絵と紙絵／物語絵とが再び交差し、世俗の生活と信仰の双方にかかわる物語として『源氏物語』が、視覚的イメージを伴って受容される様相」を周

到に論じられたものである。

筆者は、かねてより（直感的でしかなかったが）神護寺の「山水屏風」の三つの住居を源氏絵粉本の型使用とされた小林太市郎氏の解釈[17]の本質的な部分、すなわちこの屏風が『源氏物語』のイメージを備えているという主張自体に同意していた。よって、池田氏の、テクスト本文との詳細な対応関係の検討に基づく本屏風と『源氏物語』との関係性の再認識に、大きな喜びを得た。池田氏が説かれるごとく、第二、第三扇中央部に展開する広壮な寝殿造りの邸宅は六条院であり、蓮池で女房が花を手折る、渡殿で男女が見合うという魅力的な細部を供えたこの情景が、蜻蛉帖の法華八講や薫の六条院訪問というエピソードにかかわると同時に、〈六条院〉を記憶のリリーサーとして『源氏物語』の様々なエピソードを掘り起こすことに異論がない。同様に、第四扇の板葺き住居を浮舟が身を寄せる小野の庵、第六扇の住居を宇治八の宮の山荘とする池田説に基本的に賛同したい。そして同時に、それらが六条院や小野の庵や宇治の山荘だけでなく、さまざまな物語の様々な箇所を読む読者のイメージ世界と交感し、どこにでもなりうることも想像する。[18]池田氏の論考は、記憶の想起による『源氏物語』の多様な展開を具体的に論証するだけではなく、物語との接近や乖離が創出する〈新たな語り〉を示唆するという意味でも、注目されるものである。[19]

二―三　記憶の想起

想起と回収の螺旋を、実際の作例を通して眺めてみよう。史料四に掲げたものはすべて若紫帖からの抽出だが、その①は、光源氏が加持を受けるため北山聖のもとへ赴く場面である。

【史料四】若紫

①やや深う入る所なりけり。三月のつごもりなれば、京の花、盛りはみな過ぎにけり、山の桜はまだ盛りにて、入りもておはするままに、霞のたたずまひもをかしう見ゆれば、かかるありさまもならひたまはず、ところせき御身にて、めづらしう思されけり。寺のさまもいとあはれなり。峰高く、深き岩の中にぞ、聖入りゐたりける。

②すこし立ち出でつつ見わたしたまへば、高き所にて、ここかしこ、僧坊どもあらはに見おろさるる、ただこのつづら折の下に、同じ小柴なれど、うるはしうしわたして、きよげなる屋、廊などつづけて、木立いとよしあるは、（中略）きよげなる童などあまた出で来て、閼伽奉り、花折りなどするもあらはに見ゆ。

③君は行ひしたまひつつ、日たくるままに、いかならんと思したるを、「とかう紛らはさせたまひて、思し入れぬなんよくはべる」と聞こゆれば、皆後《しりへ》の山に立ち出でて京の方を見たまふ。はるかに霞みわたりて、四方《よも》の梢そこはかとなうけぶりわたれるほど、「絵にいとよくも似たるかな。かかる所に住む人、心に思ひ残すことはあらじかし」とのたまへば、「これはいと浅くはべり。他《ひと》の国などにはべる海山のありさまなどを御覧ぜさせてはべらば、いかに御絵いみじうまさらせたまはむ」、「富士の山、なにがしの岳」など語りきこゆるもあり。また西国のおもしろき浦々、磯のうへを言ひつづくるもありて、よろづに紛らはしきこゆ。

「近き所には播磨の明石の浦こそなほことにはべれ。何のいたり深き隈はなけれど、ただ海のおもてを見わたしたるほどなん、あやしく他所《ことどころ》に似ずゆほびかなる所にはべる。

【史料五】帚木（絵画論）

また絵所に上手多かれど、墨書きに選ばれて、次々に、さらに劣りまさるけぢめふとしも見え分かれず。かかれど、人の見及ばぬ蓬萊の山、荒海の怒れる魚のすがた、唐国のはげしき獣《けだもの》の形《かたち》、目に見えぬ鬼の顔などのおどろおどろしく作りたる物は、心にまかせてひときは目おどろかして、実には似ざらめど、さてありぬべし。世の常の山のたたずまひ、水の流れ、目に近き人の家居ありさま、げにと見え、なつかしくやはらいだる形《かた》などを静かに描きまぜて、すくよかならぬ山のけしき、木深く世離れて畳みなし、け近き籬の内をば、その心しらひおきてなどなむ、上手はいと勢ひことに、わろ者は及ばぬ所多かめる。

史料四は、源氏が北山という辺土を訪れ、それまでに親しんだことのない風景と接触する箇所である。源氏は北山から京の景観を眺めわたして、「絵にいとよくも似たるかな」と評する。現実の景観を目にしながら、それを絵という虚構で枠取る、いわば認知の転倒が起こっているわけで、読者の絵画的記憶に向かって発せられた言述、すなわち記憶のディスクールといってよい。『源氏物語』が作られた十、十一世紀の世俗絵画遺品は極めて少なく、『源氏物語』成立時の集合知としての絵画的イメージの実態を知ることは一般的には容易ではないが、史料四―①北山聖の住まうさまに関しては、経典見返し絵にしばしば登場する山中修行者のイメージを基にしていることは明らかである。例えば「紺紙金銀交書一切経見返し絵」(図5)の岩窟の中にいる聖や藤田美術館の「仏功徳蒔絵経箱」に見られる山中修行者等がそれだ。

さて、筆者は北山を「辺土」と呼んだ。実際には北山は、後世の言葉で言うならば、洛外に属する場である。都の中心ではないものの、都の支配的眼差しに属する郊外であって、『源氏物語』成立時の読者にとっては身近な場ともいえる。しかし物語では、聖の加持という霊力を保証する、すなわち源氏の再生を保証する辺土でなければならなかった。それでは、そのような場を作者はどのような視覚的イメージとして語り出しているだろう。それは実際の北山の景観に基づく、すなわち在地性に寄り添うものでもなく、かといってまったくの想像の景観を創出するのでもなく、『源氏物語』の読者層である貴族の専有物であった装飾経見返し絵などを通して、彼らの目に親しく、それゆえ強固な〈形の記憶〉を形成していた、〈山中修行者とその場〉のイメージとして表象したのである。

つぎの史料四―②は、源氏が尼君の住まいを見い出す視角といえよう。この叙述が、上から見下ろす鳥瞰的な視野として語り出されていることに注目しよう。それは、風景の全体と、尼君と若紫の住まいという細部の双方を同時にくっきりと見はるかす、まるで千里眼のような視点であり、ここかしこにモチーフが散在する構成、たとえば一〇六四年、秦致貞筆が描いた「聖徳太子絵伝衝立」（法隆寺絵殿伝来、現東京国立博物館）に通ずるものである。さらにいうならば、このような均質拡散構図（構図の中心がない）は、十二世紀の源氏物語絵巻の画中画（たとえば夕霧の場面に描かれた屏風絵や襖絵）を原則的に支配している構図法であるし、鳥瞰的視野と細部の物語モチーフの点在という意味で、十三世紀初めの神護寺伝来「山水屏風」や十四世紀の「高野山水屏風」にも通じるものである。十三、十四世紀のある種の作品、即ち山水屏風と称される一群の作例こそは、前代の山水画の視角構造を意図的に継承するものであり、いわば

図５　紺紙金銀交書一切経見返絵

記憶の形だったといえそうだ。強弁するならば『源氏物語』が語る絵画の視角により、これら「山水屛風」の表象機能の存続が担保されているともいえるだろう。例えば神護寺の「山水屛風」に描かれた山荘は、北山の尼君と若紫の住まい、或いは先程の池田氏の議論によるならば、宇治の八の宮の山荘、小野の庵とも解釈され得るものではないだろうか。

続いて史料四―③に行こう。

ここでは遠くまで霞がかかり周囲の山々や木々の梢が烟って見える景色が絵のようだ、と評している。「聖徳太子絵伝衝立」や東寺伝来の「山水屛風」の霞に見え隠れしている木々の梢の描写といった絵画を作者と読者は前提とし、共通的イメージとしていると考えられる。物語では更にこのような景色を不十分として、他国の海山の風景がいかばかり素晴らしいものであるかを従者に語らせる。とくにこの他国の名所礼賛が絵画の題材としての魅力に向けられていることは注目すべきだろう。作者は帚木帖で蓬萊山、荒海の怪魚、異国の獣、異界の鬼神といった目を驚かすものと、山の景色、人の家々の有り様といった世の常とを対比し、「なつかしくやはらいだるかた」を静かに描くことの難しさ、真の上手の本領を説くのであった（史料五）。しかしこの若紫帖では、若き源氏の視覚体験の少なさを示し、「富士の山、なにがしの嶽、西国のおもしろき浦々、磯の上、播磨の明石の浦」などと名所の風景を挙げたてる。それらは都人の邸内を飾る障屛や贈答品のアイテムであった扇面などに描かれ流通した絵画をイメージしていると考えられるが、帚木帖での絵画観――絵の歓びにおける情趣主義の優位性[20]――とはいささか齟齬するようにも思われる。

しかし史料四―③、若紫帖の絵画論では、名所の見どころある景観というモチーフに触発されつつ、それを情趣の表現へと変換することのできる、世の画家には到達できない素晴らしき絵描きという源氏像、かの「須磨の絵日記」が開く、モチーフや技術を超越した絵画表現の到達への伏線と考えるならば納得がいく。

三　源氏物語のICON化

三―一　源氏絵のながれ

では、このような絵画的イメージを内在させた『源氏物語』若紫帖は、源氏絵のなかで、どのような表象として現れるのだろうか。残念ながら実際の源氏絵作例は、十二世紀の国宝源氏物語絵巻のあと、僅かに十三世紀半ばの「白描絵入浮舟冊子」や十四世紀半ばの天理図書館・メトロポリタン美術館に所蔵される絵巻残巻、そしてその後は十五世紀末になるまで、源氏絵の遺品は伝来していない。しかし、十六世紀以降になると一気に源氏絵の伝来作品が数多く残されるようになる。屏風や襖絵といった大画面、絵巻、冊子、色紙、扇面など様々なメディアに、土佐派、住吉派等のやまと絵画家のみならず、狩野派、長谷川派、海北派等漢画系諸派も参入し、さらに主に白描小絵を手がけた素人の女性画家などの作品と、様々な出自と様式の源氏絵が多数伝来している。これら中世から近世にかけての源氏絵では、若紫帖の場面選択は、十五世紀の扇面（注出光美術館蔵海北友松筆「源氏扇面流し海浜図屏風」貼付の一面）を除くと、ほとんどが〈逃げてしまった雀の子を追う幼い若紫の様子を小柴垣から垣間見る源氏〉の場面か、〈病の癒えた源氏と北山の僧都が桜の木の下で宴をする〉場面のいずれかであり、源氏絵の中でもとりわけ図様の固定化が著しい帖といえる。

〈若紫を垣間見る〉情景の場合、画面はあくまでも垣間見る源氏に付帯した視点で情景が捉えられ、小柴垣と源氏及び惟光、建物には幼い若紫と廊に立つ女房、少納言、脇息に凭れる尼君、鳥籠、戸外の満開の桜、渓流といった要素が画面を充填していく。この構成要素はメディアの変化にも殆どぶれることがなく、まさしく定型表現といってよいものだ。北山の宴の情景も同様に定型化が進んでおり、苔むす岩に凭れる源氏と、琴を前にする僧都の組み合わせが、十二世紀の「徳川・五島本源氏物語絵巻」以来の図様伝統であったことが確認できる。

本稿では若紫帖を取り上げたのみで、充分には示しえないが、中世末、源氏絵は図様定型の再編が起こっていると考えてよい。十四世紀に記された絵画化の手引き書『源氏絵詞』では「絵能所」として三八〇ヶ所もが抜き出されているのに対し、十六世紀以降の源氏絵では一帖につき一場面か二場面の場面選択が通例となり、しかも図様定型化の動きは著しいものがある。それらは、事物や出来事を徹底してインデックス化した画面を構成するもので、源氏絵のイメージを効率的に浸透させるに利されたのである。そして一世紀半後、一六五〇年に開版された山本春正『絵入源氏物語』が、また次なる意図的再編を行う。この二つの潮流が、近世における源氏物語のICON化を進めたのだ。

三―二　源氏物語のICON化

さて、前代までの〈かたちの記憶〉を整理した十六世紀以降の、すなわち桃山から江戸初期の源氏絵本流が、どのようなものであったかを顧みておこう。それらは、高価な顔料を使い、金銀の箔や砂子で飾り立てられた華麗な源氏絵であった。あるものは細密なミニアチュールに貴顕染筆の詞がつく色紙や扇面のセット、またあるものは目もまばゆいほどの豪華壮麗な屏風絵。一足先に京都に入り、天下統一をなしとげた織田信長が北陸の戦国大名上杉謙信に、狩野永徳筆の洛中洛外図屏風と源氏物語図屏風を送ったことは、よく知られている。また、後陽成天皇（一五七一―一六一七）や近衛信尹、信尋といった宮廷の中心的人物が詞書を染筆した、土佐光吉と長次郎合作の「源氏物語画帖」（京都国立博物館）は信尹の妹、後陽成天皇女御中和門院（近衛前子）に贈られたもの、もしくは近衛信尹が娘太郎君のために作らせたと推測されており、[20]尾張徳川家伝来・現徳川美術館の「源氏物語画帖」は第二代将軍徳川秀忠が詞書を染筆したもので、家康養女となった久松松平家の娘の婚礼調度として誂えたものとされている。[21]源氏絵は、さまざまな政治的思惑をもった贈答品として活用され、おおいに流通したのである。それらの図様は、限られたモチーフで端的に各帖各場面を認識させる、すなわちインデクッス化が進んだものであった。すなわち、定型化記号化によって、源氏絵の記憶は公共化したのである。と同時に、十四世紀の『源氏絵詞』では、三八〇箇所もあった、絵になる場面の大半は描かれなくなっていく。堂上公家や将軍家など、上流もしくは権力の中枢で源氏絵が制作されること、そして絶え間ない記憶の想起と回収を挑み続けている『源氏物語』の膨大な記憶世界を、限られた場面に整理して理解すること。そのような背景での図様の再編とは、記憶の簒奪でもあったのだ。

徳川秀忠が詞を染筆した「源氏物語画帖」のように、将軍家や公家、大名家の女性たちの結婚調度として源氏絵セットは欠かすことのできないものだったが、西鶴の『日本永代蔵』に嫁入り屏風として源氏物語と伊勢物語があがっているように、十七世紀後半には、町方でも源氏絵の受容がなされていることが伺われる。それらでの図様典拠となったのが初代山本春正による『絵入源氏物語』を初めとする版本絵入りの源氏物語版本であった。初代山本春正は、師松永貞徳の学統を受け継ぎつつも、源氏物語を広く世に伝えたいという明確な目的意識を持って、二二六図もの挿絵をいれた源氏物語の版本を世に問うたのである。その二二六図の源氏絵は、古来よりの図様伝統、〈かたちの記憶〉を踏襲するのではなく、春正自身が歌と本文の情趣深い箇所を選び、絵もまた自分が考案したものであった。ここに、十六世紀の源氏絵再編によって失われた読みの回復を見て取ることができる。しかしこの『絵入源氏物語』は、版本という性格上、その流通性によって、またその啓蒙的意図からも、すぐさま定型となりゆく。俗に嫁入り本と呼ばれる十七世紀後半から十八世紀にかけての豪華な『源氏物語』写本セットは、そのほとんどが『絵入』の挿絵に基づく肉筆彩色画を挿絵として含むものであり、画家はもはや『源氏物語』の何たるかも知らないまま再生産していることが伺われるのである。

このような二度の図様再編を経て、近世前期、『源氏物語』のICON化が形成されたのだが、最後に、これら二つの潮流から外れたところに〈記憶のかたち〉を求めた源氏絵を眺めておこう。ひとつは、メトロポリタン美術館所蔵の土佐光吉筆「源氏物語関屋・行幸／浮舟図屏風」である。現在四曲一双の屏風に仕立てられているが、引手跡があるので、もとは襖絵であったことがわかる。おそらくは、春・夏にそれぞれワンシーンを選んで、四季を取り揃えていたものだろう。特に注目することは、現状左隻・行幸の描写だ。ここでの大原野で行われた鷹狩りのかくも広やかな描写は、土佐光吉の優美な彩色、ロマン的な人物というフィルターをとおしてもなお、一般通念としての源氏絵の枠組みを逸脱するものといえよう。たしかに行幸帖で大原野鷹狩り情景を選択することは、珍しいことではない。しかしかくも大画面に勇壮な画題として展開している例を寡聞にして筆者は知らない。この図の非対称として想起されるのは、桃山から江戸初期に狩野派画人によって盛んに描かれた「韃靼人狩猟図」であろう。

また、この出光美術館の「宇治橋図屏風」（図6）も注目すべき作例だ。桃山から江戸初期にかけて長谷川派による「柳橋水車図屏風」が大いに流行している。それらは、右隻左隻をつなぐ（彼岸と此岸をつなぐ）大きな金の橋を中心に、四季の柳を配して右から左へと季節の変移を表し、川辺には水車と蛇籠を描くもので、きわめて定型的な図様をとる、すなわちレディメードの豪華屏風であることで有名だ。「宇治の川瀬の水車、何とうき世をめぐるらん」（『宴曲拾果集』）「宇治の川瀬の水車、誰をまつやらくるくると」（『閑吟集』）といった小歌をもとにしたいささかトリッキーな柳橋水車図は、無人の人工的な景観と浄土希求を豪華な装飾技法を駆使して表現した、富の荘厳にふさわしい屏風である（注23）。出光美術館の「宇治川図屏風」もまた、これら長谷川派ブランドの「柳橋水車図屏風」の成功

図 6　宇治川図屏風（出光美術館）

に追随した作例と考えられるものだが、浮舟帖の一節「山の方は霞隔てて、寒き洲崎に立てる鵲の姿も、所がらはいとをかしう見ゆるに、宇治橋のはるばる見わたさるるに、柴積み舟の所どころにいきちがひたる」を想起させることは見逃せない。「柳橋水車図」に源氏絵のイメージが介入し、新たな記憶のかたちを造り上げたのである。すなわち、宇治の橋姫伝説や浄土救済の宇治橋といった原型の物語が「柳橋水車図」によってイメージ世界に掘り起こされ、それをふたたび『源氏物語』に引き寄せるという、ことばとかたちの往還、まさに記憶の想起と回収のよき例なのである。

以上、記憶のトポスから源氏物語の絵画化作例を眺めてきた。近世の源氏絵については、「源氏物語帚木図屏風」あるいは蒔絵や染織の源氏意匠など、いわゆる留守文様という、まさに記憶の想起それ自体を作品化するジャンルがある。『源氏物語』というICONを論ずるには、これらへの目配りが不可欠だ。また、プリンストン美術館の「文使い図屏風」では、遊女の背後に、水墨の団扇などと共に、浮舟と匂宮が橘の小島に向うという馴染み深い情景を描いた源氏絵色紙が襖に貼られた様が描かれ、主題である遊女図に付帯した物語へと、源氏絵色紙がイメージを拓くことなど、近世での源氏絵受容はきわめて複層的に表れる。これらについては、稿を改め論じたいと思う。

〔注〕

1 Colloque international franco-japonais à Paris sur *Le Roman du Genji*, organisé par le Groupe de recherches sur le *Genji monogatari* du Centre d'Etudes Japonaises-INALCO, le 28 mars 2006.

2 筋の外（exo tu mythu）に関しては、佐野「物語の語り・絵画の語り」（後藤祥子他編『論集平安文学6 平安文学と絵画』勉誠出版、二〇〇一）を参照されたい。この論考は〈筋の外〉と〈読者の全知視点〉を「源氏物語絵巻」を巡って論ずるものであり、本稿と一部重なるが、ナラトロジーについてより詳しく論じている。

3 『白氏文集・八月十五日夜禁中独直対月憶元九』、なお、「徳川・五島本源氏物語絵巻」鈴虫の詞書抽出部分は、第一段が「十五夜のゆふくれに仏のおまへ……（中略）……こゝろもてくさのいほりをいとへどもなをすゞむしのこゑそたえせぬ」、第二段が「冷泉院より御せうそこあり……（中略）……しつかなる御ありさまにあはれすくなからす」となっており、源氏が弾く琴の音をたよりに殿上人たちが集い管弦の遊びとなるシーンを挟むかたちで近接して抽出している。つまり、第一段の詞書と絵を鑑賞し終わった読者は、第二段の詞書を読み、詞書に取られなかったシーン（六条院での男性貴族たちの管弦の遊び）へと思いをめぐらせつつ第二段の絵の鑑賞と向かうものだろう。詞章にとられなかったところとは、〈心安くいまめいた鈴虫のごとき女三宮〉への源氏の執着という男と女の物語を引き取り、男たちの宴へと物語の視座が転回していく箇所である。読者は男たちの宴から柏木の記憶の引き出しという物語の展開を既視のものとして、第一段から第二段へと絵巻を巻き広げていったに違いない。

4　アリストテレース『詩学』（松本仁助・岡道男訳　『岩波文庫670　アリストテレース詩学、ホラーティウス詩論』岩波書店・一九九七）には、一四五四b「……筋の解決もまた、筋そのものから生じなければならないことは明らかである。……劇の出来事のなかにはいかなる不合理もあってはならない。それが避けられない場合には、ソポクレースの『オイディプース王』に置けるように、悲劇の外におくべきである。」（六〇頁）、一四六〇a「筋は不合理なことがらを部分として構成されてはならない。不合理な要素はできるかぎり含むべきではないが、やむをえない場合には、それを筋の外におかなければならない」（九四頁）とあり、アリストテレースは、良き悲劇とは偶然の介入を排除した筋（ミュトス＝mythos、ここでは出来事の組み立ての意味）であること、すなわち筋は論理的、必然的でなくてはならないという。しかしその一方で、一四五五b「すべての悲劇には、出来事の結び合わせの部分と、解決（解きほぐし）の部分がある。劇の外におかれていることがらと、多くの場合、劇のなかで起こることがらの若干のものが、結び合わせの部分であり、残りは解決の部分である。」（六八頁）とも言い、筋は筋の外をも含むことを認めている。

5　〈景の全体像〉とは、物語を支えるイメージの枠であり、読者の経験と記憶からなる記憶のかたちでもある。佐野「説話画の文法――信貴山縁起絵巻の叙述の論理――」（『風流　造形　物語』スカイドア、一九九七所収、初出『山根有三先生古稀記念論集　日本絵画史の研究』吉川弘文館、一九八九）

6　このほか、同種の形容として「物の絵様にも描き取らまほしきに」（胡蝶）、「絵にも描きとどめがたからむこそ口惜しけれ」（初音）などの例がある。これらは、草子地の問題として取り上げられてきているが、それが読者のもつ「絵」の記憶とリンクする語り手の声の響きであることに注目すべきである。なお「絵にかかまほし」はその対偶として「描き及ぶまじ」を位置させる。たとえば「絵に描ける楊貴妃の容貌は、いみじき絵師といへども、筆限りありければいとにほひすくなし」（桐壺）、「……えもいはぬ入江の水など、絵に描かば、心のいたり少なからん絵師は描き及ぶまじと見ゆ」（明石）、「絵描くことのみなむ、あやしく、はかなきものからいかにしてなほ心ゆくばかり描きてみるべきと思ふをりをりはべりしを……・筆のゆく限りありて」(明石)などである。(『源氏物語』など平安・鎌倉期の物語に見る絵画記述は、以下に集成。佐野「付表　王朝物語に見る造形意識」『風流　造形　物語』スカイドア、一九九七)

7　たとえば、清水好子が指摘する夕霧帖(夕霧のまなざしに仮託した小野山荘の景観眺め)での絵画的叙述。(清水好子「場面と時間」『源氏物語の文体と方法』東京大学出版会、一九八〇)

8　これら物語に内在する絵画的コンテクストや絵画的叙述といった絵画的要素総体を言表する言葉として、川名淳子は「絵画的領域」の語を用いた。筆者もそれを踏襲したい。(『源氏物語の絵画的領域』ブリュッケ、二〇〇六)

9　そのほか、「絵にいとよくも似たるかな」、「絵に描きたるものの姫君のやうに」、「霜枯れの前栽絵にかけるやうにおもしろくして」(以上、若紫)、「所のさま絵に描きたらむやうなるに」(須磨)、「絵に描きたらむさましていみじうあはれなり」(澪標)、「絵にも描きとどめがたからむこそ口惜しけれ」(初音)、「物の絵様にも描き取らまほしきに」(胡蝶)などの例がある。

10　もっとも、この東寺伝来「山水屏風」は、『源氏物語』成立にやや遅れる制作と考えられており、この作品が直接的なイメージソースであったとはいえない。

11　様式研究や図様の系統論といった従来の美術史プロパーの研究に対して、文学研究やジェンダー論からの積極的な議論が交わされている近年の研究状況に関しては、「源氏絵研究の現況」(『國華』一三五八号、二〇〇八年十二月)で概観している。参照されたい。

12　The Golden Journey: Japanese art from Australian collections
会場：Art Gallery of South Australia
会期：二〇〇九年三月六日～五月三十一日

13　大画面には、①大きく描く、②たくさん描くという二つの可能性が開かれている。源氏絵の場合、大画面とは、ほとんどが屏風であり、襖絵は少ない(それ自体も検討されるべき問題だ)。さて源氏絵屏風の場合でも、やはり画面の構成は上記①、②の二つの方向性を持って展開している。すなわち、①は小形画面集合型、②としては、単一大画面型もしくは中画面合成型である。

14　それは、源氏絵であると同時に、住吉の浜という名所絵でもあるという、中世の屏風に求められた名所絵、四季絵の構造をも保持するものであり、屏風絵がいわばマルチスクリーンであったことを考えさせるが、本稿の文脈で言うならば、原典においてこのエピソードが前提とし保有していた絵画の記憶の浮上でもある。

15　國華一三五八号の解説では、明石帖で語られる、三月、激しい嵐の過ぎた翌日に、明石入道が光源氏を迎えるという場面に相当するとする。筆者も当初この茨木氏説を取っていたが、河添房江氏、三田村雅子氏のご指摘どおり、やはりここは若木の桜の語が登場する須磨帖と考えるのが妥当だろう。

16　池田忍「源氏絵としての神護寺「山水屏風」――宇治十帖物語の舞台となる住居のイメージをめぐって――」『講座源氏物語研究第十巻　源氏物語と美術の世界』おうふう、二〇〇八年十月

17　小林太市郎「山水屏風の研究」（『大和絵史論』一九四六年、全国書房。『小林太市郎著作集5　大和絵史論』の増補改訂の上、再録。）

18　たとえば、第六扇の山荘を、若紫と祖母尼君が住まう北山の山荘として、物語のイメージを追いかけることも可能だろう。

19　かって後鳥羽院の隠岐配流を大画面に描くものとして知られていたキンベル美術館の室町末の屏風「隠岐配流図屏風」は、近年源氏絵であることが説かれ（たとえばエステル・レジェリ＝ボエール氏は、仏・セリエ社の仏語版源氏物語“Le Dit du Genji”の挿図として源氏絵を集成されているが、そこでもキンベル美術館本は須磨の若木の桜の情景として解釈することが可能だとしている）、なかでも鷲頭桂氏は、中世の大画面源氏絵成立の問題と絡め、キンベル美術館の屏風が明石帖、「紫の上からの文が届けられる」情景を描くものであり、またその成立は浜松図や須磨の名所絵を前提としていることを論じている。鷲頭「大画面形式の源氏物語図屏風の成立について――いわゆる「隠岐配流図屏風」（キンベル美術館）を手がかりに――」（『美術史』一六六号、二〇〇九年三月、美術史学会）

20　空想上のモチーフよりも身近な対象を描くことこそ難しいという帚木帖で源氏に語らせた絵画観それ自体は目新しいものではない。懐かしい身辺の風景を趣深く描くことに上手の腕は発揮されるというこの主張の背後に、絵の歓びにおけるモチーフ主義と情趣主義の二極を読み取るならば、蓬萊山、怪魚、鬼神といったモチーフの列挙と身近な景物の対比――「目を驚かす」と「世の常」との対比――は、唐絵とやまと絵の対比に置き換えることも可能だが、むしろここでの主張の重点は、唐絵をも含めた絵画一般の穏やかな筆致による心に染み入る情趣性の達成である。（佐野「王朝の美意識と造形」『風流　造形　物

語』一九九七年二月、スカイドア)

21　稲本万里子氏は、太郎君のための制作とし(「京都国立博物館保管「源氏物語画帖」に関する一考察――長次郎による重複六場面をめぐって」『國華』一二二三号、一九九七年九月)、松原茂氏は信尹妹、信尋生母である中和門院前子を想定する(「詞書筆者と執筆分担者――絵画作品への書からのアプローチ」佐藤康宏編『講座日本美術史一　物から言葉へ』二〇〇五年四月、東京大学出版会)。

22　徳川家康は、慶長十九年(一六一四)駿府城で飛鳥井雅庸から、元和元年(一六一五)二条城で中院通村より源氏講釈をうけており、天下人としての文化的コードに、源氏物語理解者であることが含まれていることは注目に値する。なお、山本泰一氏は、家康の場合、源氏長者としての意識があったと指摘される。(『徳川美術館蔵品抄⑤　初音の調度』)

23　玉蟲敏子「〈柳橋水車図〉と〈宇治の川瀬の水車〉」(片野達郎編『日本文芸思潮論』一九九一年、桜楓社)

◇第二セッション　《歌と語り》

世界とその分身
――源氏物語の霧――

寺田　澄江

「景情一致」という言葉に表されている人間とそれを取り巻く自然との対応関係、あるいは共振関係は、『源氏物語』の文体を大きく特徴づけている。桐壺更衣の死後、帝に遣わされた命婦が悲しみに沈む老母を訪れ、月の光が照らし出す荒れ果てた庭に胸を打たれる場面、あるいはまた、須磨で都を憶う源氏の耳に、人々の嘆きの声が波の響きに重なって聞こえて来る場面などに見られるように、この物語の景は単なる筋運びの背景ではなく、話の中に強くいこんでいる。光、特に月光、風などは、物語を先導する要素として比喩的な意味を帯びていることも指摘されている。しかし、このような主題を象徴する景ではなく、物語の世界をより深部において支え、その世界の形成そのものに関与していると思われる景の在り方についてここでは考えて見たい。この観点から捉えなおしたばあい、「霧」は一見目立たないものの、決定的に重要な役割を果たしているように思われる。

ここでは第一部の始めから源氏の死が予感される第二部の終りまでを扱い、第三部は対象の外とする。主に都の外で話が展開される第三部においては、霧は明確に象徴的な役割を負っているように思われ、その意味において近・現代の小説の中の在り方とさほど遠くないように感じられる。これに対して、第一部、第二部の霧はいささか様相が違うのである。

一 文学伝統としての霧

しかし源氏の霧に入る前に、文学伝統の中で形成された霧のイメージから見て行きたい。次の『万葉集』の歌が示すように、霧はまず「嘆く人の吐く息」に喩えられる。[1]

君がゆく海辺の宿に霧立たば吾が立ち嘆く息と知りませ （巻十五、三五八〇）

その不透明性に注目した場合、「霧にまどう」という表現に集約されるように「方角を失わせ、さまよわせるもの」、あるいは「霧の籬」という言葉が表すように、「視界を覆い、遮るもの」として霧は登場する。また、次の万葉歌にあるように、火葬の煙と同化することを通じて死のイメージにつながるものでもある。

山のまゆ出雲の児等は霧なれや吉野の山の嶺にたなびく （巻三、四二九）

霧はまた、和歌の伝統の中では秋の風物とされ、一般に春の風物とされる霞とは区別されている。万葉歌について霧と霞の違いを検討した澤瀉久孝氏の興味深い論文があるが、[2] これによれば「霞」は「雲」に近いものと把握されており、「たなびく」という語との併用が多く、遠くに見えるものと理解されている。それに対して「霧」と組み合わされることが多い語は「立ちこむ」で、人間の近くにあるものとして把握されている。霧の場合はフランス語の《dans le brouillard（霧の中／五里霧中）》という表現とまさに同様、距離を置いたものではなく、人間がその中にいるという関係にある。『源氏物語』の頃の作品においても適用しうるこの大まかな区別に基づいて整理すると、「霞」が春の記号として相対的に人間界から独立した春の景を形作るとすれば、[3]「霧」は秋の景を構成し同様の記号的役割を果たす一方、人間の行為と深く関係づけられたものとして表れている。霧（brouillard）は翻訳の必要性から、仏語訳において「brume」（霞は原則的にbrumeと訳される）と訳されることもあるが、この発表は「霧」のみを対象としている。

二　源氏物語の霧

さて『源氏物語』であるが、霧が最初に現れるのは「夕顔」で、この巻の霧は死と深く結びついている。若く身寄りのない夕顔は、ある朝源氏に連れ出され、霧に包まれた無人の邸に入る。ここで彼女は邸に棲む物の怪に取り殺されると語られるが、このエピソードにおいて、霧はまず、浮上してくる死の世界の予兆として出現する。

なにがしの院におはしまし着きて、預り召し出づるほど、荒れたる門の忍ぶ草茂りて見上げられたる、たとしへなく木暗し。霧も深く露けきに、簾をさへ上げたまへれば、御袖もいたく濡れにけり。

（新編日本古典文学全集、第一巻、一五九頁）

夕顔をめぐるエピソードでもう一度現れる霧は、彼女の遺骸をひそかに弔った源氏がたどる道に立ちこめている。このエピソードに先立ち、つまり『源氏物語』で最初に霧が現れるのは、六条御息所と関連した非常に美しい場面である。

霧が深いある朝、六条御息所は、若い恋人源氏が立ち去る姿を床から頭をもたげて見送る。

霧のいと深き朝、いたくそそのかされたまひて、ねぶたげなる気色にうち嘆きつつ出でたまふを、（……）御頭もたげて見出だしたまへり。前栽の色々乱れたるを、過ぎがてにやすらひたまへるさま、げにたぐひなし。廊の方へおはするに、中将の君、御供に参る。

（同、一四七頁）

御息所と霧とが、物語の早くにおいて組み合わされて出て来るということはそれなりの意味を持つように思われる。御息所は正妻の葵上を死に追いやり、紫上の死の床にも現われている。要約すれば、彼女は源氏の生涯において死の影を象徴する存在であった。夕顔のエピソードにおける「霧」が、不吉な世界を予兆するという、物語にはよく見られる道具立てであるとするならば、六条の邸におけるこの場面は、そうした面を一切含んでいない。若く美しい女房に送られ咲きにおう秋の庭を眺める源氏という、ただひたすら優美な景である。しかし、このエピソードが形作る遠近の構図は暗く不吉な色を帯びている。霧の向こうにひそんでいる御息所は遠くに見えるようでいて、くっきりとした輪郭を見せ、前景には咲き誇る花のような、若く美しい男女がいる。『源氏物語』における霧の機能を考える場合、この遠近の構図は意味深いものに思われる。孤独な御息所を一方に置き、他の女達と共にいる源氏をもう一方に置くというこの構成は、内的な乖離の度合いを過酷に深めて行く。

そして御息所の周辺に霧が立ちこめるとき死の影も現われてくる。「葵」において、葵上の死後、ある霧の朝、まだ床にいる源氏のもとに御息所より優雅な弔問の文が届く。葵上の死に御息所が関わっていることを思う源氏は嫌悪の情を禁じ得ない。

深き秋のあはれまさりゆく風の音身にしみけるかな、とならはぬ御独り寝に、明かしかねたまへる朝ぼらけの霧りわたれるに、菊のけしきばめる枝に、濃き青鈍の紙なる文つけて、さし置きて往にけり。いまめかしうも、とて見たまへば、御息所の御手なり。（第二巻、五一頁）

「賢木」においても、霧が非常に深い朝、伊勢に向かう旅路から御息所が送ってきた文を源氏は受け取る。

霧いたう降りて、ただならぬ朝ぼらけに、うちながめて（第二巻、九五頁）

「葵」とほぼ同じ状況だが、「葵」においては霧はまだ新しい死の記憶として現われ、「賢木」の場合は死を予告するものとして現れる。叙情性の高いこの霧の朝の場面の直後に源氏の父、桐壺院の病状の悪化、次いで死が語られるが、その冒頭において、院の死は既に予告されている。

院の御なやみ、神無月になりては、いと重くおはします。世の中惜しみきこえぬ人なし。（同、九五頁）

これと関連して、「夕顔」の冒頭にも病の刻印があるという事実に注目したい。

六条わたりの御忍び歩きのころ、内裏よりまかでたまふ中宿に、大弐の乳母のいたくわづらひて尼になりにけるとぶらはむとて、五条なる家たづねておはしたり。（第一巻、一三五頁）

筋運びの上では、年老いた源氏の乳母の病は御息所のエピソードと夕顔のエピソードとを結びつける役割を果たしている。源氏は六条の邸に行く中継ぎとして病気の乳母の家を訪れ、近くに住んでいた夕顔と関係を結ぶことになる。

霧は、これとは違うレベル、話の筋とは相対的に独立したレベルで、自在に物語世界に介入する自然現象として、死と病の影を負ってこの二つのエピソードを結びつけるという役割を果たしている。これと関連して、漢文伝統の中で「霧」が「病」を意味する語として広く使われていたということも言い添えておこう。[4]

物語の組み立てとして興味深いのは、死の世界への回路が筋運びの必然性とは関係なく開かれるということで、御息所は、物語の進行に重要な役割を果たす人物として登場する一方、景の広がりにおいては、彼女の本質的在り方が霧を呼び込む磁場のようなものとして機能している。その限りにおいて、物語の展開からは相対的に自由な存在として登場しているということができる。そして彼女が呼び込む霧は、人間模様として話が展開される通常の世界とは異質の空間、この場合には死の世界を、強いて言えば筋の必然性を超える存在論的な基盤から出現させ、通常の世界と並行させることになる。源氏物語の最初の霧の出現において、御息所は霧の中にいた。そして、ここで例にとった葵上の死にまつわる手紙の場合は、死の記憶の荷ない手として、次いで「賢木」の手紙の場合は桐壺帝の死の予兆として機能することになる。登場人物と霧の関係、霧と死の関係はメトニミー的関係、つまり隣接的な関係によって構成されている。この物語構成のメカニズムにおいて、霧という景は物語の単なる背景ではなく、情を深化する共鳴空間にとどまるものでもない。通常の人間世界の背後から浮上してくる、しなやかで不透明な、我々の認識を超える異空間に開かれる回路としても機能している。

三　秋以外の季節における霧

この物語では霧は死と深く結びついているが、誰かが死ぬときには霧は現われない。例えば御息所の死を語る「澪標」に霧の景はない。換言すれば、霧は通常の世界とそれと並行して出現するもう一つの世界という二重構造の構築をその本質とする。霧が現われるということは、私達の世界に、もう一つの異質な世界が接近してくるということであり、多くの場合、それが死者の世界だということなのである。霧のこの特質は秋以外に現れる霧に一層明瞭に認められる。

冬の霧を見て見よう。「若紫」にその例がある。幼い紫上の祖母は秋に息を引き取る。ある冬の夜、源氏は京にある荒廃したこの亡き尼君の邸に幼い紫を訪れ、唯一の保護者であった祖母の死の打撃からいまだ立ち直れない紫と一夜を過ごす。しかるべき保護者としての態度を崩すことなく朝を迎えた源氏は、辺りに住む知り合いの女を訪れ、女と霧にまつわる和歌を贈答し、体よく女からは断られて帰宅することになる。

いみじう霧りわたれる空もただならぬに、霜はいと白うおきて、まことの懸想もをかしかりぬべきに、さうざうしう思ひおはす。（第一巻、二四六頁）

引用箇所は、源氏が依然として死の影の下にある紫の祖母の家を退出した場面で、死者の世界が主人公につきまとうかのように、霧は源氏の足元に広がっている。しかし、源氏自身の頭からは荒廃した邸の記憶は既に消え失せている。この二重性が、殆ど描写のない霧の朝の景に厚みを与えているのではないだろうか。描写が殆どないのは、景が描写不可能な世界に向かって開かれているためでもある。ここでもう一度強調しておきたいのは、このメカニズムが筋運びとは全く別個に起動するということだ。霧の中を歩む源氏は成熟した女とのひと時への期待以外のことはもはや考えていないのである。

亡き妻の邸に春出現する「須磨」の霧もまた、死の記憶と結びついている。

明けぬれば、夜深う出でたまふに、有明の月いとをかし。花の木どもやうやう盛り過ぎて、わづかなる木陰のいと白き庭に薄く霧りわたりたる、そこはかとなく霞みあひて、秋の夜のあはれに多くたちまされり。

（第二巻、一六七頁）

源氏は須磨に退去する直前に亡き妻の邸を訪れる。感情の高ぶりの中で、左大臣は亡き娘にふれ、そうすることによって死の世界との回路を開く。この場面での霧の出現も、二つの世界の接近を示すものであり、霧が流れる景は、源氏と亡き葵上の母とが贈答する火葬の煙をテーマとした和歌と共鳴する。煙はまた、須磨の地の塩を焼く煙に連続して行くものでもあった。

鳥辺山もえし煙もまがふやと海人の塩やく浦見にぞ行く　（源氏）
亡き人の別れやいとど隔たらむ煙となりし雲居ならでは　（葵の母）

（同、一六八〜一六九頁）

四　霧の景の意味するもの

この物語の中の霧という語の在り方について少し細かく見て見よう。第二部の最後まで、つまり四十一帖の中では霧という語は、十三帖に合計四十ほど出て来る。今まで挙げた例は全て景としての霧であった。その他には、和歌の中で使われる場合と、会話または引用の中で使われる場合とがある。ここでの議論にとって重要なのは、言うまでもなく眼前のものとして描写される景の中の霧だが、その例があるのは十三帖中の十帖、死との結びつきが全くないのはその内の二帖、「藤の裏葉」と「野分」のみである。「藤の裏葉」の場合は景の描写に出て来るとはいえ、視界を遮るものという意味で霧の語を比喩的に使っているに過ぎないので、ここでの議論からは除外される。[5]「野分」の場合は、死の世界に近いと言ってよいように思われる。この巻では、嵐の爪痕を残す源氏の御殿が描かれるが、源氏の女君達が集う地上の理想郷として出現するこの六条院が自然の猛威にもろくも屈しているという情景を描き出すことによって、このエピソードは凋落への序章をなすと一般に位置づけられている。六条院は亡き六条御息所の旧屋敷跡に建てられたもので、六条院に吹きすさんだ暴風に悪霊化した御息所の跳梁を見る向きもある。いずれにせよ、この巻が秘めている崩壊への動きの中に現われる霧を死の世界の側におくことは極めて自然な理解であろう。朧月夜と密会した源氏が細殿から退出する所を敵の右大臣方に連なる者に目撃されるという「賢木巻」の場面も（夜深き暁月夜えもいはず霧りわたれるに……）、破局へのプレリュードとして置かれていることから、「野分巻」と同じような性質のものと考えることもできようが、やはりこのエピソードの書き出しが前年の冬の父帝の崩御への言及から始まっており、桐壺帝の死の影の下にあるという点がポイントのように思える。

かくして、霧が景を構成するものとして出現する場合は、死の記憶または死の予兆としての役割を負い、二つの世界、目に見える通常の世界とその背後から浮上する不可視の世界とからなる重層する空間を構成することになる。

五　明石の霧

この死の領域に属する霧とは対極的な磁場を形成する霧が存在している。明石君にまつわるエピソードの景に現れる霧で、「松風」に二つある。まず、造営中の桂院に源氏が赴き饗応をする美しい場面に流れる霧である。

「昨夜の月に、口惜しう御供に後れはべりにけると思ひたまへられしかば、今朝、霧を分けて参りはべりつる。山の錦はまだしうはべりけり、野辺の色こそ盛りにはべりけれ。（……）」など言ふ。今日は、なほ桂殿にとてそなたざまにおはしましぬ。にはかなる御饗応し騒ぎて、鵜飼ども召したるに、海人のさへづり思し出でらる。

（第二巻、四一八頁）

この饗宴のエピソードが霧に始まり、霧に終わることは注目に価する。

物ども品々にかづけて、霧の絶え間に立ちまじりたるも、前栽の花に見えまがひたる色あひなどことにめでたし。近衛府の名高き舎人、物の節どもなどさぶらふに、さうざうしければ、「その駒」など乱れ遊びて、脱ぎかけたまふ色々、秋の錦を風の吹きおほふかと見ゆ。ののしりて帰らせたまふ響きを大堰にては物隔てて聞きて、なごりさびしうながめたまふ。

（同、四二一頁）

この宴ではやや唐突に故桐壺院の忠実な側近であった左大弁に筆が及び、左大弁が帝の死を傷む歌を詠む場面がある。従って、饗宴に流れる霧が、源氏の亡き父、桐壺帝の影を暗示すると考えることも可能であろう。都からは源氏の息子である冷泉帝よりの使者も到着し、桂院の饗応が、つかの間ではあれ王権を集約する場に変質しているという構図をここに読み取ることもできるかも知れない。[6] いずれにせよ、律儀と言っていいほど霧が死の記憶に連動していることには驚かされる。しかし、この場面が垣間見せる異次元は、死に収束するものではなく、ある種の理想郷としての異界というものではないかと思われる。饗宴の終りに、

千年も見聞かまほしきありさまなれば、斧の柄も朽ちぬべけれど、今日さへはとて急ぎ帰りたまふ。

（同、四二一頁）

とある。「斧の柄も朽ちぬべき」という表現を、単に時間を忘れるという意味の修辞だと言うことも出来ようが、それにしては執拗にこのモティーフは「松風」で繰返される。大堰の明石君の邸に出掛ける源氏に向かって、紫上は「斧の柄さへあらためたまはむほどや」と嫌みを言うのである。時間の違いは異界の重要な指標であり、これにより、大堰・桂が異界として位置づけられていると言っても深読みとは言えないのではないかと思われる。引用にあるように、明石君は桂院の饗宴から疎外されてはいるが、紫上の領域である都に対して、大堰・桂は明石君の領域である。紫上の言葉がそれをはっきりと示している。雅びとはほど遠い鵜飼達の話し声は、かつて須磨で耳珍しく聞いた漁師達の浜言葉を呼び出し、ここでもメトニミーの論理に従って、桂は須磨・明石へとつながって行く。再三指摘されていることとは思うが、大堰は明石を想わせる地であった。

年ごろ経つる海づらにおぼえたれば、所かへたる心地もせず。

（同、四〇七頁）

要約すれば、このエピソードにおいて浮上して来る過去は、死の記憶としての過去ではなく、異郷体験としての過去なのである。「松風」におけるもう一つの景もこの理解を支持してくれる。明石君が入道と別れ、母に伴われ京に上る場面に現れる霧である。

辰の刻に舟出したまふ。昔人もあはれと言ひける浦の朝霧隔たりゆくままにいともの悲しくて、入道は、心澄みはつまじくあくがれながめゐたり。

（同、四〇六頁）

入道は、この後妻子に再会することはなく、孫の明石女御の男児出産という長年の悲願成就後消息を絶つ。従って、実質的に入道との永遠の別れを意味するこの場面に流れる霧が将来の入道の死を予告するものとして現われていると考えることも可能である。しかし更に重要なのは、「昔人もあはれと言ひける浦の朝霧隔たりゆくままに」という部分が、諸注が示すように『古今和歌集』に羈旅歌として収録されている名高い次の和歌に基づいているということである。

ほのぼのと明石の浦の朝霧に嶋隠れ行く舟をしぞ思ふ　（巻九、四〇九）

つまり、明石君が去るにあたって、明石の地はこの歌で造形し直された訳である。しかも、これに先だって、都に帰った源氏が明石君に送った歌も、この古今集の和歌をもとにして詠まれていた。

嘆きつつあかしのうらに朝霧のたつやと人を思ひやるかな　（第二巻、二七五頁）

『古今集』の歌は強力にこの二つのテクストを結んでいる。そこに住んで生きる地ではなく、不可視の空間として思いやられるものとなる時、明石の地は朝霧に包まれて定立するのである。歌枕「明石」を造形する霧に直結するこの別れの場面に流れる霧と、嵯峨野の饗応の場に流れる霧を結びつけてくれるのは、異郷と時間に関わる藤井貞和氏の次の指摘である。[7]

なぜ異郷には異質な時間が流れるのか。それは異郷が見えなくなってゆくことと深い関係があろう。異郷が見られることをやめてゆくと、時間の異質な流れが異郷そのものであるかのようにみなされてゆく。

これはまた、明石君にまつわる年立の矛盾をむしろ明石君の持つ無時間性と捉え直し、「明石」のエピソードの持つ神話性と結びつけている高田祐彦氏の指摘とも符合する。[8] さらに、明石君にまつわる地理を霧に包まれる異界と理解することは、既に再三指摘されているこの人物に関わる神話的な表象（「若紫」における海竜王の后となるべき娘という冗談、父入道の予言的夢）からも支持される。かくして、霧は、明石の浦と嵯峨野とを異界として定立する装置として働いているのである。

都からの退去に当たって、何故須磨・明石が選ばれたかという主要な理由として、須磨は畿内の最果ての地であり、明石は畿外という異郷の第一歩であったという、政治・地理的説明がなされている。それ自体の妥当性を問題にするつもりはないが、明石と朝霧を結びつけるこの名高い歌の存在が、物語の布石を深部において動機づけていたとは言えないだろうか。引歌、本歌などを通してテクストを形作る強靭な糸として働いている和歌群とは別に、物語の基本的な結構を左右する存在としての和歌の役割を考え直してもいいのではないかと思わせるものを明石君と朝霧のつながりは持っているように見える。それと関連して、『源氏物語』の霧は朝霧が圧倒的に多いということも注目されるのである。

六　「夕霧」

しかし霧といえば、『源氏物語』の読者は何と言っても「夕霧」を思うだろう。この巻の主人公、源氏の息子は、次の歌によって「夕霧」と呼ばれている。四角張ったこの主人公が、熱心に通い詰めている女君に向かって詠む歌であり、この歌によって巻そのものも「夕霧」と呼ばれるようになった。

山里のあはれをそふる夕霧にたち出でん空もなき心地して
（第四巻、四〇三頁）

明石が代表する朝霧に対して、第二部の終りに近づいて小野の夕霧が向かい合うという構図が立ち上がる訳である。夕べが死を象徴する時間帯として『源氏物語』の中に析出していることを跡づけた河添房江氏の論は、夕霧という語の中に既に死が色濃く影を落としていることを示唆してくれる。[9]

しかし、図式化に陥らないようテクストを具体的に追って行こう。かなり複雑な筋のこの巻には、悲劇と喜劇、叙情と滑稽など、様々な対比的な構成が認められる。対照的な人間関係が交錯するこの巻において、霧は人間関係の不透明性を象徴する役割を帯びていることも確かである。深く結びついていた落葉宮とその母との親子関係は誤解によって亀裂が入る。宮の母は、宮に恋して通って来る夕霧に信頼を裏切られたと誤解し、夕霧は頑なに彼を拒否する宮に途方にくれ、宮は自分の意志を重んじようとしない夕霧に誇りを傷つけられる。大勢の子にかこまれて平穏な結婚生活を送ってきた夕霧の妻は、思ってもいなかった夫の挙動に動転し、嘆く。文学伝統の中で培われてきた霧のイメージは、このように精神的にまどう人々をよく表している。

しかし土方洋一氏が「景情不一致」という言葉で指摘しているように、[10]「夕霧」では、景が繰り広げる叙情と人間模様とがはなはだしく食い違っている。夕霧は誘惑者の役を演じるには、あまりに不器用であり、不幸な結婚に懲りている落葉宮は男からひたすら逃げようとする。「詩的な景」と「ちぐはぐな恋」の話は、釣り合っていない。夕霧が落込んでいる——読者にとっては滑稽であるが本人にとっては絶望的な——膠着状態に対して、自然の動きが激しすぎるのである。

この過剰な自然は霧と死とを結ぶ構造が先鋭化しているためであるように思われる。記憶と予兆という、死に対する二つの状況は、これまでの章では、「夕顔」のエピソードを除けば、一緒に出て来ることはなかったが、この章では並存している。「夕顔」と同様、落葉宮の老母の病を語るこの章は冒頭から病に刻印されており、死者の世界は記憶という形をとって執拗に立ち現われる。夕霧と落葉宮は今は亡き宮の夫、夕霧の親友で夕霧の妻の兄でもある柏木を、何度も思い出しているのである。この章には、死そのものもある。宮の母は、夕霧が宮をもてあそんだと誤解し、自らの誇りを踏みにじられたと思い込んで絶望のうちに死んでしまう。この章では、霧にまつわる装置、過去の死と将来の死とを呼び込むものとしての機能がこのように過激化している。それは霧という語の使用頻度が高いことにも表れている。この章では「霧」の語は十四回出て来るが、これは二番目に多い「賢木」のほぼ三倍に近い。

小野の霧は空間を閉じ、囲いこんで行くが、この霧の描写は、異空間を創出するというこの物語における霧のより本質的な役割を正確に語っているように思われる。明石君のエピソードが語るように、霧が導入する異界は、死の領域と「理想郷」としての異界という双方向に布陣されるが、死が支配する「夕霧」の小野の里にもこの重層性が認められる。作者はおのれの意志に反して小野の里を去らなければならなかった落葉宮の手に経箱を持たせ、それを浦島が海の底から持ち帰った玉手箱に喩えている。母子が籠った小野の里は異郷としても位置づけられているのである。

霧はその不透明性によって、視界を遮るものとして、その背後に広がる別世界を見えないものとして構築する。この章で認められる世界の二重化は、この章に極めて明瞭に認められる二極化構成と恐らく無関係ではないと思われる。田舎としての小野と都とが地理的に対比される。そして、母と夫の死に囚われている落葉宮が属する死の世界に対して、生命力に満ちあふれ子供に取り囲まれた夕霧の妻が象徴している生の世界が向かい合う。宮の母の悲劇的な死とは対極的に喜劇的な夕霧の苦労もある。こうした二極化構造は、世界を中心とそれを取り巻く辺境として秩序づけていた、源氏に体現される強力な中心が次第に消失していく過程にあることと無関係ではないであろう。そしてその意味において、この章は物語の第三部を予告しているとも言える。

この発表を終るにあたって、これまで述べたことを十世紀後半に成立した『大和物語』の一八段に重ね合わせてみたい。ある法師が、父が死んだ年の秋の夜に、貫之、友則などの友人達を自分の邸に招く。翌朝、霧が立ちこめる中で、一人の友人が歌の形で

『あなたの父上が朝霧に隠されているのなら、
　霧の晴れ目はどんなにうれしいものになるだろうか』

と言う。法師は、

『むしろ晴れないで欲しいのです。
　秋霧にまぎれて父が見えないとおもうことができるから』

と答える。次の二首である。

朝霧のなかに君ますものならば晴るるまにまにうれしからまし
ことならば晴れずもあらなむ秋霧のまぎれに見えぬ君と思はむ

この短い話は、『源氏物語』の霧の機能を象徴的に表しているように思われる。ここでは霧は視界を遮る幕として機能し、その不透明性によって逆説的に別の世界を、しかも、その性質上、見えることは決してない世界をつくるのである。『大和物語』においては、それは錯覚に過ぎず、そうでしかないことが醒めた眼で語られている。この醒めた視線は源氏の作者のものでもあった。例えば、夕霧がやっとのことで塗籠に逃げ込んだ落葉宮と一夜を過ごした後

の朝の場面はどうであるだろうか。夕霧は朝の光の中で宮を見出す。

内は暗き心地すれど、朝日さし出でたるけはひ漏り来たるに、埋もれたる御衣ひきやり、いとうたて乱れたる御髪かきやりなどして、ほの見たてまつりたまふ。（第四巻、四八〇頁）

この場面の景は、みごとに散文的である。

塗籠も、ことにこまかなる物多うもあらで、香の御唐櫃、御厨子などばかりあるは、こなたかなたにかき寄せて、け近うしつらひてぞおはしける。

恋が成就した空間は、霧が晴れてしまえばもうそこにはなにもないという『大和物語』の景色と同じように寒々としたむき出しの空間なのである。

しかしそれと同時に、この短い話が投げかける乾いた光は、逆光のように『源氏物語の』もう一つの世界、本質的に古代的な、ほとんど野性的と言ってもいい力によって突き動かされているしなやかな時空間を、そしてその意味において神話的と言うべき世界を照らし出すのである。この不可視の世界はこの巻の霧のように『源氏物語』のテキストから立ち現われてくる。

霧のただこの軒のもとまで立ちわたれば、「まかでん方も見えずなりゆくは。いかがすべき」とて、

山里のあはれをそふる夕霧にたち出でん空もなき心地して（第四巻、四〇三頁）

『源氏物語』が日本文学においてばかりでなく、文学一般という観点からも注目に価する作品であるのは、この古

代的な世界観と近代文学にまがうような人間に対する鋭い視線が共存しているところにもあるのではないだろうか。『源氏物語』における霧は、この物語が持っている複雑な広がりを作品の深部から引き出してくるように思われるのである。

〔注〕

1 犬飼公之「霧と雨の風景 覚書―自然と人間の連関」(『キリスト教文化研究所年報』、第三二号、一九九八年)

2 澤瀉久孝「霧ごもり」(『女子大国文』、第七号、一九五七年)

3 この大まかな区別は、古代和歌において霞が季節の景物として成長して行った過程を跡づけた高野正美氏の「「霞」の表現史」によっても確認される。また氏が指摘するように、『古今集』から現われる「隠す霞」、「こめる霞」というテーマも、花などの美的景物を朧化して提示する手法として、景の世界に属している(『万葉への文学史 万葉からの文学史』、二〇〇一年、笠間書院)。平安和歌を中心に検討した中島あや子氏の「源氏物語の和歌―霞み・霧・雲の心象」においても、遠景としての雲、霞、近景としての霧という理解が確認されている(『語文研究』、第六六～六七号、一九八九年六月)。

4 赤塚睦男氏によれば、この婉曲的用法の用例は十世紀に遡り、平安貴族にとっては極めて一般的であったとのことである(「雅語「霧」―病気の比喩として―」『熊本大学国語国文学研究』第二八号、一九九二年)。この用法は『古今和歌集』に収録されている「ほのぼのと明石の浦の朝霧に嶋隠れ行く舟をしぞ思ふ」についての神秘主義的解釈にも影響を及ぼしている(この点については、片桐洋一氏の『古今和歌集全評釈』(中)[講談社、一九九八年]を参照されたい)。

5 野村精一氏は、この部分について「六条院空間を意識的に改修した唯一の例であろう」と述べ、六条院という〈聖なる空間〉の解体の一齣としている(「光源氏とその〝自然〟」『源氏物語の研究』、一九七四年、東京大学出版会)。

6 桂院の饗宴の意味するものについては高田祐彦氏の「光源氏の復活」を参照されたい(『源氏物語の文学史』、二〇〇三年、東京大学出版会)。

7　藤井貞和「異郷論の試み」(『源氏物語の始源と現在』、一九九〇年、砂子屋書房／初版一九八〇年、冬樹社)

8　「〈座談会〉源氏物語のことばへ」(『文学』第七巻・第五号、二〇〇六年、九・十月号)

9　河添房江「源氏物語における夕べ」(『源氏物語表現史　喩と王権の位相』、一九九八年［一九八二年初出］、翰林書房)。しかし「夕霧」という語に関して一つ確認しておかなければならないのは、「夕べ」と「夕」の時間範囲が平安時代には違っていたという原田芳起氏の指摘である。氏によれば、「ゆふべ」が「あした」に対応するものとして時間的に狭く限定されているのに対し、「ゆふ」は「よひ」をも含む広い時間帯に対応する語であった。「夜霧」という語は平安時代の語彙には存在せず、『更級日記』の「ゆふぎり立ち渡りていみじうをかしければ、朝いなどもせず」という例に示されるように、「夕霧」は「夜霧」をも含んでいた(『平安時代文学語彙の研究』、一九六二年、風間書房)。

10　高橋亨、小嶋菜温子、土方洋一『物語の千年　「源氏物語」と日本文化』(一九九九年、森話社)

〔その他の参考文献〕

阿部俊子「紫式部の自然描写の特質」(『源氏物語と女流日記　研究と資料　古代文学論叢』第五輯、一九七六年、武蔵野書院)。この論文において、阿部俊子氏は「彼女は屢々自然の姿を、実態というよりもむしろ現象として捕らえた表現をしている」と指摘している。「霧」はもとより「実体」として捉えられうる「岩」、「木」などとは異なる流動性が極めて高い現象であり、作品世界がこうした現象を中核に形成されているという事実は、更に追究されるべき課題であると思われる。

石田穣二「源氏物語の情景描写」(『源氏物語講座』第七巻、一九七一年、有精堂)

上坂信男「小野の霧・宇治の霧―源氏物語心象研究断章―」(『日本文学研究資料叢書　源氏物語Ⅰ』(一九六九年［一九六八年初出］、有精堂)

桑原博史「夕霧の恋と家庭―夕霧巻―」(『源氏物語講座』第三巻、一九九二年、勉誠社)

小嶋菜温子「ぬりごめの落葉宮―夕霧巻とタブー―」(『源氏物語作中人物論集』、一九九三年、勉誠社)

小西甚一「苦の世界の人たち―『源氏物語』第二部の人物像―」(『言語と文芸』第六一号、一九六八年十一月)

佐藤孝子「〝霧〟語彙の諸相―紫式部の用語意識をめぐって―」(『文京国文学』第二四号、一九八九年)

田中隆昭「夕霧物語の主題」（『源氏物語研究集成』第二巻、一九九九年、風間書房）
辻和良「夕霧―〈等身大〉の男君」（『源氏物語講座』第二巻、一九九一年、勉誠社）
百留恵美子「「霧」の和歌表現史」（『国語学研究』第四三号、二〇〇四年三月）
福永佳子「『源氏物語』「夕霧」巻に見られる対照的描写」（『清心語文』第五号、二〇〇三年）
藤田加代「「霧の籬」考―源氏物語における自然把握の方法―」（『日本文学研究』第三二号、一九九五年三月）
藤田加代「源氏物語の「ただならぬ自然」（一九八三年初出）」「「霧」のイメージ」（『源氏物語の表現を読む』、一九九九年、風間書房）
三谷邦明「宇治・小野―源氏物語の「山里」空間」（『源氏物語研究集成』第十巻、二〇〇二年、風間書房）
三田村雅子「夕霧物語のジェンダー規制　「幼さ」・「若々しさ」という非難から」（『国文学解釈と鑑賞』八七九巻、六九―八号、二〇〇四年八月）
村田通男「萬葉集の霞と霧」（『和歌文学研究』第四号、一九五七年）

『源氏物語』第一部、第二部における霧

巻	霧＊	季節＊＊	時間	死
巻一　桐壺	0	夏・秋・春		桐壺更衣（源氏の母）、次いで更衣の母
巻二　帚木	0	夏		
巻三　空蟬	0	夏		
巻四　夕顔	4（景3、和歌［景］）	夏・秋―・冬	朝	夕顔
巻五　若紫	4（景1、和歌2［景］、台詞1）	春・夏・秋・冬―	朝	若紫の祖母
巻六　末摘花	1（和歌［源氏より末摘花へ］）	春・夏・秋―・冬・春	夕	

巻七　紅葉賀	0	冬・春・夏・秋		
巻八　花宴	0	春		
巻九　葵	2（景1、和歌1）	夏・秋｜・冬｜・春	朝・夕	葵（源氏の妻で夕霧の母）
巻一〇　賢木	5（景2、和歌3　内［景1］）	秋｜・冬・春｜・秋｜・冬・春・夏	朝・夕	桐壺院（源氏の父）
巻一一　花散里	0	夏		
巻一二　須磨	2（景1、和歌1［賢木巻の引用］）	春｜・夏・秋｜・冬・春	朝・夕	
巻一三　明石	1（和歌［都の源氏より明石へ］）	春・夏・秋・春・夏・秋｜	不定	
巻一四　澪標	0	冬・春・夏・秋・冬		六条御息所
巻一五　蓬生	0	秋・冬・夏		
巻一六　関屋	0	秋		
巻一七　絵合	0	春		
巻一八　松風	4（景2、和歌1［景］、台詞1）	秋｜	朝	
巻一九　薄雲	0	冬・春・夏・秋		藤壺（桐壺院の妻）、左大臣（葵の父）
巻二〇　朝顔	2（景1、和歌1［景］）	秋｜・冬	朝	桃園宮（朝顔の父）これ以前に薨去
巻二一　乙女	0	春に始まり冬に終わる三年間		
巻二二　玉鬘	0	春・秋・冬		
巻二三　初音	0	春		
巻二四　胡蝶	0	春・夏		

巻二五 蛍	0	夏		
巻二六 常夏	0	夏		
巻二七 篝火	0	秋		
巻二八 野分	2（景）	秋｜	朝	
巻二九 行幸	1（和歌）＋目をきらす1（和歌）	冬｜・春	朝	
巻三〇 藤袴	0	春・秋		大宮（葵の母［喪により示される］）
巻三一 真木柱	0	冬・春・秋・冬｜		
巻三二 梅枝	0	春		
巻三三 藤の裏葉	1（景［比喩 霧の隔てなくて］）	春・夏・秋・冬｜	午後	
		（第一部了）		
巻三四 若菜上	0	冬・春・夏・冬・春		
巻三五 若菜下	0	春・冬・春・夏・冬		
巻三六 柏木	0	春・夏・秋		柏木（落葉宮の夫、夕霧の友人、左大臣の息子）
巻三七 横笛	0	春・秋		
巻三八 鈴虫	0	夏・秋		
巻三九 夕霧	14（景8、和歌3［景］、台詞3）＋目も霧りて1	秋｜・冬	夕・朝	一条御息所（落葉宮の母）
巻四〇 御法	0（＋涙の比喩表現1 霧りふたがり）	春・夏・秋		紫上

巻四一 幻	0	春・夏・秋・冬（第二部了）		

＊霧 和歌［景］とあるのは、眼前の霧の景との関わりで歌の中に霧が詠まれている場合。

＊＊季節 巻に言及されている季節を示す（新編の年立てを参照した）。傍線が霧の出て来る季節。

『源氏物語』と「和歌共同体」の言語

土方　洋一

一　柏木述懐における和歌的表現

『源氏物語』は、創作された物語だが、虚構の語り手を設定し、その語り手の口を介して出来事が語られるという形式になっている。語り手に与えられた性格は、伝承を語る語り手、体験を回想して語る語り手、眼前に展開する状況を実況する語り手等々、場面によって様々に変化するが、語り手が出来事を対象化して語るというスタイルは、物語全体を通しての基本的な枠組みであり、それはこの時代のフィクションのあり方として一般的な形式だと言える。

ところが、そのような物語の中で、語り手のことばであるはずの地の文が、作中人物の心のことば、即ち心内語（内話・心中思惟とも）とときに融合してしまうという現象が起こる。

作中人物の発話である会話文と違って、心内語はことばとして外化されたものではなく、半ば語り手によって推測された内的状況であるだけに、もともと地の文との区別は曖昧なものになりやすい[1]。一例をあげるならば、女三の宮が薫を出産した後、光源氏の態度が冷淡であることを知って、出家を決意する場面に、さのみこそは思し隔つることもまさらめと恨めしう、わが身つらくて、尼にもなりなばやの御心つきぬ。

（柏木④三〇一）[2]

という記述があるが、「尼にもなりなばや」は短小かつそれを受ける「の御心つきぬ」が要約的なので、女三の宮の心内語として扱うべきか否かは微妙である。

物語の中の地の文と心内語との境界が、もともとそうした曖昧さを伴っているということを前提とした上で、ここで取り上げてみたいのは、文脈的な流れの中で地の文から心内語的な表現への移行が見られ、かつその心内語的表現が一定以上のまとまりを持った言説を構成しているような場面である。

地の文が作中人物の心内語化するという点では、〈内的独白〉(inner monologue) に似ているが、完全に作中人物の声にシフトしているわけではない場合が多く、そのような文脈では、発話の主体が語り手なのか作中人物なのかが極めて曖昧になる。

そのような表現の代表的な例として、柏木巻の冒頭の部分を次に掲げる。

衛門督の君、かくのみなやみわたりたまふこと、なほおこたらで、年も返りぬ。大臣、北の方思し嘆くさまを見たてまつるに、[*]強ひてかけ離れなむ命かひなく、罪重かるべきことを思ふ心は心として、また、あながちにこの世に離れがたく惜しみとどめまほしき身かは、いはけなかりしほどより、思ふ心ことにて、何ごとをも人にいま一際まさらむと、公私のことにふれて、なのめならず思ひのぼりしかど、その心かなひがたかりけりと、一つ二つのふしごとに、身を思ひおとしてしこなた、[1]なべての世の中すさまじう思ひなりて、後の世の行ひに本意深くすすみにしを、親たちの御恨みを思ひて、[2]野山にもあくがれむ道の[3]重き絆なるべくおぼえしかば、とざまかうざまに紛らはしつつ過ぐしつるを、つひに、なほ世に立ちまふべくもおぼえぬもの思ひの一方ならず身に添ひにたるは、我より外に誰かはつらき、心づからもてそこなひつるにこそあめれと思ふに、恨むべき人もなし。神仏をもかこたむ方なきは、これみなさるべきにこそはあらめ、[4]誰も千歳の松ならぬ世は、つひにとまるべきにもあらぬを、かく人にもすこしうち偲ばれぬべきほどにて、なげのあはれをもかけたまふ人あらむをこそは、[5]一つ思ひに燃えぬるしるしにはせめ。せめてながらへば、おのづから、あるまじき名をも立ち、我も人も安からぬ乱れ出で来るやうもあらむよりは、なめしと心おいたまふらんあたりにも、さりとも思しゆるいてむかし。よろづのこと、いまはのとぢめには、みな消えぬべきわざなり。

（柏木④二八九～二九〇）

一つ前の若菜下巻で、女三の宮との密通を光源氏に知られたことを悟った柏木は、心労のあまり重い病気にとりつかれる。それに続くこの柏木巻では、年が改まっても柏木が依然として重病の床にあるという事実を、語り手の立場から述べることばで開始されるが、第二文の「大臣、北の方、おぼし嘆くさまを見たてまつるに」に続くあたりから、地の文はそのまま延々と続く柏木自身の述懐に流れ込み、柏木の思い描いていた夢と挫折、女三の宮との過ちと、それを死をもって償おうとする覚悟、などを心中で反芻する様が語られてゆく。

見られるように、この柏木の述懐は地の文と連続しているが、この部分の記述が、事実上は柏木の心内語に近いものになっていることは、柏木の心境を述べている部分に、冒頭文文末に見られた「ぬ」や、過去の出来事であることを示す「けり」などといった助動詞が用いられていないこと、柏木に対する敬語が消えていること、などからも明らかである。この部分は、柏木が心の中でこういうことを思った、という語り手の説明的なことばではなく、柏木の内面に寄り添った一人称的な言説になっている。

地の文から心内語への連続的な移行として、これにやや類似する形としては、たとえば若紫巻で光源氏がはじめて紫の上の姿を垣間見する場面における、次のような記述が想起される。

日もいと長きにつれづれなれば、夕暮のいたう霞みたるにまぎれて、かの小柴垣のもとに立ち出でたまふ。人々は帰したまひて、惟光朝臣とのぞきたまへば、ただこの西面にしも、持仏すゑたてまつりて行ふ、尼なりけり。簾すこし上げて、花奉るめり。中の柱に寄りゐて、脇息の上に経を置きて、いとなやましげに読みゐたる尼君、ただ人と見えず。四十余ばかりにて、いと白うあてに痩せたれど、つらつきふくらかに、まみのほど、髪のうつくしげにそがれたる末も、なかなか長きよりもこよなういまめかしきものかな、とあはれに見たまふ。（若紫①二〇五～六）

この場面では、「のぞきたまへば」までは純然たる地の文だが、それ以降、語り手の眼差しは光源氏の眼と心とに一体化していき、それもただ融合的な表現であるというだけではなく、文末が「～いまめかしきものかな、とあはれに見たまふ」と受けられているように、明確に心内語に移行していたことが事後的に確認されている。こうした地の文から心内語への連続的な移行は、中島広足が「うつり詞」と名づけた語法の一類とも見られるが[3]、ある場面のシークェンスの中で見られるのではなく、巻の冒頭部分にいきなり現れること、若紫巻の例のように、作中人物の「見る」視線と一体化する形での自然な移行とは異なること、いつ地の文に回帰するのかわからないほどに延々と続く長大さを持っていること（定家本で実にまるまる二丁分以上に及ぶ）[4]などの諸点において、柏木巻の引用箇所は極めて特徴的な文章であるといえる。

ところで、先に引用した柏木巻の冒頭部分には、多くの引歌や歌ことばが散りばめられている。傍線部1～5には、それぞれ、

1 大方の我が身ひとつのうきからになべての世をもうらみつるかな （『拾遺集』恋五 九五三 貫之）
2 いづくにか世をばいとはむ心こそ野にも山にもまどふべらなれ （『古今集』雑下 九四七 素性）
2 いつまでか野辺に心のあくがれむ花し散らずは千代もへぬべし （『古今集』春下 九六 素性）
3 世の憂きめ見えぬ山路へ入らむには思ふ人こそほだしなりけれ （『古今集』雑下 九五五 物部吉名）
3 み狩りする駒のつまづく青つづら君こそ我はほだしなりけれ （『拾遺集』雑恋 一二六四 読み人知らず）
4 憂くも世に思ふ心にかなはぬか誰も千歳の松ならなくに （『古今六帖』第四 三二九四八）
5 夏虫の身をいたづらになすこともひとつ思ひによりてなりけり （『古今集』恋一 五四四 読み人知らず）

のような引歌が指摘しうるし、引歌ということではないが、柏木の心内語的な言説にまさに移行するところの「強ひてかけ離れなむ命かひなく」（＊印）というくだりも、

玉かづらかけはなれたるほどにても心かよひはたゆなとぞ思ふ （『斎宮女御集』一六〇）
すりごろもきたる今日だにゆふだすきかけはなれてもいぬる君かな （『一条摂政御集』一五一）
あるほどはうきを見つつもなぐさめつかけはなれなばいかにしのばん （『和泉式部集』六五四）

のような用例があり、極めて歌ことば的な表現であるといえる。

また、この範囲に見られる引歌には、『古今集』雑下に収められている歌が多く、無常・厭世・隠遁といった『古

今集』雑下全体の主題が、総体として、この部分の柏木の述懐にこだましている。個々の引歌が独立してあるというよりは、一貫した流れのようなものが看取されるのである。

こうした歌ことばとの照応を眺めていると、単に和歌的な表現[5]が多用されているというだけではなく、恋による身の破滅、有為の身でありながら無常の思いに駆られ世を背くというような、和歌世界において反復されてきた主題に大きく寄りかかって、柏木という人物の内面が形象されつつあることが理解できる。この長大な柏木の心内語的表現の中で、和歌的な表現がになっている意味は大きく、かつ本質的なものである。

二　和歌的表現は誰のものか

物語の言説の中に現れる引歌や歌ことばは、和歌のことばの一種の引用と考えられることが多いが、柏木巻冒頭のような場面において現れる引歌や歌ことばは、いったい誰が引用しているのだろうか。

この部分の言説を、地の文の延長線上にあるものと考えれば、これは語り手のことばであり、語り手が引用の主体ということになるが、この部分のように機能的な性格の強い語り手に関しては、〈引用する主体〉という性格をになわせることには無理がある。一方、この部分を一種の心内語と見れば、これは柏木の内面のことばであり、柏木が引用の主体ということになるが、重病の床にある柏木が綴れ織りのように和歌を引用しつつ心中で述懐していると考えるのもしっくりしない。

結局、語り手による引用とも、作中人物による引用とも考えにくいため、このようなところではどうしても、テクストの外側にいてことばを操作している主体（一般に〈作者〉という用語が充てられているもの）を、引用の主体として想定したくなる。〈作者〉が、一種の創作上の技法として、和歌のことばを引用しつつ柏木の内面を描写している、というように見るわけで、その場合、引歌という現象を語りの言語的審級の枠組みの内部でとらえる立場は放棄されることになる。つまり、テクスト全体が虚構の語り手の言説であるという仮名物語の表現の原理とは別個の次元の問題として対応することになる。

そのような処理の仕方が当を得ているのかどうか、別の場面を例にとって考えてみる。

橋姫巻。八の宮は、京の自邸が火災で焼けたあと、姫君たちを連れて宇治へ移住する。宇治に住まいを移したものの、八の宮は寂しい山里の情景を眼にし、耳慣れない宇治川の水音に触れつつ思いに沈む、その傷心の思いを語るくだりである。

[ア]網代のけはひ近く、耳かしがましき川のわたりにて、静かなる思ひにかなはぬ方もあれど、いかがはせん。[イ]花紅葉、水の流れにも、心をやるたよりに寄せて、[1]いとどしくながめたまふより外のことなし。[2]かく絶え籠りぬる野山の末にも、[ウ]昔の人ものしたまはましかばと思ひきこえたまはぬをりなかりけり。

　見し人も宿も煙になりにしをなにとてわが身消え残りけん

[エ]生ける[オ]かひなくぞ思しこがるるや。

いとど、山重なれる御住み処に尋ね参る人なし。あやしき下衆など、田舎びたる山がつどものみ、まれに馴れ参り仕うまつる。[3]峰の朝霧晴るるをりなくて明かし暮らしたまふに、[4]この宇治山に、聖だちたる阿闍梨住みけり。

（橋姫⑤一二六〜七）

ここでも、地の文はそのまま八の宮の心情と重なり合っている。第一文文末の「いかがはせん」という表現などは、いかにも地の文らしくない表現であり、八の宮の内面からのことばという印象を生み出している。一方、「いとどしくながめたまふ」等のように、八の宮に対して敬語が用いられているので、前掲の柏木巻の場合ほど作中人物の内面と一体化している感じは強くない。語り手のことばと作中人物のことばとが並行状態として表れていると見るべきであるかもしれないが、全体として、八の宮の心情に寄り添った、八の宮の心内語にごく近い表現であることは明らかである。

ここでも、傍線部1～4には、

1　いとどしく過ぎゆくかたの恋しきにうらやましくもかへる浪かな
（『伊勢物語』七段、『後撰集』羇旅　一三五二　業平朝臣）

2　いづくにか世をばいとはむ心こそ野にも山にもまどふべらなれ
（『古今集』雑下　九四七　素性）

3　雁の来る峰の朝霧晴れずのみ思ひつきせぬ世の中の憂さ
（『古今集』雑下　九三五　読み人知らず）

4　我が庵は都のたつみしかぞすむ世をうぢ山と人はいふなり
（『古今集』雑下　九八三　喜撰法師）

のような引歌が指摘できるほか、波線を施したア「網代」[6]、イ「花紅葉」[7]、ウ「昔の人」[8]、エ「生けるかひなく」[9]、オ「山重なれる」[10]、なども、和歌と密接なつながりを持つ歌ことばというべき語句であり、全体として、歌ことばのおびただしい引用によって構成されている感がある。

さらに興味深いことには、この部分には「見し人も宿も煙になりにしをなにとてわが身消え残りけん」という八の宮の独詠歌が含まれている。最愛の北の方も、京の自邸も失って、ただ一人憂き世に取り残された孤愁を詠んだ歌である。

ただし、この歌を八の宮の独詠歌と見なしてよいのかどうか、八の宮という主体に属することばなのかどうかということになると、厳密に言えばやや曖昧な面があるように思われる。

『源氏物語』の中には、七九五首の和歌が見られ、それらは原則として作中人物が詠んだ歌だが、中には、作中人物がその場面で歌を詠んだという出来事の記述であることが明確に記されておらず、ただ地の文の合間に歌だけが挿絵のように挿入されている和歌がある。そのような和歌の中のあるものは、作中人物に属することばのようでもあり、その場面を外側から把握し、意味づけようとする創作主体に属することばのようでもあるような、重層的な機能を帯びた言説、作中場面に属さない言説として配置されていると、筆者は考えている。[11]

この「見し人も」の歌も、この場面で八の宮が歌を詠んだということを明示するような書き方にはなっていない。前後の地の文は連続しており、その間に歌だけが挟まっている。地の文が表現している場面との結びつきが緩く、作中場面からは浮き上がっているような印象がある。

この歌は、八の宮が感じている孤独・悲哀・無常などを表す表現として、地の文における引歌や、「網代」「野山」「峰の朝霧」「宇治山」等の歌ことばと緊密に響きあっているが、作中場面に属する歌、即ちそのときその場で八の宮がこの歌を独詠したという事実を語っているとは解しにくい。さればといって、語り場面に属する歌、即ち語り手が八の宮に成り代わって詠んだ歌が掲出されたものと解するわけにもいかない。それではこの歌は、作中人物にも語り手にも属さない、テクストを外側から操作している主体のことばであると見なしうるのかというと、それにも無理があるのである。

通常、八の宮の独詠歌と見なされていることからもわかるように、この歌は、北の方を喪い、都での生活の本拠も失って、幼い姫君たちを連れて寂しい宇治の地に引きこもることになった八の宮の孤独と絶望を表出している。その意味では、八の宮という作中人物の人生経験に根ざした歌であることは認められる。

しかし、それと同時に、特に下の句に詠まれているような孤独・哀傷の思いは、八の宮個人の心情を超えた、抒情の型としての普遍性を持っている。この歌は、物語の特定の場面から半ば解放されていることによって、読者が八の宮の境遇に同情し、感情移入することで、自分自身が内部に抱えている喪失感や無常の思いを託することのできる拠り所のようなものとしても機能しているとさえ考えることができる。

このような歌を創作主体の外部からの介入ととらえることは不可能だし、作中場面に押し込めて、八の宮の独詠歌ととらえるだけでも、その機能のとらえ方としては不充分である。作中場面に属するようでもあり、同時に作中場面の外側にあるようでもあるという、多義的な働きを持っている点を重視すべきであろう。

このように、独立した一首の和歌の形をとって文脈中に配置されたことばが、作中人物のことばとも作者のことばとも限定しにくいということになると、この歌と緊密に響きあっている、心内語的地の文の部分における引歌や歌ことばについても、語り手か作中人物かあるいは作者かのいずれかによる引用と、その引用主体を一義的に限定しようとする発想自体が有効ではないということになりそうである。というよりもむしろ、こうした引歌や歌ことばを〈引用〉という発想でとらえようとすること自体に無理があると言うべきではないだろうか。

三　「和歌共同体」のことば

言うまでもなく、引歌や歌ことばという技法は、当時の貴族たちが共有していた古典和歌の知識、教養を前提にしている。古典和歌の知識、教養を共有している集団を、ここでは仮に「和歌共同体」[12]と呼ぶことにすると、平安時代の宮廷社会のただ中で書かれた『源氏物語』というテクストは、古典和歌の知識と教養を共有している人々、即ち作者と同じ「和歌共同体」に属する人々を読者として想定している。たとえば桐壺巻の、更衣の死後、人々が改めてその人がらを追懐するくだりに、

「なくてぞ」とは、かかるをりにやと見えたり。（桐壺①二五）

とある一節には、「あるときはありのすさびににくかりきなくてぞ人は恋しかりける」という引歌が指摘されているが、[13]こうした記述は、読者が直ちに引歌全体を想起しうることが前提になっている。言説の至るところに散りばめられているこうした和歌的表現は、単に凝った修辞というに留まらず、そこでの表現意図が当然読者に抵抗なくなめらかに受け入れられるであろうことを前提として配置されている。

今回例として取り上げた柏木巻と橋姫巻の本文は、語り手と作中人物の内面が融合したような部分であるが、こうしたくだりに特に和歌的なことばが濃密な頻度で表れるのは、物語の作中人物も同じ言語世界を共有している、即ち作中人物もまた、当然の前提として「和歌共同体」の成員として造型されている、ということと関係があるだろう。柏木や八の宮のような作中人物は、彼ら自身が豊かな古典和歌の知識、教養を身につけている人物であり、従って彼らの詠嘆や哀傷の心情を内側から描こうとする際には、自ずからこうした和歌的表現の伝統に大きく依存することになる。

また、和歌が基本的に一人称的な言説であるということも、こうした内面的な記述の中に和歌的なことばが多く湧出することと関係していると思われる。地の文の言説が、作中人物の一人称的な表現に近づくとき、それが内面的、述懐的なものであればあるほど、和歌的な抒情の型や語彙へと接近してゆくメカニズムが働くのである。

要するに、このような表現構造を持つ場面において、和歌的な表現がいっせいにあふれ出るのは、作者と読者と作中人物とが、互いに「和歌共同体」の成員として、目に見えない、強い紐帯で結ばれていることを前提として言説が成り立っているからだと考えられる。そこには、作者が虚構の世界や人物を一種の客体として描き出すというのとは本質的に異なる言語意識、対読者意識が働いていると見なければならないだろう。

そのことを、ことばを操作する主体の側から見るならば、このような場面に散りばめられている引歌や歌ことばは、「作者によって引用された、コードを背負ったことば」という以前に、「和歌共同体」の中に身を浸すようにして生きている主体が物語の筆を執り、こうした抒情性の高い場面にさしかかったとき、和歌的な語彙、表現という共同性の強いことばが無意識の裡に発動するという心理的なメカニズムなのだと考えるべきなのではないだろうか。

そう考えてよければ、そうした共同性の強いことばの主体は、作者とも語り手とも作中人物とも特定しがたい、曖昧な主体にほかならない。このような場面における引歌や歌ことばは、「作者」「語り手」「作中人物」のように切り分けられたいずれかの主体に属することばなのではなく、「和歌共同体」の中で体系化され、管理されていることばが、創作主体の意識的な言語操作能力を突き破って浮上してきているのだと考えてみたいのである。

先の柏木巻の一節では、語り手と柏木とが半ば一体化し、地の文そのものが柏木の一人称の述懐に近づいているが、このようなくだりでは、読者もまた、一人称で内省する柏木に自らの心を重ね、自分が柏木自身になったかのような錯覚にとらわれつつたどり読むことになる。橋姫巻の場合も同様で、八の宮の一人称の述懐に接近したこのくだりを読んでいる読者は、寂しい宇治の地で孤独と流竄の思いをかみしめている八の宮の心に自らの心を重ねるようにして読み進めることになる。

読者が作中人物の心情をあたかも自らの心情であるかのように感じるということは、語り手と作中人物とが一体化したような部分で一般的に起きる現象だが、そこに散りばめられている引歌や歌ことばは、作中人物と一体化することで、読者が自らのものとして体感する抒情や詠嘆の思いを増幅する働きをもっている。

語り手が出来事を説明的に語っているような部分では、読者は、語り手が語ったことばを聞く聞き手の立場でテクストを享受しているが、先の柏木巻や橋姫巻のような性格の言説の場合には、読者は、語り手のことばを聞くという受動的な立場を離れて、自ら「和歌共同体」の一員として振る舞うことが期待されていることになる。言い換えれば、和歌を享受する際に、私たちが常に詠者の立場に立って歌の内容を理解しようとするように、このような場面においては、読者はそこでのことばを、「他者のことば」としてではなく、「自らの内から湧き上がることば」として受け止めることが求められているはずなのである。

はなはだ唐突に聞こえるだろうが、「自らの内から湧き上がることば」というわかりにくいかもしれない表現を用いる際に、筆者の脳裏に浮かんでいるのは、ヨハン・セバスチアン・バッハの『マタイ受難曲』におけるコラール（合唱）部分のことである。

『マタイ受難曲』のテクストは、イエスの受難劇というストーリーを持った楽曲であり、福音史家（エヴァンゲリスト）という語り手のことば（レチタティーヴォ）によって進行する。また登場人物相互の会話も織り込まれていて、物語的な性格の強いものだが、その中途にストーリーの流れを中断する形で、

われを知りたまへ、我が守り手よ。
我が牧者よ。われを受け入れたまへ。

すべてのよきものの源よ、汝によりて、
われは多くのよきものをかうむりたり。

のようなコラールが挿入されている。右に掲げたのは、第一部のいわゆる最後の晩餐の場面に挿入されるコラールの歌詞だが[14]、このコラールの旋律はその後何度か反復され、最後には、イエスが十字架上で息絶えた直後にうたわれる、

いつの日か、われ去り逝くとき、
われをば離れたまふな。
われ死に対するとき、
汝立ち出でて我が盾となりたまへ。

というコラールの旋律として表れる。

これらのコラールの歌詞の中に見える一人称の「われ」は、おそらく物語の場面の中にいる人々であってもよいし、物語の場面の外部にいる信仰者であってもよい、かつこの楽曲の聴き手の誰であってもよい、曖昧な「われ」である。共同性が強いがゆえに曖昧である、通常の一人称とは異なる「われ」の表現に押し上げられる瞬間が、イエスの受難劇の節目節目には不可欠なのである。

もちろんこうした説明は比喩でしかないが、『源氏物語』の中の和歌的な表現を散りばめた抒情的場面には、その共同性と一人称的な性格、前後の場面から切り離された孤立性、作中場面を超えた感興の高揚などの点で、『受難曲』におけるこうしたコラールのあしらわれ方を思わせるものがある。

散文の言語が、指示するものを受け手に提示する言語であるのに対して、〈詩的言語〉は表現の形状そのものに注意を促す言語であるといわれるが、[15]読者がことばを与えられた情報として受容するのではなく、自らも共有する発話として受け止めることが要請されているという意味において、これらの記述は散文的な地の文から離れ、〈詩的言語〉の層に近づいているともいえる。

そしてそれは、これらの表現が訴えかけてくるものが、柏木や八の宮の個人的な述懐という枠組みを超えて、王朝和歌の世界における規範的な美意識や観念と結びついた、普遍性を持った美しさにつながるものであるということとも関係している。予め体系化され、共有されている、〈詩的言語〉の層に直接アクセスするような指向性を持った表現なのである。

このような表現は、作者と読者と作中人物とが等しく、古典和歌の知識と教養を共有している「和歌共同体」の成員であるということが確信されているような場においてはじめて成立する。つまり、古典和歌の知識と教養の共有が前提となっている「和歌共同体」の観念が機能している言語社会の下でのみ可能な表現であり、翻って考えれば、それは一般的に〈散文〉という言い方で呼び慣わされている言説のあり方とは異質なものである。

四　言語の共同性に向けて

本稿において問題にしてきたことは、『源氏物語』の言説の多様性を、語りや引用の方法を超えた、一種の想像力のメカニズムの問題としてとらえようという方向性を持っている。

たとえば、柏木巻の冒頭は、「柏木が重病の床に臥したまま、年が改まった」という事実を述べた巻頭の一文が置かれた後、明らかに性格の異なる言説へと移行している。筆者はそれを、「和歌共同体」を基盤とする言説への移行というように理解するのだが、それは意識的な言語操作というよりは、語り手が（この場合、語り手を操作する創作主体が、といってもよい）、柏木という作中人物に感情移入し、心情的に一体化することによって自ずから発生する現象ととらえられる。先にも述べたように、このような言説は、作中人物の詠嘆、述懐を内面から表出するような文脈において見られるのだが、その詠嘆、述懐の姿勢が、この時代の人々の心性として、個別の心情というよりは、和歌世界において類型化された表現に重なってゆく。そしてそれが古典和歌の知識、教養を共有する人々に向かって開かれたものである関係上、物語を受容する読者にも柏木への心情的な一体化を強く促すものとなる。

つまるところ、この場面における言説は、物語の作者と読者との間にある垣根を融解させるような働きを持った言説なのである。

語り手—聞き手、作者—読者、という物語の言語の審級は、メッセージの送り手と受け手とをいずれも個的な主体としてイメージする西欧近代の言語観を前提としている。しかし、『源氏物語』の言説の或る部分に関しては、言語を発する主体に或る種の不明瞭さがあり、しかもその不明瞭さが、言説の対者の不明瞭さにつながり、ひいてはその言説が意味的な了解を求める伝達の言語であるのかどうかさえも疑われるような、表現の質の違いを生み出している。そうした物語言語としての異様さの中に、読者を強く惹きつける表現の秘密があるように思われる。

こうした特殊とも言える物語言説のあり方に接する時、連想されるのは、謡曲に見られる和歌のことばの織りなされ方である。たとえば謡曲『井筒』のクライマックスにおいて、後ジテ（亡霊）が「筒井筒」とうたい、地謡が「筒井筒／井筒にかけし」と受け、さらにそれをシテが「まろがたけ」と受け、地「生ひにけらしな」、シテ「生ひにけるぞや」と、詞章が受け渡されてゆく。

ここの詞章はいうまでもなく、『伊勢物語』二十三段の、「筒井つの井筒にかけしまろがたけ過ぎにけらしな妹見ざるまに」に拠っている。[16] その古歌のことばが、地の詞章と登場人物（シテ）のことばの間で、受け渡され、反復され、ずらされつつ、大きな詠唱の流れを構成することになる。そのような舞台空間におけることばの交響が、見る者の裡にある『伊勢物語』的世界への憧憬、古典世界への愛惜の情を喚起して、比類のない演劇的感興を生み出すことになる。

発話の主体の曖昧さがむしろプラスに作用し、享受者をも巻き込んで大きな感動を生み出していくという『源氏物語』の和歌的表現に寄りかかった場面のことを考えるとき、そこにはこうした謡曲独特の言語表現とも共通する「言語の共同性」の問題があると言ってみたい誘惑に駆られる。そしてそれはおそらく、「和歌共同体」が機能していた時代の言説に特有のものなのである。

『源氏物語』は、和歌のことば、和歌的表現の世界との間に強い親和性を持っており、そのような部分の分析は、和歌という「共同的な言語」がどのように機能するのかという観点を抜きにしてはおそらく成り立たないことになるだろう。

〔注〕

1　心内語については、穐田定樹「源氏物語の内話」（『中古中世の敬語の研究』一九七六年）、鈴木一雄「心内語の問題」（講座日本文学『源氏物語』下、一九七八年、至文堂）等を参照。

2　以下、本文の引用は小学館新編日本古典文学全集により、巻数頁数を示す。

3　中島広足『あまのくぐつ』(『中島広足全集』二、一九三三年、大岡山書店)

4　柏木の心内語的地の文の範囲を、諸注は引用の少し先の「あはれも出で来なん」までとし、そこでいったん地の文に戻るという処理をしているが、その先の「などかく、ほどもなくしなしつる身ならん」のあたりまで続くと見ることも可能である。土方「過ちと応報」(『源氏物語のテクスト生成論』二〇〇〇年　笠間書院)参照。

5　特定の歌を踏まえている「引歌」、単語レベルで和歌的なイメージを背負っている「歌ことば」、広義の意味での「和歌的な言い回し」、はそれぞれ異なる側面を持つものの、連続的な性格を持っているので、ここでは特に区別せず、一括して「和歌的な発想に由来することば」として扱うことにする。

6　「網代」という歌ことばは、「もののふの八十宇治川の網代木にいさよふ波の行くへ知らずも」(『万葉集』巻三、二六四　人麻呂)「宇治河の浪にみなれし君ませば我も網代によりぬべきかな」(『後撰集』雑二、一一三六　大江興俊)「数ならぬ身を宇治河の網代木に多くの日をも過ぐしつるかな」(『拾遺集』恋三、八四三　読み人知らず)「宇治河の瀬々にありてふ網代木に多くのひをもわびさするかな」(『古今六帖』一五二四)など、「宇治川」との結びつきが強い。

7　「花紅葉」については、「春は花秋は紅葉と散りはてて立ち隠るべき木の下もなし」(『拾遺集』哀傷、一三一一　読み人知らず)「ふる雪は枝にしばしもたまらなん花も紅葉もたえてなきまは」(『古今六帖』六八五)「春秋はすぐすものかな心には花も紅葉もなくこそありけれ」(『貫之集』八九一)などがあり、明らかに和歌的な表現である。

8　「五月待つ花橘の香をかげばむかしの人の袖の香ぞする」(『古今集』夏、一三九　読み人知らず)「玉川にさらす手作りさらさらにむかしの人の恋しきやなぞ」(『拾遺集』恋四、八六〇　読み人知らず)「ほととぎす花橘の香をとめて鳴くは昔の人や恋しき」(『和漢朗詠集』一七四)「今までに昔の人のあらませばもろともにこそゐみてみましか」(『貫之集』八八〇)「花の色を見るにつけつつもろともにをりし昔の人ぞ恋しき」(『能宣集』一)など。

9　「年を経て生けるかひなき我が身をば何かは人にありと知られん」(『後撰集』恋五、九四〇　読み人知らず)「ねぬなはの苦しかるらん人よりも我ぞ益田のいけるかひなき」(『拾遺集』恋四　読み人知らず)「雲居にて世を経る頃はさみだれぬ天の下にぞ生けるかひなき」(『大和物語』百六段)など。

10　「月読の光にきませあしひきの山かさなりて遠からなくに」(『古今六帖』第五、三三六八七)、など。

11　土方「源氏物語における画賛的和歌」(『源氏物語のテクスト生成論』二〇〇〇年、笠間書院)、同「物語作中歌の位相」(青山学院大学文学部日本文学科編『源氏物語と和歌世界』二〇〇六年　新典社)、同「『源氏物語』と歌ことばの記憶」(『国語と国文学』二〇〇八年三月)等。

12　ここで「和歌共同体」と呼ぶのは、実体としての貴族集団のことではなく、同等の和歌の知識、教養の共有が前提されている、理想の上での集団、観念上の共同体を指す。

13　『源氏釈』の指摘する出典未詳歌。「ある時はありのすさびに語らはで恋しきものと別れてぞ知る」(『古今六帖』三三六五一)は類歌か。

14　十三世紀後半の受難詠歌に基づく、P・ゲールハルト作受難節コラールに拠るという。

15　ヤコブソン「言語学と詩学」(『一般言語学』一九七三年、所収)参照。

16　天福本等諸本、初句は「筒井つの」だが、後世の古註・歌論等多くは「筒井づつ」とする。

紅葉賀巻における対話
――和歌と和歌引用の機能――

ジャクリーヌ・ピジョー

この発表では、私も『源氏』の和歌を扱うが、土方さんが叙述部分の中の和歌について発表されたのに対して、私は対話（ディアローグ）の中の和歌について述べたい。対話と言っても全般的なものではなく、紅葉賀巻に焦点を当て、比較を容易にするために、源氏とこの巻に登場する五人の女達の間に交わされるものに限って考察する。また、話の順にではなく、明快な関係から複雑な関係へ、把握が容易なものから難しいものへという順に検討していく。なお、紅葉賀巻の関連箇所は、小学館・新編日本古典文学全集のセクション番号によって示す。セクション番号と内容の見出しは以下の通りである。

§1　行幸の試楽に、源氏、青梅波を舞う
§2　翌朝、源氏と藤壺、和歌を贈答する
§3　朱雀院の舞楽に、源氏妙技を尽す
§4　源氏と葵の上の仲　紫の上、源氏を慕う
§5　源氏、三条宮に藤壺をとぶらう
§6　源氏、幼い紫の上をいとおしみ、相睦ぶ
§7　源氏、左大臣邸に退出　翌日、藤壺へ参賀
§8　皇子の誕生と、源氏・藤壺の苦悩

§9　皇子参内　帝の寵愛と源氏・藤壺の苦悩
§10　源氏・藤壺、和歌に託して思いを交す
§11　源氏、紫の上との遊びに思いを慰める
§12　紫の上との風評につき、帝、源氏を戒める
§13　源氏、老女源典侍とたわむれる
§14　源氏と典侍との逢瀬を、頭中将おどす
§15　源典侍とのことで、源氏、頭中将と応酬
§16　藤壺、弘徽殿女御を越えて后に立つ
§17　生い立つ皇子、源氏と相並んで美しく

一　葵の上　§4（前半）、7（前半）

葵の上はいわば源氏の「正妻」という立場の人だが、二人の間には細やかな関係が成り立っていない。彼女はあらゆる点から見て完全な人だが、源氏の「浮気」を許さないという点がよくないと源氏は思っている。源氏自身、自分はやましいところはないと言い、また、ひょっとすると実際にそう思っている。二人の間には、年の違い、成熟度の違い、性格の違いと、違いがありすぎ、関係は形式的なものに留まっている。

§4（前半）

ここでは二人の心の本当の出会いはない。それで対話も贈答歌もなく、その代わりに、二人のそれぞれの内的独白だけがあることは興味深い。これら内的な言葉において、それぞれの相手に対する思いが語られ、源氏は、「心うつくしく例の人のやうに恨みのたまはば、我もうらなくうち語りて慰めきこえてんものを」と不満を表わし、直接に心をひらきあうことを強く求めている。人間関係の理想として、直接の心の交流を求めるという態度は、この箇所以外にも何度か現われている。

§7（前半）

ここでは、対話はかすかに発生している。源氏は「今年よりだに、すこし世づきてあらためたまふ御心見えば、いかにうれしからむ」と、丁重な言葉で葵をなじるが、語り手は葵の返事を伝えない。葵は返事をせざるをないと感じる、と語り手は述べるが、葵の言葉そのものは再現しないのである。単なる言葉、心を打ち明けない言葉であると読者に察させるためであろう。

この巻だけでなく、他の巻においても、登場人物達の言葉について、語り手がそれを伝える場合と、何か言ったということは知らせるが内容は伝えない場合の二つの処理の仕方があるということにも注目したい。ここで語り手、というよりはむしろ作者が、葵の言葉を伝えないのは、体裁を保つだけの内容の無い言葉で、伝えても意味がないものだからだろう。しかし「……（葵は）心おごりいとこよなくて、（源氏が）すこしもおろかなるをばめざましと思ひきこえたまへるを、男君は、などかいとさしもと馴《な》らはいたまふ、御心のへだてどもなるべし」と、「心のへだて」という表現で表されているように、コミュニケーションが完全に断たれてはおらず、絆はまだ保たれているという状況である。関係の断絶とは言えない。

二　源典侍　§13、14、15（前半）

このエピソードは幕間劇の役割を果たしている。源典侍は、この巻の終り頃に現われる人物で、ここで物語に初めて登場する。桐壺帝に仕えており、生まれは良く才気があると紹介されるこの女性の特徴は、歳をとっていること（五七〜八歳、源氏より四〇以上歳上）と、身なりも言動も挑発的で、極めて色好みということである。

彼女の源氏との関係はもっぱら性的なものにとどまり、放埒で、心を通わせるたぐいのものではない（双方とも、この時に他の男女関係がある）。喜劇的な色合いが強いこのエピソードでは、行動と言葉とのコントラストが目立つ。直接的な行動、振舞（源氏が源典侍の衣の裾を引っ張ったり扇を取ったり、また源典侍が源氏に流し目を送ったり、しなだれかかったり）があり、互いに相手が何を欲しているかはっきり分かっていて、相手の欲望にためらわず応える関係である。桐壺帝が二人のやり取りを窺うというかなり特殊な垣間見の場面、友達の頭中将が二人がいる床に闖入し、衣を奪い合ったりして悪ふざけする場面など、滑稽であたかもフェドーのヴォードヴィル劇を思わせ、これが優雅な源氏物語の基調に、驚くほど変化をもたらしている。

注意をひくのは、その非常に直接的な、乱暴で下品と言ってもいい挙動と、非常に洗練された言葉のやりとりというコントラストである。これらの殆ど全部が、和歌を詠む、または和歌・催馬楽を引用するという形で行われている。源典侍を巡るエピソードは、この巻で歌と歌の引用が最も多い部分なのだが、ここで全てを扱うことはできないので、最初の例を取り上げるに止める。

まず、源氏が「さしかへて」彼女から貰った扇には、「森の下草老いぬれば」と書いてあるが、それは次の和歌の引用である。

大荒木の森の下草老いぬれば駒もすさめず刈る人もなし　（古今集　雑上　読人知らず　八九二）

かなり露骨な歌で、歳を取っている私には来てくれる男がいないと嘆いている源典侍に、源氏は「森こそ夏の」と答える。つまり次の歌にほのめかしているように、馬は来なくともほととぎす（男）はいるから、おっしゃるほど見向きもされない訳ではありませんよと言うのである。

ほととぎす来鳴くを聞けば大荒木の森こそ夏の宿りなるらめ　　　　　　　　　　（信明集）

「似げな」いこの引用の遣り取りの後、源典侍は真意があまりにあきらかな歌で続ける。

君し来ば手なれの駒に刈り飼はむさかり過ぎたる下葉なりとも　　　　源典侍

それに源氏は、同じような、意味のはっきりした歌で答える。

笹分けば人や咎《とが》めむいつとなく駒なつくめる森の木《こ》がくれ　　源氏

意味されていることは非常に露骨で、しかしそれが優雅な形式で語られているというこの注目すべきコントラストは、どう理解すべきなのだろうか。無意識に生まれてしまった矛盾であろうか。あるいは作者が、バランスを取ろうとしたということ、つまり、卑猥な話に、優雅な衣裳をまとわせるということであろうか。他の解釈の仕方もあり得る。解釈が一つしかないというのではなく、可能な様々な解釈が連動していると考えるべきかと思う。例えば、人物達の心理の動きから解釈すれば、婉曲な言い回しを使うのは、慎みの現われと見ることもできよう。文化的側面から解釈すれば、あるべき作法・振舞に従うという社会的行為であり、内容が卑猥な分だけ、表現は優雅になるということであろう。歌の内容は卑猥で曖昧なところはないが、社会的関係を営む上に必要な礼儀、約束事は表面的に守られているのである。もう一つの解釈をすれば、悪ふざけが「色恋沙汰」の刺激を強め、肉体の遊びに言葉の遊びが面白さを加えるのだという説明もありうる。そのように見ると一八世紀仏文学のマリヴォダージュ（粋で洗練された恋のせりふでの駆け引き）を思わせるところがある。ここでは歌の引用及び詠歌が相手を惹き付けるための手管の一部となっている訳である。

葵と源典侍とは全く違うが、いずれも曖昧な点がなく、源氏との関係は明瞭である。一方、残り三人の女達が源氏と持つ関係は、はるかに微妙なものを含んでいる。

三　紫　§4（中間部分）、6、11

源氏は、母もなく育ての祖母も失った紫を、彼女の父に知らせず、自分の邸に連れて来て育てる。

§4（中間部分）

二人の間の対話はなく、地の文のみである。

これより前の巻と同じように、ここでも二人は父と娘という関係だと繰返して語られる。また彼女が子供らしい性格で子供としての魅力を持つということも強調されている。

§6

二人は直接短い言葉を交わすが、大人と子供の間の会話である。しかしこの段では大きな転換がある。その意味で、紫にとっては非常に重要な段で、しかもここでは紫式部のたぐいまれな才能が発揮されている。この段の最後に紫が人形遊びをしている場面がある。彼女はまだ子供で、「幼き御けはひ」は著しいのに、人形の一つを「源氏の君つくろひ立てて」源氏に見立て、「男まうけてけり」と言う。つまり、源氏はもはや父ではなく男に変わったのであり、その結果彼らの仲は曖昧になってしまったのである。これが§11を用意している。

§11

源氏が他の女の所に行くために留守にしようとすると、紫は悔しがるという場面が前にある（§4）。この段では、源氏が帰って来てもすぐ訪れなかったので、紫はすねてそばに寄らない。源氏が「こちや」と誘うと、「入りぬる磯の」という和歌の引用のみで答えるのである。

潮満てば入りぬる磯の草なれや見らく少なく恋ふらくの多き　（万葉集　古今六帖　拾遺集）

紫が伝えたいことは、彼女が引用しない下句にあり、正に間接的な言い方である。これはまた物語の中で初めて彼女が和歌を引用する場面である。源氏はすぐに反応して、作法通りに紫の歌と同じ「海のモチーフ」を使った和歌の引用で答え、「みるめにあく」と言う。すなわち次の歌を引用して、あなたをおろそかにしているのではないと答える。

伊勢の海人の朝な夕なに潜くてふみるめに人を飽くよしもがな　（古今集　恋四　読人知らず　六八三）

しかし、源氏はこの歌を引用したものの、その意味（いつもお会いしたい）を無視し、逆に用いて、『みるめにあく』は正《まさ》なきことぞよ」と言う。後に普通のせりふで、あまりにあなたとばかりいると他の女が嫉妬するからよくないと説明し、紫が大人になったら、よそへ出掛けないと慰める。仲直りに二人で楽器を弾くが、気まずさは残っている。

以上のように、若紫の言葉は、子供の直接的な言語から、引用で作られている非常に間接的で不透明な大人の言語へと変化して行き、この彼女の言語の変化を通じて父と子供という関係から男と女の関係への移行が表現されている。つまり会話の形式が変って間接的になったのは、今までの単純で幸せな二人の仲が崩れて、その関係が波乱を含んだものになってしまったということで、作者はそれを見事に暗示しているのである。

四 藤壺 §1、2、5、7、8、9、10、16

物語の主要人物である藤壺はこの巻を通じて出て来る。源氏が五人の女の中で誰よりも親密な関係を持ち、誰よりも愛している彼女は、この巻で源氏の子を出産する。二人の関係は、最も密接なものでありながら、社会的・心理的要因（藤壺が後悔の念にかられて源氏との関係を断とうとする）によって最も隔てられたものともなっている（藤壺は、正に「禁じられた女」である）。巻を通じて二人の間のコミュニケーションは動揺と不安に満ち、押し殺されたものであり続け、直接の心の交流への願望を源氏の心にかき立てるが（§8では、「いかならむ世に人づてならで聞こえさせむとて泣いたまふ」と書かれている）、それは実現しない。

ここでは、対話の形式という点から見て重要な三つの段について考える。

§1～§2

源氏は藤壺の前で見事に舞い、藤壺に歌を贈る。

もの思ふに立ち舞ふべくもあらぬ身の袖うちふりし心知りきや　　源氏

源氏の歌はかなり直裁な問いで、これに対し藤壺はより控えめで、しかしはっきりとした告白で答える。その心の動きが、「忍ばれずやありけむ」と書かれている。

から人の袖ふることは遠けれど立ちゐにつけてあはれとは見き　　藤壺

二人の和歌の贈答は真のコミュニケーションと言え、源氏は感激している。しかしそれに続くものはなく、§5、§7、§8、§9には二人の間の対話はない。藤壺は源氏に会うことも言葉を交わすことも拒否しているのである。§5では源氏が極めて形式的な挨拶を人づてに言う。§8では短い散文のやりとりがあるだけだが、二人は本当のことを言っていない。源氏は、天皇の命を受けて奏上するために子供を見たいと願い出る。彼に会いたくない藤壺は、子供が未だ小さ過ぎて見せられないと答える。二人の言葉は、口実に過ぎない。和歌は心の真実を表現するものなので嘘には向かず、散文では嘘を言いやすいということだろうか。

§9

この段には、劇的な場面がある。藤壺のところで帝は子供を抱き、この子はお前に良く似ていると、源氏に言う。それを聞いて源氏は青ざめ、藤壺は冷や汗を流す。二人の間の対話はないが、同様の肉体的な反応を通じて二人が結ばれていることが表現されている。お互いのコミュニケーションは、登場人物の間では不可能で、語り手が担当しているわけである。

§10

前の場面の続きで、源氏は藤壺へ長い手紙を送る。そこに書かれている歌と短い文の引用がある。次の歌である。

よそへつつ見るに心は慰まで露けさまさるなでしこの花　源氏

周知のごとく、和歌では「なでしこ」が、この言葉の中の「こ（子）」と花のイメージを通じて、愛らしい「子」の意味に使われる。[1] 露は涙である。源氏の歌は、子は生まれたが罪の子であるし、自分がおおやけに「父」とはなれないので、嘆きに沈んでいると言っている。これに答える藤壺の歌は、非常に興味深い。

袖ぬるる露のゆかりと思ふにもなほうとまれぬやまとなでしこ　藤壺

ここにはディスクールの三つの仕掛け、換言すれば極めて曖昧な表現の例が三つあると言える。まず「ゆかり」は「関係」という意味で、「露」(あなたの涙)に関係する(涙の原因である)とともに、「血のつながり」という意味から、「あなたの息子」という意味にもなる。

次に「袖ぬるる」の袖は、「あなたの(源氏の)袖」とも取れるし、「私の袖」とも取れる。山岸徳平氏(岩波日本古典文学大系)と同じように、ウエイレー、タイラーの英訳も、ベンルの独訳も、「私の」と訳している。サイデンステッカーの英訳、シフェールの仏訳は、玉上氏(評釈)阿部秋生・秋山虔・今井源衛氏ら(小学館日本古典文学全集新旧共)と同じく、「あなたの袖」である。私は両方の意味を含むことによって苦悩を一層有効に暗示する朧化表現だと考えたい。なお、「うとまれぬ」の「ぬ」は歌の切り方によって行為の完了(うとんでしまう)とも否定(疎む事ができない)とも取れる。[2] このいずれかを選んでしまったのでは、複雑な心情を掬い取ることにはならず、歌を貧しくしてしまうのではないかと思う。藤壺にとって、生まれた我が子は、愛する男の子として大事な子であるとともに過ちを思い出させる「疎んでしまう」存在でもあるのだから、どちらを選ぶにしても、テクストは矮小化されてしまう恐れがある。歌だけが、登場人物の複雑な心情をこれほどに深い不透明性と矛盾のうちに表現できるものなのである。この複雑さは、間接の表現の必要性と、二人の「乱り心地」を表す。動揺する気持ちを表そうと思うと、言葉の仕掛けを使い、和歌に委ねる他ないのである。

§16

この巻の終りにおいて、二人の間の距離は厳然とした現実になる。中宮となり輿で参内する藤壺に対して源氏は彼女に話すことはできず、「及びなき心地（はるかに遠く手が届かない気持ち）」がする。しかし、彼はここで歌を詠む。この歌は、この巻唯一の独詠歌である。

尽きもせぬ心の闇にくるるかな雲居に人を見るにつけても　　源氏

藤壺は輿の中に、源氏は心の闇にと、二人は閉ざされて行く。

この巻では、直接的な生き生きとした対話は無い。しかも、おずおずとした心の通い合いを表す、意味のはっきりしている和歌（§2）の次に、全く曖昧な贈答の和歌（§10）があり、そして独詠歌（§16）で終わるというプロセス自体、二人の心の架け橋が、段々と絶たれて行くことを見事に示している。

五　命婦　§5（最後の部分）、8（後半）、10

藤壺に仕えているこの命婦は藤壺と源氏を仲介する役割である。藤壺を守ろうとして、藤壺が源氏との関係を断とうとしているから、彼女は逢いたいという源氏の訴えを拒絶し源氏にとって障害となるが、源氏の苦悩に同情してもいる。それだけに、二人の仲は複雑である。

§5（最後の部分）

命婦は源氏を取り次ぐことができない、または取り次ごうとしない。二人の間に対話はない。

§10

ここでも二人の間に対話はないが、命婦は既に述べたなでしこの歌の贈答の取り次ぎをしている。歌という形で交わされる間接的な対話の取り次ぎ役ということである。

§8 (後半)

興味深い段で、源氏と命婦の対話がある。まだ会っていない子に会いたいと訴える源氏の言葉(そのまま語られず、要約される)に対する命婦の答えは、言葉通り書かれている。「など、かうしもあながちにのたまはすらむ。いま、おのづから見たてまつらせたまひてむ」と、はっきりと断るが、彼女の様子を見て、自分の苦悩に同情していることを源氏が感じると、語り手は述べている。二人の間に心理的関係が成立し、それによって対話が始まる訳である(この関係の変化は、紫上の場合と同様に、歌の引用及び歌という形で表れる)。しかしここでは、「なほにもえのたまはで」、人目を気にする必要があると語られている(「かたはらいたし」という表現に示される人目の問題は源氏物語の大きなモチーフで、しかもこの時代の女流文学に通底する重要なモチーフである)。

ここで、源氏が歌を詠む。この歌は彼の心を表すものだが、曖昧である。

いかさまに昔むすべる契りにてこの世にかかる中のへだてぞ　源氏

「契り」という語は、ここでは二つの意味があって、仏教的意味での前世からの因縁による「運命」を指すとともに男と女の契りの意味もある。また「この世」の「こ」には「子」の意味も潜んでいる。つまり、どうして藤壷との恋がどうにもならないのか、どうして私がこの辛い運命に遭ったのか、という嘆きを表している。この問いの歌は、土方さんの発表とも関係する点があって、源氏が自問する独詠歌という形ではあるが、命婦に対して詠ったものでもある。その点で、意図的な曖昧さが認められる。

命婦は同情をもって、これに答える。源氏の歌にある「契り」には男女の交わりという意味もあり、「この世」の

「こ」が「子」という意味を持つことをはっきり理解して答えているのである。つまり、特定の目の前の状況を考えているが、やはり源氏と同じように、人間一般について述べたものともとれる歌である。

見ても思ふ見ぬはたいかに嘆くらむこや世の人のまどふてふ闇　命婦

親は子供を見ては悩み、見なければ嘆くという、一般的な物言いであるが、その表層の下に、「あの方が見」、「あなたは見ることができない子」という、具体的な状況が語られている。

この歌の贈答をどう考えるべきなのだろうか。何故、和歌でなければならないのか。双方の歌が持つ表現の曖昧性が霧のように機能して、二重の意味の層の構築を可能にしている。表層の一般的物言いがディスクールを安全にする仕掛けとして働き、それによって二人とも思いの丈を語ることができる。命婦は「しのびて」歌で表現している。歌というもの自体がこのような「ひそかな」表現をになう手段なのだと言えるのではないだろうか。

まとめ

引歌も贈答歌も関係が曖昧で、むずかしい状況にあって直接に言うことのできない、或は言ってはいけないことを表す手段なのである。しかしここで重要なのは、その前提として共感的関係、黙契が必要だということだと思う。葵の上のエピソードが示しているように、それがなければ歌はなく、また命婦の側にそれが成立して初めて贈答が行われる。歌の贈り手は受け手の解読に頼っており、解読がなければ歌は深みの無い言葉の羅列になってしまう。心情的前提があってはじめて秘められた心の表現としての歌の解読が行われ、コミュニケーションが成り立つのである。引歌も贈答歌も、暗黙の共感を表現しながら、それを強める機能を果たしている。

「紅葉賀」以外の巻ではどうなのだろうか。また作品全体の構想において、紫式部の人間関係の見方について何を教えてくれるのだろうか。また同時代の他の作品においてはどうなのか、ということも考えるべきだと思うが、ここでは「紅葉賀」に限定したケース・スタディーであるということを確認して発表を終えたい。

〔注〕

1 これは次の歌に想を得ている。

よそへつつ見れどつゆだに慰まずいかにかすべきなでしこの花（新古今集 雑 恵子女王）

2 山岸氏及び阿部氏等（新）は完了、玉上氏、阿部氏等（旧）は否定とする。シフェールは完了、ウェイレー、サイデンステッカー、ベンル、タイラーは否定と解釈している。

◇第三セッション　《時間と語り》

アネクドート、あるいはミクロフィクション、そして読者との関係

アンヌ・バヤール＝坂井

今日『源氏』を読むということは何を意味し、何に関わることになるのだろうか。専門的な読みを進めるために原文と向き合う、という読書方法はさておき、ここで取り上げたいのは今日、いわゆる普通の読者が『源氏』と向き合う時に、何が起こるか、といった問題である。これは、一読者として私が自分をどう位置づけるかということにも関わっている。古典文学の専門家ではない以上、私に可能な範囲で原文と向かい合い、また様々な現代語訳と向かい合うという『源氏』の一読者として身を処したいと思う。つまり、私の議論の対象は『源氏物語』ではなく、『源氏物語』を読むということであり、現代において可能な『源氏』の読みという問題なのである。

このように言うのは、詭弁を弄して学問的な逃げ口上を述べ立てようとしているからではない。『源氏物語』と向かい合うということは、様々な読書論の提起する問題を再検討し、読みから読みの理論への回路を再確認することを可能にするように思われるからなのだ。特に、限られたコーパスにしか有効でない、十九世紀の西欧小説にしか適用できない等と非難されたヴォルフガング・イーザーの読書理論（*Der Akt des Lesens*, 1976; フランス語訳、*L'acte de lecture, théorie de l'effet esthétique*, 1997; 日本語訳、『行為としての読書、美的作用の理論』、岩波書店一九八二）を念頭において

『源氏』を読むことの意味を考えた場合、幾つかの新しい読みの可能性が見えて来るように思われる。私のここでの目的はこの理論の妥当性について絶対的な評価を下すということではもちろんなく、現代の読者が『源氏物語』のような作品と持ちうる関係について、この理論が何を明らかにしうるかということを考えて見ることである。自分の時代に属さない、というよりは、かけ離れた時に属する作品、自分が通常使い読む言葉で記されてはいないテクストとの関係について考える、ということである。

一 再読とミクロユニット

さて、この発表のタイトルだが、これは『源氏』を読む際に得る印象に基づいている。印象の中で鮮明に浮かび上がって来るのはテクストの二面性ということであった。その第一の面は、主として光源氏を始めとする人物達の運命、禁じられた願望（あるいは願望と禁忌というべきか）、罪の報いというテーマに基づいた非常にしっかりした構造であり、これは物語の求心的な側面、と言えよう。しかしもう一つの側面は逆に叙述形態においても、ストーリーの展開においても、断片性が強く、遠心的なのである。これは物語構造に収まりきれないコメント、短いストーリー、アネクドート、エピソード、想い出など、テクストの外に延びていく数えきれないほどの文章の突起物、とでもいえるようなものの存在に由来している。確かに、この二つの面は、ほかの数多くの小説にも存在するもの、というよりも多分小説全てに認められるものであろう。そしてこれはまた物語を特徴付けるもの、あるいは物語の特質そのものと言っていいのかもしれない。『源氏物語』に限って考えてみても、求心的な面と遠心的な面との間で板挟みにならずに済むように読者がこの物語の二面性とどのように折り合いをつけ、そのような読書経験の過程で何が起こるのかを我々は知ることができるのではないか、と考えたのである。

ところが、この印象が誤りであったことに最近気づかされた。より正確に言うと、テクストの現実はこの印象を裏付けるとは言いがたく、したがってその印象自体がどうも他の何かに支えられているらしい、ということに気づかされたのである。

現実のテクストがこの印象を裏付けていないというのは、次の現象に基づいている。話のユニットは一見突起物のように見えても、結果的には大きなテクストの流れの中に再編入されていくのである。それは時には読者にとって予想外の仕方で再編入されるのだが、大きなテクストの動きの中に戻ってこないものを見つけるのは、実は難しい。換言すれば、リニアな読みがテクストの根底にある本質的な意図に到達する事を妨げている一方で、ミクロユニットのそれぞれが相対的に自己完結的様相を帯びているため、読者は（少なくとも読者としての私は）話の根本的な構成にそれらをすぐには結びつけないのである。分散しているという印象は、そこに発している。そのことは、あらゆるテクストに関わる読みの含む本質的な問題に直結して行き、『源氏物語』の場合、それが特に先鋭に現われて来る。ではその本質的な問題とは何かというと、具体的には再読の問題なのである。

ミクロユニットを組み込んで行くということは、大きな構成を支えている路線に従ってこれらを解釈するということであり、これらをそうした路線の構成要素として位置づけ直すということである。再読の過程でこれらミクロユニットは主なる流れに自動的に組み込まれて行き、こうした統合的再構成によって得られるものを、微妙な色調の変化、多彩性という面において失ってしまうことになる。そこで、読者から見て、最も正当な読書とは何かという問いが必然的に出て来る。統合作用に支えられた読書は、作者の創作意図に近づくと言えるが、作者の意図に近づくことが、今日の読者にとって妥当な、あるいは唯一妥当と言える基準なのだろうか。読むことと再読することとが解釈行為として同じレベルに位置するものではないのは明らかだが、真実のテクストというものがあり、それに接近するか否かが、様々に繰返される読書を評価する唯一の基準となりうるというのであればともかく、この二つの読みが、必ず序列的に順序付けられるべきものであるとは必ずしも言えないのではないだろうか。

私の発表の大まかな方向性と言えば以上のことになる。さて、これから、テクストにおいて、少なくとも相対的に完結しているテクストユニットと言い得る程度にはっきりと区切られているユニットについての読みがどのように行われて行くかということを、いくつかの例について具体的に見て行きたい。

二　エピソードの自立性

ミクロテクストと言えるものの中で一番大きいまとまりを探した場合、「花散里」（巻十一）などが、良い例となるだろう。この短い巻は、まずはっきりとした二部構成になっている。源氏は父の女御の一人だった麗景殿女御と、かつて関係があったその妹、三君とを訪れることを思い立つ。道の途中にある中川のあたりで、ある家から琴の音が聞こえて来る。家に目を止めてみると、かつて一度女に逢うために訪れたことのある家であった。源氏は、使いの惟光に女主人に贈る和歌を持たせて遣るが女房達は惟光のことなど忘れている、あるいは忘れた振りをする。そこで、源氏は元の予定通り道を進めることになる。ここまでが第一部である。

何ばかりの御よそひなくうちやつして、御前などもなく、忍びて中川のほどおはし過ぐるに、ささやかなる家の、木立などよしばめるに、よく鳴る琴をあづまに調べて掻き合はせ賑はしく弾きなすなり。御耳とまりて、門近なる所なれば、すこしさし出でて見入れたまへば、大きなる桂の樹の追風に祭りのころ思し出でられて、そこはかとなくけはひをかしきを、ただ一目見たまひし宿りなりと見たまふ。ほど経にける、おぼめかしくや、とつつましけれど、過ぎがてにやすらひたまふ。をりしも郭公鳴きて渡る。催しきこえ顔なれば、御車おし返させて、例の、惟光入れたまふ。

（小学館新編古典文学全集、第二巻、一五四頁）

そして麗景殿の方に至り、昔を語り合い、「しのびやかに」花散里と呼ばれる女君の住む西面に「さりげなく」向かう。女君は源氏の気持を素直に疑わず迎える。これが第二部である。

この二部構成は非常に分かりやすい。つかの間の恋人を忘れることを選ぶ女と源氏への愛情を守り続ける女という構図である。花散里のエピソードがこの物語のその他の部分に統合されて行くあり方も分かりやすい。源氏は流謫の地から都に帰った後、彼女を再び訪れ、六条院に迎えて息子の後見とするなどの筋を辿る。しかし、中川の女のエピソードは、少なくとも私が読んだ限りでは、この本のその他の部分とは直接の関係を持っていないように思われる。そして、その意味において、このエピソードをどう読むかということが興味深いものとなる。

まず、これがあまり意味を持たない二次的なエピソードであるということははっきりしている。しかし、何に対して意味がなく、二次的なのであろうか。意味があるものは、話の展開の過程で読者が再び出会うことになるものであり、それは、将来的に展開されて行く花散里のエピソードが対比的に明らかに示してくれる。この観点から、中川の女を源氏の誘いをはねつける女として、朝顔と、またはある意味で空蟬と対照させることが可能かも知れない。中川の女が意味のないエピソードの中心にあるというのは、再び登場することがない人物として、光源氏の性格の一面を描くためのみに存在し、彼女にまつわるこのエピソードが話の構造的な展開に貢献しないということなのである。

いかなるにつけても、御心の暇なく苦しげなり。年月を経ても、なほかやうに、見しあたり情過ぐしたまはぬにしも、なかなかあまたの人のもの思ひぐさなり。

（同、一五五頁）

三 再読と筋

しかし、私達はそれなりの興味を持ってこのエピソードを読む。この挿話は、小説という言葉が適当でなければ、少なくともミニチュア短編、箱庭的構成を備えている。導入、その場への到達、家の発見、楽の音、花の香りといった感覚要素、追憶、過去に結んだ関係の思い出、誘い、拒否、ある種の教訓という展開なのである。行為者、補助者といった構造意味論的分析をすることも可能かとは思うが、いずれにせよこのエピソードは閉じられた一つのテクスト単位であることに間違いはなく、この挿話の直後におかれた源氏を迎える花散里の態度を際立たせる役割を持っているにせよ、小説全体の構成から見て強い自立性を持つ単位だと思われる。

こうした観点から見て行く場合、かなり捉えどころがない巻、巻二、「帚木」が問題になって来る。「帚木巻」はその大きな部分が、鬱陶しい雨の降る夜に若い男達が語り合う女や恋愛経験についてのおしゃべりで占められている。この一連のアネクドートの面白さは、殆どが閉じられたものであるとともに、全体のストーリーに、様々な度合いの違いを見せつつ、組み込まれて行くという点にあるように思われる。最もそれをはっきり示しているのは頭中将が語る女である。あまりに内気で、それがために中将からも軽く扱われ、本妻に脅されて中将との間に生まれた子を連れて身を隠してしまうというこの話の登場人物は、夕顔と玉鬘という名で再び読者の前に姿を現すことになる。また、受領クラスの中流の女についての意見がいくつか見出されるが、この身分の女達が何人か源氏君の恋の遍歴に関わってくるのであるから、ここにその後の展開の予告を見ることもできる。しかしまた同時に、怒りに駆られて男の指に食いついてしまうという嫉妬深い女のエピソードに見られるような、特定のエピソードに対するこだわりも注目される。かなり通俗的なタッチでこのリアルであると言うことがためらわれるような事件は語られているが、このエピソードそのものは完結しており、女の死をもって終っている。とすると、これらのエピソードを区別するものは、女主人公に最後に用意されている運命の質なのである。換言すれば、初めての読書、あるいは呑気な読書においては、これらのエピソードを区別する理由はどこにもないということになる。それとは対照的に、再読においては、一つは単なる挿話、いま一つは話の中に重要な位置を占める人物の初めての登場として読まれ、一つは筋の中に、いま一つは筋の外に置かれる。再読としての読書の効果は、意味のない挿話が意味のある予告へと変容するその動きに見られるのではないだろうか。

これと関係して、意味のないエピソードが、そうとは言えないエピソードと組み合わされているのは恐らくは偶然ではないということも付け加えておきたい。このことを読書のプロセスと作用という観点から考える場合、この仕掛けが、繰り返し現われてくることから見ても、この物語が全体としてどのように機能して行くのかというヒントを示すもののように思われるのだが、ここではこれ以上この点には触れないでおく。

四　フィクションの瘤、その遠心性について

さてここで、この物語の二つのタイプのフィクションの瘤について考えて見たい。話の筋運びに殆ど関わってこな

いように思われる二次的なテクストユニットに読者がどのようにこだわるかということを考えるヒントになると思うからである。

一つ目は、色好みでは一際目立つ、源典侍に関するものである。物語の中では純粋に肉体的関係しか引き受けない役どころではあるが、割り振られた話がある以上は、彼女も一人の全き登場人物として頭をもたげる訳であり、たとえ二次的な存在としてその行動が筋運びの上ではなきに等しいものであっても、彼女との再会は読書の過程でなにがなし歓びを与えてくれるのである。彼女は、有名な葵巻の車争いの場面で再び登場し、彼女が乗っている牛車が紫を連れて源氏が乗っている牛車に場所を譲るようにはからい、ここでも再び裏の意味を持つ和歌を源氏と交わし、うんざりした気持が滲み出ているとどめの感想を源氏に言わせることになる。

あさましう、古りがたくもいまめくかなと憎さに……

（同、二九頁）

注釈によれば当時彼女の歳は六十か六一であったらしい。しかもまた、十年ばかり後の巻二十、「朝顔」に彼女は顔を出すのである。源氏は朝顔の叔母を訪れ、姪の朝顔に接近しようとする。そこで、源典侍に出くわすのである。彼女は既に尼になってはいたが、相変わらずしなを作り、誘うようなことを言う。

寄りゐたまへる御けはひに、いとど昔思ひ出でつつ、古りがたくなまめかしきさまにもてなして、いたうすげみにたる口つき思ひやらるる声づかひの、さすがに、舌つきにてうちざれむとはなほ思へり。「言ひこしほどに」など聞こえかかるまばゆさよ。今しも来たる老のやうになど、ほほ笑まれたまふものから、ひきかへ、これもあはれなり。

（同、四八三頁）

つまり、何も起こらなかったという女ではないが、筋に関わらない場面にしか出て来ない人物なのである。彼女の軌跡を女の老いというものの象徴として意味付けることも可能かもしれないが、やはりそのような理解は、結局は娯楽的な役割しか果たしていないこの人物には過ぎた意味付けに思われる。重要なことは、彼女の役割が変わっていないということで、エピソードというよりはポートレート（肖像画）と言った方がいいのかもしれないのである。

もう一つ考えて見たいフィクションの瘤は、巻一五、「蓬生」にある末摘花とその叔母の関係である。この瘤が興味深いのは、筋の展開の中で重要な役割を果たす人物、末摘花に寄生しているところにある。この醜い姫君を、源氏は流謫の間に忘れてしまい、都への帰還後待っている末摘花に会うことはない。彼女の住まいは廃墟のようになり、貧窮が忍び寄り、受領の妻となった彼女のおば（母の姉または妹）は、末摘花を自分の娘達のお付きに使おうとたくらみ、彼女に一緒に住まないかと誘う。このような形で、自分が地方官の男に嫁いだ時に受けた軽侮、屈辱を晴らそうとしたのであった。しかし末摘花は抵抗し、侘しい住まいで孤立を続ける。そして、ある日花散里を訪れる途中の源氏が彼女の陋宅の近くを通り過ぎ、彼女を思い出し、その苦境を知り、助けの手を差し伸べ、不自由のない暮らしを与えるのである。

結局はシンデレラ譚のヴァリエーションと言いうる話だが、叔母の誘いがフィクションの瘤を生み、家族内部の人間関係、それにまつわる感情のもつれをうかがわせる一方で、それが末摘花の性格付けあるいは作品の中の彼女の役割に跳ね返って来ないということが興味深いのである。このエピソードは、幸運も不運も簡単に逆転するものであるということを示す例だと言うことも出来ようが、だからと言ってこのユニットを物語の中心に向かう動きの中に位置づけることは難しいと思われる。

結論として読書という問題を再度取り上げ締めくくる前に、もう一つミクロユニットと言いうる、戯画的記述について触れておきたい。一つは非常に短く、もう一つはそれよりもやや長めのものである。短い方は巻一三、「明石」にある。源氏がある夜琴を弾き、彼の演奏は聞くものの感動をさそい、あるいは感涙させるという場面である。

何とも聞きわくまじきこのもかのものしはふる人どもも、すずろはしくて浜風をひき歩く。（同、二四〇頁）

二つ目の記述は、巻二一、「乙女」で夕霧に字をつける儀式に出て来る学者達の有様である。彼等は仰々しく迎えられるが、宮廷の雰囲気からは浮き上がっている滑稽な存在でしかないことが示される（巻三、二四～二五頁）。

繰り返しになるが、これらのミクロユニットは意味がないものであるにもかかわらず、主要な人物達の動きのみを追って行くと、時にはかなり抽象的なものになってしまう物語にある種の厚みを与え、物語性の濃度をいわば濃くしているのである。中心をなす、または、主要ないくつかの筋から分散するという意味で、「外れて行く」動きが逆説的に作品に厚みを与え（いずれの場合もむしろカリカチュアに近いゆえ、リアリズムの問題ではないのは言うまでもないであろう）、意味の捕獲へとは向かわない読書にリズムの変化、または束の間の変調をもたらしてくれるのである。

五　レパートリーと空白

以上挙げて来た例には共通の特質がある。いずれも再読に屈せず、求心的論理に巻き込まれないで、テクストとしての自立性を維持し、意味の確定に貢献することがないものたちなのである。読書というプロセスに立ち戻って考えてみると、読者が徐々に読んでいるテクストの意味を構築して行く在り方というものは読者の記憶と先取りによって行われている。意味は従って、常に、あるテクストのある時に位置しているわけだが、絶えず修正されて行く動きの中で構成されるということを強調しておく必要があるだろう。しかしまた、今日の読者は、文学作品を開かれた不確定な作品であるとする立場から出発するのであるから、このアプローチを更に豊かなものにして行くことが可能だと思われる。この不確定性というものに対して、コンスタンツ学派の、特にヴォルフガング・イーザーが空白、Leerstellen という名を与えている。それは単に何も語っていないテクストの空白だけを指すのではなく、テクストを編成する可能性をも指しているのである。テクストを開かれたものと見なすのは、その編成が確定されるということは決してなく、読者はある部分を取り上げて組み合わせ、その他の部分を無視するということが可能だからなのである。

作品というものは従って、理論的には無数の主観的な読書を許すものなのだが、そうはならないということも我々は知っている。その理由はいくつかあるだろうが、まず、読者には、解釈についても、また文化的、社会的、歴史的にも知識の蓄積があるのであり、このような規範が存在する以上、歴史のある時点において、解釈の可能性は無限だとは言えないからである。ここで例えばこのシンポジウムで何度も言及された和歌共同体という概念を想起することも出来る。テクストというものは、読者がこうした能力を持つことを要求する。イーザーは、このように作品に潜在する読者を現実の読者とは重なることのない内包された読者と呼ぶが、この読者がレパートリー（総覧）と呼ぶものを完璧に身につけているという意味で、あるテクストの構成概念といえるのである（レパートリーとは、テクストの理解に必要とされる規範の部分であり、この意味でレパートリーは個々のテクストによって違う。エーコが模範的読者あるいは百科事典的読者という場合とほぼ同じ考え方である）。

このように見て来ると、イーザーの理論が、十九世紀の小説に適用されるモデルをそれ以外の分野にまで押し進めたものだという批判の的になったということの理由が分かる。十九世紀の小説の場合、内包された読者と現実の読者のレパートリーがほぼ重なると推測されるため、読書の戦略の正しさが自ずから立証されるのだ。ではそのように内包された読者と現実の読者のレパートリーが重ならない場合、この読書のモデルは通用するだろうか。『源氏』を読む我々の状況はまさにそのよい例であるわけだが、『源氏』を今日読むことはイーザーの読書モデルに該当するのであろうか。

この問いに対しては、いくつかのレベルを異にする答えがある。原作のテクストの深部に書込まれた内包された読者、つまり、最高の学識を持つ読者であってすら同一化することは不可能な「和歌共同体」というものに我々自身を重ね合わせることができると思うのは幻想であろう。失われた知識が補完されることはないであろうし、同じ感性を分かち合うということはあくまでも空想であって、実際に生きた経験では決してないのだから。それとは別に、現代のアカデミックな読書は、テクストを構成する要素、編成や選択の動きなどを再掘することによって、内包された読者に委ねられた読書の一連の断片を再現しようとする。それでは、アカデミックではない読書はどうなるのだろうか。再読という問題はここでも興味深い。『源氏物語』を一度読み終えることによって、現実の読者にとって『源氏物語』そのものが自分のレパートリーになる。この再読者のレパートリー、とでもいうべきものは、当初想定された内包された読者のレパートリーに比べれば乏しいものであっても、これとの関係が保たれていない訳ではない。従って、再読の過程で、先ほど述べた求心的なテクストの論理に従ってミクロユニットが組み込まれて行く訳である。

すると現代において、『源氏物語』を初めて読む者は何を読むことになるのだろうか。その初読者のレパートリーは、作品が当初想定していた内包された読者のレパートリーとは、まず、殆ど関係ないものだろう。そこでは、まさにこれらの挿話群が皆、暫定的に自立したものとして現われて来るのであり（それが暫定的なのは、物語が進んで行くに連れて、記憶と予測とがレパートリーを徐々に修正して行くことになるからなのであるが）、現代の読者は、断片的かつ、求心的な読書の楽しみを、つかの間のものでしかない楽しみあるいは読書であるにせよ、味わうことができるのだ。

それでは最後に、テクストに布石された、読者に与えられる自由の絶対的保証として響いて来る語り手の言葉について考えてみたい。語り手は何度か何が起こったかを語らないと宣言し、つまり、いかなるレパートリーも埋めることができないLeerstellen（空白）を文字通り用意しているのである。このようなユニットは幾つか存在しているが、二つだけに絞って取り上げてみよう。最初の例は巻十二、「須磨」で、語り手が、何故源氏が書いた手紙や詠んだ歌を読者に教える事が出来ないか語る部分である。この空白は、標準的読者が埋めることの出来る性質のものではなく、話しを進めて行くうえでの重大な欠落ではないのだが、テクストの開かれた場として現われて来るのである。

この種のユニットの二つ目の例は、先程触れた、フィクションの瘤、シンデレラ譚である。この巻は次のように終る。

かの大弐の北の方上りて驚き思へるさま、侍従が、うれしきものの、いましばし待ちきこえざりける心浅さを恥づかしう思へるほどなどを、いますこし問はず語りもせまほしけれど、いと頭いたう、うるさくものうければなむ、いままたもついであらむをりに、思ひ出でてなむ聞こゆべきとぞ。（第二巻、三五五頁）

作者が、アネクドートに過ぎないものに、つまり、物語の本筋に影響しない出来事に、時間も墨も紙も使うのが嫌になり、語り手に頭痛を起こさせてしまったように感じられる。あるいは、語り手が嫌な仕事から逃げるために、口実を使っていると言うべきだろうか。かくして、『源氏物語』の外に位置するテクストについての、決して消えることのない不確定空間、自由と想像力の飛翔を保証される空間を手に入れた歓びの中で、それにしてもなんて素敵な頭痛だろうと、読者はつぶやくことになるのである。

六条院への道
――『源氏物語』の長編構造の仕組み――

高田 祐彦

はじめに

『源氏物語』は、五十四の巻がゆるやかに結合しながら展開する長編物語である。いくつもの筋や物語の単位が複雑に絡み合っているので、その全体を見通すことは容易ではない。そのために、近年は、長編としての特質を解き明かそうとするような研究は少なく、巻や人物を単位とした精緻な読み込みが中心になっている。しかしながら、『源氏物語』という千年もの命を保っている作品がいかなる長編であるか、という問題意識を持ち続けることは、いささか力んだもの言いになるが、世界の文学のなかで『源氏物語』を考えてゆくために、はなはだ重要なことだと思うのである。

この物語には、個別の出来事や小さな物語の中で、とりわけ人物の心や風景を描く箇所において、深く人を引き込んでゆく力があるとともに、ゆったりとした運びによって、虚構の世界の広さを満喫させてくれる力もある。本稿では、この、個別の出来事や小さな単位の物語という「部分」と、ゆるやかな物語の流れという「全体」とが、互いにどのように作用し合って長編を形成してゆくのか、という問題を考えてゆきたい。
今回取り上げる範囲は、明石から都へ戻った光源氏が栄華の道筋を歩む、澪標巻から少女巻までである。光源氏の栄華を象徴する六条院が、いかなる性質や建設の経緯を持つのかという問題を、長編構造との連関のありように焦点をあてながら、明らかにしたい。

一　二人の〈娘〉

六条院はどのような経緯で建てられたのか。その経緯はかなり複雑である。まさに今回のシンポジウムのテーマにもあるように、この経緯はきわめて「不透明」なものであるが、この邸が建設される意味は、むしろそこにこそ求められるのではないかとさえ思われる。この「不透明さ」の質を考えることによって、『源氏物語』の長編構造を把握する手がかりを求めてゆきたい、というのが本稿の趣旨である。

はじめに、光源氏の二人の〈娘〉、すなわち、光源氏の実の娘である明石の姫君と、六条御息所が亡くなったのち光源氏の養女となった秋好中宮に焦点をあてよう。光源氏の栄華への道のりは、この二人の〈娘〉に即して考えるのが、捉えやすいからである。

光源氏が明石から都に戻り、栄華への道を歩み始める、その道のりを、まず澪標巻から松風巻まで区切ると、大きく、明石の姫君に関わる叙述と秋好中宮に関わる叙述とに分けてみることができる（以下、本稿では、この秋好中宮という人物の呼称としては「秋好」を用いることとして、必要に応じて「前斎宮」「斎宮女御」も用いる）。

明石の姫君は、澪標巻でその誕生が語られ、松風巻で明石の君とともに大堰の邸に移り住み、薄雲巻で光源氏と紫の上のもとに引き取られてゆく。一方、秋好は、やはり澪標巻で母六条御息所の死が語られ、絵合巻で冷泉帝に入内し、絵合の勝利が描かれる。その後、薄雲巻で光源氏との対話が描かれるが、これは後述する。このように概観して一つ気づくことは、絵合巻では、明石関係の叙述がほとんどなく、続く松風巻では、逆に秋好関係の叙述が一切ないことである。この二つの巻は、同じ年の春と秋でもあり、明らかに対照的に配置されている。それぞれの物語に注目してみよう。

明石の姫君の誕生の知らせを聞いた光源氏は、ある予言を思い出していた。

宿曜に「御子三人、帝、后必ず並びて生まれたまふべし。中の劣りは、太政大臣にて位を極むべし」と、勘へ申したりしこと、さしてかなふなめり。おほかた上なき位にのぼり、世をまつりごちたまふべきこと、さばかり賢かりしあまたの相人どもの聞こえ集めたるを、年ごろは世のわづらはしさにみな思し消ちつるを、当帝のかく位にかなひたまひぬることを、思ひのごとうれしと思す。（澪標②二八五〜二八六）

（『源氏物語』の引用は、新編日本古典文学全集本により、巻名、巻数、頁数を記す。表記などを私に改める場合がある）

一般に「御子三人の予言」と呼ばれるこの予言は、いつ光源氏に与えられたものであるか不明である。また、その内容が光源氏の子供に関わるものであって、しかも具体的で明確であることも、桐壺巻の高麗の相人の予言や、若紫巻の夢解きの予言とも大きく異なっている。予言が実現しそうな出来事が起きてから思い出される、という点でも、これまでのものとは異なるのである。この予言は、物語の現在の状況に対応するような形で新たに過去の事実として作り出されたものにほかならない[1]。

源氏はこの予言を思い出して、明石の姫君が后になることを確信する。しかし、その実現は、もっとも早くとも冷泉帝の次の代を待たねばならない。冷泉帝と明石の姫君はともに光源氏の子供であり、姫君が大人になるまでには時間が必要である。したがって、予言の内容の明瞭さとは反対に、明石の姫君の立后を遠い将来に見据えながら、光源氏が新たな冷泉帝の世にどのような関わりをしてゆくことになるのかは、いまだ不透明なままである。いかに光源氏が世の中の期待をもって迎えられたとしても、無条件に栄華の座に座ることはできまい。かつての親友頭中将も、いまは権中納言として政界に重きをなしている。光源氏が帝の隠れた父にふさわしくあるために、どのような手が打てるか。須磨から明石へと窮地を脱するにあたっては、桐壺院や住吉の神といった冥々の力を借りているだけに、今度は、政治の世界に即しつつ光源氏の栄華を実現させてゆく工夫が必要となる。

そこに組み込まれるのが、秋好である。

光源氏は、澪標巻で亡くなった六条御息所の遺言によって、秋好を養女として、藤壺と相談の上、冷泉帝に入内させる。秋好は、源氏の力添えによって、冷泉帝の後宮では権中納言の娘である弘徽殿女御との絵合の勝負に勝ち、帝の寵愛を確かなものとした。ここでは、秋好はまだ「斎宮女御」と呼ばれているが、その呼称からは、賢木巻の六条御息所に重ねられていた歴史上の斎宮女御である徽子女王が連想される。ここで実現される「斎宮女御」の栄光は、斎宮女御徽子の数奇な人生を対極に置きながら、六条御息所母子の不如意な人生を栄光に転じさせるものとなっている。[2]旧六条御息所邸を含む壮麗な六条院への動きは静かに始まっているといってよいだろう。

実は、この秋好の入内の過程において、澪標巻と絵合巻との間に、やや不透明ないきさつがある。秋好を養女に迎えることにした源氏は、朱雀院の秋好への関心を慮って、秋好の冷泉帝への入内を藤壺に諮り、賛同を得た。源氏は、秋好を二条院に迎える予定であるということを紫の上にも話し、準備を進めていた。ここまでが澪標巻である。ところが、絵合巻頭では、源氏は朱雀院に遠慮して、二条院からではなく秋好の実家から直接に入内させた、というのである。

前斎宮の御参りのこと、中宮の御心に入れてもよほしきこえたまふ。こまかなる御とぶらひまで、とりたてたる御後見もなしと思しやれど、大殿は、院に聞こしめさむことを憚りたまひて、二条院に渡したてまつらむことをもこの度は思しとまりて、ただ知らず顔にもてなしたまへれど、おほかたのことどもはとりもちて親めききこえたまふ。（②三六九）

なぜ、ここで源氏の朱雀に対する顧慮が強調されるのか。あるいは、源氏はなぜ秋好の二条院への引き取りをとりやめたか、と問うてもよい。この澪標巻と絵合巻との間には、六条御息所の喪が明けるために一年の空白があることが注目されるが、[3] これについて、夙に、六条院構想の具体化をうかがわせる叙述はここまでは遡ることができる（これ以上は遡れない）、とした積田文子氏の論があり、[4] 構想というものを確定することの不可能性を十分に承知した上でなお、玩味に値する見解と思われる。澪標巻から絵合巻の間に、何かがあるにちがいない。そこに何らかの断層や屈折を認めておくべきだと思われる。もちろん、そこで作者の構想が変化したのだなどといった単純な結論に導かれるべきではないだろう。また、そこに「蓬生」「関屋」という挿話的な二巻が置かれていることとも関連して、問題は大きく広がることになるが、さしあたっていま、この問題を光源氏の心情や判断に即して考えてみることにしよう。

澪標巻と絵合巻との間では、光源氏の朱雀院に対する申し訳ないという気持ちが増大するような客観的な情況の変化がないにもかかわらず、絵合巻に入ると、源氏の迷いや苦悩が強調されている。おそらくこれは、栄華への道を進む源氏を、単なる権力者としてではなく、人と人との関係に深く思いを致す人物としてあらためて造型しようとすることの表れなのであろう。朱雀とのこれまでの経緯からいえば、源氏の、勝者の痛みを抱えうる人物という側面が前面に出されてきたものと見ることができる。のちの明石の姫君の引き取りの折にも、こうした源氏の迷いや苦悩は表れる。こうした人間味豊かな光源氏が須磨に流されていたことが、やがて、絵合の勝利にもつながってくる。

そのことは同時に、国母としての藤壺の存在を前面に押し出すことにもなる。前斎宮の入内はあくまで国母藤壺の意向として推し進められるのであり、入内に至るまでは源氏自身はその推進者としての立場を極力押し隠そうとする。源氏は、「とりたてたる御後見」ではなく、「親めき」て、中宮藤壺の意向に従うというふりをよそおうのである。朱雀院への顧慮は、単なる兄思いの心情だけではなく、権力者としての慎重な情勢判断と表裏一体のものなのであった。ここに見られる「中宮」の呼称は重く、この巻における藤壺の位置を示しているが、二度の絵合において、藤壺と源氏それぞれの果たした役割は大きく、はからずも二人はすぐれた連携を示したのである。

さて、この一年の空白は、二条東院の問題にも影響を及ぼす。二条東院は、花散里や明石の君を入れるために、澪標巻で光源氏が建築を始めたものであるが、この一年の空白のために、二条東院の完成は、「事実」としては、先に延びてしまい、完成までに、二年から二年半かかっている。のちの六条院が一年でできたことと比べると少々不自然である。しかし、「事実」のレベルよりも、語り方や事柄の順序、組み合わせが優先されているということこそが重要であろう。二条東院の落成は、松風巻におけるさまざまな建物（後述）との関連の上で語られているからである。

秋好の入内と絵合の勝利によって秋好の地位が固められたところで、物語は再び明石の君と姫君の話題に移る（松風巻）。明石の君は、光源氏から二条院の東隣の二条東院に入るよう求められていたが、そこには入らず、都の西外れ、大堰の邸に入る。そして、姫君をその将来のために源氏と紫の上に預けるのである（薄雲巻）。以上のように、明石の姫君と秋好に関わる叙述は交互に現れ、ここで一段落する。

二　三人の中宮

薄雲巻は、およそ、三つないし四つの山場を持つ巻である。一つは、光源氏と紫の上による明石の姫君の引き取りである。次は、藤壺の死とそれに伴う冷泉帝による出生の秘事の把握および光源氏への譲位の申し出である（ここは二つの山場とも数えられる）。そして、もう一つは、光源氏と斎宮女御との対話とそれに伴う六条院への動きである。

藤壺の死を間に挟んで、明石の姫君と斎宮女御とが登場するわけであるが、それを、「三人の中宮」という観点から捉えてみよう。すなわち、この巻には、この物語の三人の中宮、すなわち藤壺、秋好中宮、明石の中宮、がそろっているのである。これは偶然ではあるまい。藤壺の死を語るにあたって、明石の姫君はその后としての将来を確実にするために、この巻の冒頭で光源氏と紫の上に引き取られる。また、斎宮女御は、絵合の勝利によって冷泉帝の後宮での地位を固めたが、光源氏からますますの繁栄が期待されているとともに、光源氏との対話が六条院造営の端緒ともなっている。ここまで物語世界を支えてきた后である藤壺の退場に伴って、未来の后である明石の姫君の処遇が決定され、近い将来の后と目される斎宮女御に焦点を当てた場面が構えられるのである。

そして、そこには、紫の上の立場が深く関わってもいる。すなわち、紫の上は、明石の姫君の母となり、藤壺亡き後の光源氏にとって名実ともに正妻格の女君になる。斎宮女御に対しては、同年配ではあるものの、養母に相当する。この巻あたりから紫の上は「上」と呼ばれるようになることも、その位置を表している。

三人の中宮ということを、もう少し踏み込んで考えてみよう。

『源氏物語』の中宮は、いずれも皇族か源氏であるという点で、史実とは大きな違いがある。藤壺は内親王である。

内親王が中宮になった例はある。しかし、秋好中宮は、前坊の娘であるから女王であり、女王が中宮になった例は『源氏物語』以前にはない。また、明石の姫君は、光源氏の娘であるから二世源氏で、二世源氏が中宮になった例も、やはり『源氏物語』以前にはない。この物語では、皇族と賜姓源氏とを合わせて「源氏」というが、「源氏の后」は、この物語の世界の中でも世間に大きな抵抗があった。秋好中宮が中宮になる折の記述に次のようにある。

源氏のうちしきり后にゐたまはんこと、世の人ゆるしきこえず。弘徽殿の、まづ人より先に参りたまひにしもいかがなど、内々に、こなたかなたに心寄せきこゆる人々、おぼつかながりきこゆ。（少女③三〇〜三一）

こうした世間の抵抗がありながら、結局は、秋好が中宮になるのであるが、これと同じことは、後に、明石の女御が中宮になることが確実視される情況でも繰り返される。

東宮の女御は、御子たちあまた数そひたまひて、いとど御おぼえ並びなし。源氏のうちつづき后にゐたまふべきことを、世人飽かず思へるにつけても、冷泉院の后は、ゆゑなくて、あながちにかくしおきたまへる御心を思すに、いよいよ六条院の御事を、年月にそへて、限りなく思ひきこえたまへり。（若菜下④一六六）

「源氏の后」は、それに対する世間の批判を押し切って実現されるものであり、それは、物語世界として史実とは大きく異なる、この物語の特徴である。『源氏物語』は、「源氏の后」を一貫させるというまことに物語的な特徴を持っているのである。実は、藤壺の立后も、「源氏」という点ではないが、弘徽殿女御をさしおいて、という点で、世間からは不満があったという。

東宮の御母にて二十余年になりたまへる女御をおきたてまつりては、引き越したてまつりたまひがたきことなりかしと、例の、安からず世人も聞こえけり。（紅葉賀①三四八）

このような「源氏の后」が三人そろって登場するということは、薄雲巻がきわめて大きな節目であるからにほかならない。そして、この巻では、三人それぞれに二条院の場面がことさらに印象的である。まず、明石の姫君が明石の君と引き離されて二条院に迎えられる叙述は、まことに胸を打つものがあり、少し紫の上が二条院に引き取られた折を思わせるところがある。藤壺は、その住まいである三条宮で亡くなるが、藤壺を悼む光源氏の絶唱は、春の二条院で描かれた。そして、秋好と源氏との対話が二条院で構えられることには、とりわけ大きな意味があろう。先に述べたように、斎宮女御の入内の時には、二条院への引き取りは見送られたが、ここでは斎宮女御は二条院に里下がりしてきている。ここでの光源氏との対話は、明らかに六条院を予想させるものであるが、それが、紫の上の本拠である二条院でなされることに、なにがしかの不調和がある。どうやら、二条院とは異なる空間への動きが藤壺の死とも関わって始まりつつあるのである。

三　対話と回想

六条院の建設を直接に予想させるのは、いま述べた光源氏と秋好との対話である。それは次のように始まっている。

秋の雨いと静かに降りて、御前の前栽の色々乱れたる露のしげさに、いにしへのことどもかきつづけ思し出でられて、御袖も濡れつつ、女御の御方に渡りたまへり。（薄雲②四五八）

大きな出来事の続いてきたこの巻で、ようやく訪れた静かな対話の場面である。光源氏は、まず秋好に六条御息所との思い出を語ったあと、古来春と秋といずれがすぐれているかという定めがあるが、あなたはどちらを好みますか、と尋ね、これに秋好は、次のように答える。

いと聞こえにくきことと思せど、むげに絶えて御答へ聞こえたまはざらんもうたてあれば、「ましていかが思ひ分きはべらむ。げにいつとなき中に、あやしと聞きし夕べこそ、はかなう消えたまひにし露のよすがにも思ひたまへられぬべけれ」と、しどけなげにのたまひ消つもいとらうたげなるに、え忍びたまはで、

「君もさはあはれをかはせ人しれずわが身にしむる秋の夕風

忍びがたきをりをりもはべるかし」と聞こえたまふに、いづこの御答へかはあらむ、心得ずと思したる御けしきなり。

（薄雲②四六二～四六三）

とても自分には答えられないが、あえて選べば、母の亡くなった秋に心引かれると答えた。秋好の呼び名の由来となった箇所である。このあと、光源氏は紫の上に次のように語る。

女君に、「女御の、秋に心を寄せたまへりしもあはれに、君の春の曙に心しめたまへるもことわりにこそあれ。時々につけたる木草の花に寄せても、御心とまるばかりの遊びなどしてしがな」…など語らひきこえたまふ。

（②四六四～四六五）

紫の上が春に心引かれると書かれるのは、はじめての記述である。この突然の記述の背景には、斎宮女御を秋、紫の上を春とする、六条院への道筋が明らかに見て取れる。ただし、この段階では、源氏は秋好に、

狭き垣根の内なりとも、そのをりの心見知るばかり、春の花の木をも植ゑわたし、秋の草をも掘り移して、いたづらなる野辺の虫をも住ませて、人に御覧ぜさせむと思ひたまふる　（②四六二）

と述べていて、六条院のような大邸宅を直接に示してはいない。

この秋と春は、斎宮女御にとっては六条御息所の亡くなった季節、紫の上に関わっては藤壺の亡くなった季節である。物語としては、六条御息所と藤壺それぞれの後継者に秋と春とを背負わせている。この二人の死は、秋と春というように対照的であるが、この物語の中で春に亡くなる女君は例外的である。春に亡くなることで藤壺は、その存在の大きさをあらためて示し、その地位を紫の上に譲ることになる。

その藤壺の死を悼む光源氏の様子は次のように書かれている。

をさめたてまつるにも、世の中響きて悲しと思はぬ人なし。殿上人などなべて一つ色に黒みわたりて、ものの栄なき春の暮れなり。二条院の御前の桜を御覧じても、花の宴のをりなど思し出づ。「今年ばかりは」と独りごちたまひて、人の見とがめつべければ、御念誦堂にこもりゐたまひて、日一日泣き暮らしたまふ。夕日はなやかにさして、山際の梢あらはなるに、雲の薄くわたれるが鈍色なるを、何ごとも御目とどまらぬころなれど、いとものあはれに思さる。

入日さす峰にたなびく薄雲はもの思ふ袖に色やまがへる

人聞かぬ所なればかひなし。　（薄雲②四四八）

人物と季節との結びつきは、人物の季節に対する好みだけではなく、死者との関係をも含めて、物語の中の豊かな時間をよみがえらせてゆく。

その意味で、光源氏と秋好中宮との対話が、六条御息所の回想から始まることは重要である。光源氏は、絵合巻末で、蛍宮と桐壺院時代を懐かしく回顧していたが、このあたりは次の朝顔巻を含めて光源氏の回想場面がふえてゆく。ここも、六条御息所の思い出から対話が始まり、秋好への思いを訴えるなどした後、春秋の定めが切り出される。ここまでにさまざまな時間の厚みを伴って底流していた六条院への準備が、ようやく姿を現す機会を得たところである。六条院の準備のためにわざわざこの場面が構えられたというようなものではなく、過去を回想することから必然的に未来が招かれる仕組みになっている点に注意したい。

光源氏は、秋好に対して、自分の恋愛で心残りなことが二つあると言って、六条御息所のことを語るが、もう一つは語らない。もちろん藤壺のことであり、それは朝顔巻で、紫の上相手に、次のような冬の夜の月と雪の場面の中で、それとなく語られることになる。

雪のいたう降り積もりたる上に、今も散りつつ、松と竹とのけぢめをかしう見ゆる夕暮れに、人の御容貌も光りまさりて見ゆ。「時々につけても、人の心をうつすめる花紅葉の盛りよりも、冬の夜の澄める月に雪の光りあひたる空こそ、あやしう色なきものの身にしみて、この世のほかのことまで思ひ流され、おもしろさもあはれさも残らぬをりなれ。すさまじきためしに言ひおきけむ人の心浅さよ」とて、御簾捲き上げさせたまふ。

（朝顔②四九〇）

この情景描写に続いて藤壺の話題となり、さらに、朝顔の姫君、朧月夜、明石の君なども話題に上るが、光源氏の栄華の進展と六条御息所や藤壺の死に伴うこうした回想が、これまでの物語の時間の厚みを深く掘り起こして、物語の未来を開くことになるのである。

おそらく、薄雲巻における光源氏と秋好との対話と、朝顔巻における光源氏と紫の上との対話とは、ある一対をなしているものと考えられる。前者は、春秋優劣を扱い、後者では光源氏独自の好みとして冬の夜がめでられている。それぞれに、六条御息所と藤壺の追憶が背景をなしているが、これら二つの対話は、直接にはやはり藤壺喪失という重大なできごとが決定的な力を以て、光源氏に〈時〉を見つめさせるに至ったために構えられたものであろう。光源氏が秋好に春秋の定めを持ちかけるとき、「はかばかしき方の望みはさるものにて、年の内ゆきかはる時々の花紅葉、空のけしきにつけても、心のゆくこともしはべりにしがな」(四六一)と切りだしたところには、遠い少年時代、藤壺に対して、「幼心地にも、はかなき花紅葉につけても心ざしを見えたてまつる」(桐壺①四四)とあったことが思い合わされもする。

なお、ここには、光源氏の斎宮女御や朝顔の姫君に対する恋情も見逃せない要素として存在する。本稿では、この問題に深入りすることは論旨の都合上できないが、秋好は、常に現実的に成立可能な恋の対象にはならないものの、この人への恋情が後見としての源氏の心情の中核に存在することは疑いない。一方、朝顔の姫君は、前斎院として源氏との関係が可能でありながら、源氏との恋愛は成立せず、重く時の喪失を感じさせる存在である。六条院という、これまで関わった女君を集め住まわせる邸への道のりは、もはや源氏の恋が新たに成就しないということと裏表の関係にある、ということも銘記しておきたい。

四　六条院の空間

六条院は、光源氏が関わったおもな女君を集め住まわせた広大な邸宅である。少女巻でその建設が語られ、春、夏、秋、冬という季節を生かした四つの町（区画）から成る。六条院造営を語る箇所は以下のとおりである。

大殿、静かなる御住まひを、同じくは広く見どころありて、ここかしこにておぼつかなき山里人などをも集へ住ませんの御心にて、六条京極のわたりに、中宮の御旧き宮のほとりを、四町を占めて造らせたまふ。式部卿宮、明けん年ぞ五十になりたまひけるを、御賀のこと、対の上思し設くるに、大臣もげに過ぐしがたきことどもなり、と思して、さやうの御いそぎも、同じくはめづらしからん御家居にてと急がせたまふ。（少女③七六～七七）

少女巻は、源氏の息子である夕霧への教育を主たる内容とする。源氏の厳しい教育方針と夕霧自身の努力の効あって、夕霧は晴れて文章生となり、従五位下の位を与えられ、侍従に任ぜられる。夕霧が文章生となる晴れの舞台は、冷泉帝の朱雀院行幸における放島の試みであり、この行幸は光源氏も参加した盛大なものであった。こうして、夕霧の将来に目処がついたところで、いよいよ源氏は、念願であった静かな住まいの造営へととりかかったのである。

この六条院がなぜ六条御息所の邸を含んで建てられるのか、というのは、なかなか難しい問題である。後述するように、しばらく前から源氏は静かな住まいを求めていたのであるが、それだけでは、六条京極という場所の決定には至らないはずである。それが六条御息所の邸を含む一帯に確定されるのは、秋好の立后と連動しているにちがいない。そして、光源氏の巨大な栄華の中で、主の六条御息所を喪ったこの邸も荒れ果てることなく救われ、御息所の悲劇的な生涯に救いがもたらされることが必要になったのであろう。[5] 六条院の造営は六条御息所の鎮魂のためだとする有力な見解があるが、[6] もう少し広く考えておきたい。

次に、六条御息所の邸との関わりから物語の外に範囲を広げて、六条という場所について検討しておこう。この六条というあたりには、古くから多くの別荘があり、六条院もそれを歴史的な背景にしているが、とくに源融の河原院との関係が重要である。場所が一致することと、風流な大邸宅という点でも重なる。実は、この物語では、すでに河原院のイメージは、夕顔巻の「なにがしの院」で用いられていた。ただし、夕顔が命を落とす「なにがしの院」は、荒廃してしまった河原院のイメージや河原院にまつわる融の怨霊伝説に支えられていたが、六条院は、対照的に、むしろ時間を逆転させて河原院の全盛期への連想を誘う。[7] 源氏が夕顔のもとに通っていたとき、源氏は同じく六条御息所のもとにも通っていたので、河原院のイメージは、「なにがしの院」から六条御息所の邸へとずらされたうえで、六条院に結実したことになる。

ここにうかがわれる時間の逆転、いわば歴史の針を逆回しにするようなやり方で、物語世界の進展を図ろうとする方法は、すでに見た六条御息所、秋好母娘と斎宮女御徽子との関係とも共通する。そしてそれは、やはり前述した、光源氏の回想が物語世界を進展させてゆく推進力となるという方法と、明らかに吻合するものであろう。

このような六条院が造営される経緯として、前述してきたことのほかに、明石から帰京後の光源氏にさまざまな邸との関わりが生じていった経過をふりかえっておきたい。

まず、澪標巻で、関わり合った女君を集めるという意図のもとに、二条院の東隣の二条東院が整備される。光源氏は、そこに花散里や明石の君を入れるつもりであったが、明石の君は、みずからを卑下して、二条東院には入らず、母方の曾祖父の「中務宮」が所有していた大堰の邸に移った。光源氏のもくろみは外れたのである。

この大堰の邸は、光源氏が建てた嵯峨野の御堂と近く、源氏は御堂へのお参りがてら明石の君の所へ寄るようになる。嵯峨野の御堂は、絵合の勝利の後、源氏が静かに籠る所を求めて建てたものであったが、こうして明石の君との関係が生じたために、仏道のためだけの空間にはならなかった。むしろ、明石の君と会うことと御堂への参詣とが常に結びつくようになってしまった。またも光源氏の予定は狂ったのである。このあたり、どうも作者の意図は光源氏の意思を越えたところにあって、巧みに源氏をコントロールしながら、ある路線を走っているようである。それはすでに述べたように、秋好を二条院に引き取ってから入内させようとした源氏の計画が潰えたことにもうかがわれた。源氏の目算がはずれる形をとりながら、つまり、源氏自身の意図よりも大きな形で、源氏を栄華に押し上げてゆく方法が貫かれているのである。

この源氏の御堂は、源融の棲霞観という別荘の場所に相当する。一方、明石の君が入った大堰の邸は、「中務宮」の旧邸という点とその場所とから、『源氏物語』より少し前の時代の兼明親王の山荘を連想させる。源融も兼明親王も政治的な挫折を経験した一世源氏であった。作者は、歴史上、政治的な敗北を喫した一世源氏にゆかりの嵯峨野の地で、光源氏と明石の君とを再会させ、あらたな世界を切り開こうとしているのであろう。[8] ここで作者が源融の棲霞観のイメージを活用したことは、もちろん河原院をふまえることになる六条院への準備にほかならない。

さらに松風巻には、源氏の盛大な遊宴が描かれる、桂の院という建物も登場する。桂という場所にまつわって、歌人伊勢と宇多天皇の中宮温子との交情も想起させる。

このように次々にさまざまな記憶を喚起させる邸が登場することによって、物語内外の建物の、ひいては人の興亡が映し出されることになり、その果てに六条院が立ち現れるのである。

ここでさらに、光源氏が、絵合の勝利以後、しばしば「静かな住まい」を求めたいと繰り返すようになっていたことも考慮に入れよう。まず、絵合の勝利後には、次のような感慨を抱いていた。

大臣ぞ、なほ常なきものに世を思して、いますこしおとなびおはしますと見たてまつりて、なほ世を背きなんと深く思ほすべかめる。昔の例を見聞くにも、齢足らで官位高くのぼり世に抜けぬる人の、長くえ保たぬわざなりけり。この御世には、身のほどおぼえ過ぎにたり。中ごろなきになりて沈みたりし愁へにかはりて、今までもながらふるなり。今より後の栄えはなほ命うしろめたし。静かに籠りゐて、後の世のことをつとめ、かつは齢をも延べん、と思ほして、山里ののどかなるを占めて、御堂を造らせたまひ、仏経のいとなみ添へてせさせたまふめるに、末の君たち、思ふさまにかしづき出して見むと思しめすにぞ、とく棄てたまはむことは難げなる。いかに思しおきつるにかといと知りがたし。

（絵合②三九二〜三九三）

ここでその造営が言及される「御堂」が、松風巻に語られる御堂である。また、出生の秘事を知った冷泉帝から譲位の意向を告げられたときも、

故院の御心ざし、あまたの皇子たちの御中にとりわきて思しめしながら、位を譲らせたまはむことを思しめし寄らずなりにけり。何か、その御心あらためて、及ばぬ際には上りはべらむ。ただ、もとの御掟のままに、朝廷に仕うまつりて、いますこしの齢重なりはべりなば、のどかなる行ひに籠りはべりなむと思ひたまふる

（薄雲②四五六）

と、辞退の旨を語っていた。そして、斎宮女御にも、

今は、いかでのどやかに、生ける世の限り、思ふこと残さず、後の世の勤めも心にまかせて籠りゐなむと思ひはべるを、この世の思ひ出にしつべきふしのはべらぬこそ、さすがに口惜しうはべりぬべけれ。数ならぬ幼き人のはべる、生ひ先いと待ち遠なりや。（薄雲②四六一）

と、やはり同様のことを語っているのである。こうした源氏の思いの吐露とともに、物語は六条院の実現ににじり寄ってゆくのだといえる。

しかし、光源氏が仏道修行をする静かな生活に入るには、まだまだ栄華の階段を上がらなければならない。逆説的に言えば、静かな生活を求めることは、それにふさわしい地位を求めることでもあった。この世を離れた境地を切実に求めれば求めるほど、光源氏の場合は、栄華の追求に腐心しなければならなかったのである。この「静かな住まい」が六条院へと結実するが、前掲の引用にも見られるように、六条院は何よりも「静かな住まい」の、とりあえずの実現にほかならなかった。それが実現するのは、秋好が中宮となり、光源氏が太政大臣となってからである。

ふり返ってみれば、このような静かな住まいを求める思いは、絵合の勝利によってはじめてもたらされたものではなかった。光源氏の心にはっきりと厭世観が萌したのは、葵の上の死とそれを導いた六条御息所の生霊出現という事件であった。それ以来、源氏の心に抱かれ続けてきた現世離脱の願望が、静かな住まいの実現として、旧六条御息所邸の拡張という形で実現するのである。ここには、明らかに首尾をなした結構を見てとることができる。と同時に、それはけっして勤行のための静かな空間にとどまるものでもなかった。太政大臣光源氏が養女である秋好中宮の実家を盛り立てながら、次代の中宮をも育てる邸なのであり、太政大臣として政務の第一線は退きながらも、いや、退いたがゆえに追求が可能となる理想的な空間の実現なのであった。

五　季節と人間

六条院の特徴は、何といっても四季を生かした四つの町から構成されているところにあるが、これを、四方四季の理想郷に近いという点と、季節と人間とを組み合わせた空間を作っているという点との二点から、あらためて考えてみたい。

四方四季の館は、とくに平安時代の想像力として、海の竜王の館と考えられていた。四方四季が理想の館であることは、さまざまな資料に見られる。この、海竜王の館という想像が明石の物語と結びついてくる。すなわち、光源氏と明石一族との出会いは、大きく日本神話の海幸山幸の話と関わっているが、その話型を下敷きにしてみると、光源氏は、不遇な目に遭う山幸彦にあたり、海の神である明石の入道のもとにいた豊玉姫にあたる明石の君と出会った、という関係になる。この姫君を得た光源氏が都の世界に返り咲き、海の竜王さながらの豪華な御殿、六条院を建設する。いわば、六条院は、地上に打ち立てられた海竜王の邸ともいえる。そこで大切に育てられるのは、将来の后である明石の姫君なのであり、今度は明石の姫君が豊玉姫の位置に相当することになる。

その一方、六条院は単なる理想の館とは言い切れない側面も持つ。たとえば、四方四季の館のように季節が順番に並んでいるわけではなく、四つの季節を持つと言っても、やはり中心は、春と秋なのである。神話や伝承の枠組みを利用しながらも、その型の中からあくまでこの作品固有の形を作り出していることは、強調しておかねばならない。[9]四方四季ということばから連想される、やや楽天的な超越的な空間という魅力をたしかに持ちながらも、六条院には多様な人間関係や世界の複雑さが織り込められている。帝を超えた王の位相にふさわしい空間であることはいうまでもないが、そこに内包されているものに注目してみたいのである。

六条院が示す、季節と人間との組み合わせとは、一つ一つの町の季節とそこに住む人物とが不可分に結びついている、すなわち、ある季節をある人物の象徴のように扱っている、あるいはある人物をある季節の象徴のように扱っている、ということである。季節と人間とが「結びついている」と表現するよりも、むしろ、相互に浸透し合う関係と規定した方が適切かもしれない。季節と人間とが「結びついている」と表現するよりも、むしろ、相互に浸透し合う関係と規定した方が適切かもしれない。季節がその中から人間へと変容し、人間が季節の姿をとって立ち現れる、というような関係である。その意味で、六条院の四季の空間は、深く時間を抱え込んでいるということになる。この点は、六条院のもっとも重要な本質にほかならないが、この問題に正面から立ち向かうには、稿者にはいまだ準備が足りない。以下、問題の所在とささやかな展望を述べて、締めくくりとしたい。

季節と人物との対応関係について、あらためて整理しておこう。

まず、紫の上と春。これは、若紫巻で光源氏が紫の上をかいま見するのが春であり、当初から藤壺の後継者という位置づけを与えられていたありようとも符合している。紫の上は、おそらくその登場の時点から、光源氏に救いをもたらす存在として「春」の属性が与えられていたと考えられる。秋好中宮は、みずから秋を好むと光源氏に答えて、秋を振り当てられるが、その背景に、六条御息所と秋との強固な結びつきが存在していたことは見逃せない。御息所と秋とは、光源氏と対面する夕顔巻や賢木巻の野宮の場面をはじめ、早くから強く結びついていた。花散里巻や澪標巻で、夏の場面が印象的である。とりわけ、橘との関係で、過去とのつながりが強い存在であった。花散里もまた、もちろん、夕顔巻や若紫巻のような早い段階から六条院そのものが予定されていたとは断定できない。しかし、この物語が持つ自然と人間との深い結びつきは、ゆるやかにではありながら、ある程度、特定の季節と人物との結びつきを作ってきていたと見てよいのであろう。それが、六条御息所と藤壺という二人の女君の死を一つの節目として、目に見える形で六条院という一つの空間に具体的に結実していった、ということなのだと思われる。

なお、六条院を代表する四人の女君の中では、明石の君と冬との結びつきだけは、少し異なった性質を持つ。明石巻で明石の君と光源氏とが対面する場面は秋であった。澪標巻の住吉詣も秋であった。したがって、具体的な場面における季節との結びつきによるというよりも、「身のほど」意識を強く持ち、世の厳しさにほとんど高貴といえるほどに堪え忍ぶ生き方を余儀なくされるところが、冬にふさわしいのであろう。あえて場面を選ぶならば、薄雲巻の冒頭、娘を手放す決心をした明石の君が、悲しみを抱えながら乳母と歌を詠み交わす雪の場面がある。

雪かきくらし降りつもる朝、来し方行く末のこと残らず思ひつづけて、例はことに端近なる出でゐなどもせぬを、汀の氷など見やりて、白き衣どものなよよかなるあまた着て、ながめゐたる様体、頭つき、後手など、限りなき人ときこゆとも、かうこそはおはすらめ、と人々も見る。落つる涙をかき払ひて、「かやうならむ日、ましていかにおぼつかなからむ」とらうたげにうち嘆きて、

雪深みみ山の道は晴れずともなほふみかよへあと絶えずして

とのたまへば、乳母うち泣きて、

雪間なき吉野の山をたづねても心のかよふあと絶えめやは

と言ひ慰む。（薄雲②四三一～四三二）

薄雲巻は、六条院を構成する春と秋との対が明らかになってくる巻であり、その冒頭部に置かれたこの場面は、明石の君の悲嘆と忍従を冬という季節と強固に結びつけている。また、明石の君との結びつきではないが、先にあげた、光源氏が紫の上に語る朝顔巻の場面もどこかで関わっている可能性がある。世間一般の人とはちがって、冬の夜の雪

と月の風景に心引かれる、という光源氏による冬の評価は、そこで関わった女君たちが具体的に回想される特別な場面を形成しているために、春と秋を中心とする六条院の造営に向けて、大きな意味を持っている。

六条院という「四季の館」は、四季を同時に実現する、いわゆる四方四季の館のような超越的な空間ではなかった。もちろん、理念的には、四季の空間的な配置による時間の支配、といった王者の館を実現しているのではあるが、単に、太政大臣にして、帝の隠れた父である光源氏にふさわしい栄華の館ということではない。この物語に早くから見られた人物と季節との対応関係を、集約的に邸として実現することによって、そしてそれが、六条御息所と藤壺の死という大きな節目から実現に向かったことからも明らかなように、栄耀栄華の顕示であるとともに、四季に表徴される時間の流れや、時の浸食へと物語は目を向け始めたのである。人物と季節との個別の対応関係を包摂しながら、物語は時の流れの中にあって、時を見つめようとする。四季の「併存」でありながら、否、そうであることによってかえって、逃れようもなく時の流れの重みを内包した世界、つまり、時を超えた神話ではなく、時の流れの中にこその存在がある物語ならではの世界であることを、みずから実現してゆくのである。

その手始めとして、物語は遠く夕顔の遺児玉鬘を呼び出して、四季のめぐりの中で、この物語初めてというべき求婚譚を展開させる。光源氏は、その求婚譚を演出しつつ、みずから巻き込まれてゆき、しかも己の力の限界を思い知らされることになる。光源氏とて、この容赦ない時の流れの中に生かされる存在でしかない、ということを、物語は、「四季の館」を舞台に、あらためて語り続けてゆくことになる。

六条院は、けっして、単なる王者の威光を体現しただけの風流な空間というようなものではなかった。六条院世界を支える認識は、光源氏が秋好や紫の上に対して過去や死者について語ることからもわかるように、人間が季節や時間という時の流れの中の存在にほかならないこと、また、世俗的には人間同士の序列が存在するにしても、本質的には時の流れの中で相対的な存在であること、そのようなものであった。その認識は、物語のこれまでの時間の複雑な積み重ねがもたらしたものであり、六条院が美的な風流空間の根底にそのような認識を横たえていることを、本稿では確かめてきたつもりである。

〔注〕

1 この宿曜の予言は、桐壺巻の宿曜の予言ではあるまい。桐壺巻の時点では、桐壺帝にとって、光源氏が帝王の器でありながらその将来にある懸念が存在する、ということで、高麗の相人、倭相、宿曜が一致していた、と見るべきであるから、このような具体的な予言はふさわしくない。ただし、ここで光源氏が「あまたの相人ども」の予言を知っていた、というのは、新事実であり、御子三人の予言も含めて、源氏に対する予言体系の存在の仕方に小さな変更を認めることはできる。

2 高田「光源氏の復活」(『源氏物語の文学史』東京大学出版会、二〇〇三年)

3 萩原広道『源氏物語評釈』(総論「年立の事」)は、この物語では代替わりごとに年立の空白が置かれている、と説き、この澪標・絵合間の空白も、朱雀から冷泉への代替わりによるものだという、驚くべき誤解を見せている。みずからの見出した法則性にとらわれるあまりの誤解とはいえ、なぜ広道がそのような誤解に導かれたのか、この代替わりそのものには空白が設けられず、前斎宮の入内にあたって空白が設けられたのはなぜかということは、深く考えられるべき問題であろう。

4 積田文子「六条御息所と六条院構想」(『関根慶子教授退官記念 寝覚物語対校・平安文学論集』風間書房、一九七五年)。同論は、「この空白の一年が存するあたりに六条院計画の具体化の一段階を置くことは出来ないだろうか。これ以前の二条東院造営計画そのものには、六条院造営の意図を思わすものは見当たらない」としつつ、「それが具体化の最初の段階とは思えなく」という慎重な姿勢を保持しながら、「構想が具体化してゆく形跡が少しでも認めうる箇所は、最も早い段階では澪標―絵合間の構想のちょっとした乱れまでしか戻る事は出来なかった」とする。本稿は「構想の乱れ」という立場をとらないが、同論の綿密な追究を貴重な指針とするものである。

5　蓬生巻で語られる末摘花の常陸宮邸の改修なども、光源氏の栄華と関わる問題としてつながっていよう。

6　藤井貞和「光源氏物語主題論」（『源氏物語の始原と現在』三一書房、一九七二ほか）

7　後藤祥子「六条御息所はなぜもののけになり続けるのか」（『国文学』一九八〇・五）の表現を借りれば、「歴史上の廃墟と、物語の虚構の中で再現された盛時とが、同時に共存する不思議な二重構造は、ここでは六条京極の河原院を回転軸として、源氏の華麗な六条院時代を夢幻能のように意味づけているといってもよい」。また、土方洋一「六条院の光と影—テクスト論の視座から」（『源氏物語のテクスト生成論』笠間書院、二〇〇〇年。初出一九八三年）も、融や河原院に関わるコードの問題を、このあたりの叙述に即して鮮やかに読み解く。

8　（2）に同じ。

9　藤原克己「たけき宿世—明石の君の人物造型」（『人物造型からみた源氏物語』（『国文学解釈と鑑賞別冊）一九九九・五）は、明石一族の物語を過大評価する傾向に対して、明石一族の物語が持つ神話的要素をおさえつつ、物語にはおのずからに神話的要素に限定を加える力が働いていることに注意を喚起する。

薫と浮舟の物語

——イロニーとロマネスク——

藤原　克己

はじめに

私の発表の原題は、サブタイトルが「イロニーと不透明性」となっていた。しかし本稿では、シンポジウム当日は時間の制約によって話すことができなかった拙論の前提と全容を提示するとともに、サブタイトルも全体の論旨によりふさわしいものとして、「イロニーとロマネスク」と変更させていただいた。そのことを、はじめにおことわりしておきたい。

ロマネスクとは、文字通りには物語《ロ》・小《マ》説《ン》的な（もの）ということで、しばしば伝奇的、空想的といった意味にも用いられるようであるが、ここでは物語・小説ならではの性格、とくに日常の現実とは異なる構成された性格を、ロマネスクと呼ぶことにしたい。したがってそれは、物語・小説の芸術性、あるいはトーマス・マンの言う「審美的形象 das ästhetische Gebilde」（『トニオ・クレーガー』）とも相連なる概念である（Gebildeには「構成されたもの」という意味もある）。なお、私の用いる「ロマネスク」の概念については、拙稿「『源氏物語』と『クレーヴの奥方』」（柴田元幸編『文字の都市　世界の文学・文化の現在10講』〔東京大学出版会、二〇〇七年〕所収）をも参照していただければ幸いである。

　これまでの源氏研究においては、物語のロマネスクもしくは芸術性に対して、注意の払われることがあまりにも少なかったのではないだろうか。そのような思いを久しく抱き続けていた私にとって、ひじょうに興味深く思われた文章に出会った。それは二宮正之氏が「文学の尊厳のために」（『文学』第6巻第3号、二〇〇五年）で紹介されていたアントワーヌ・コンパニョン氏の『理論という魔《ダイモン》　文学と常識』（Antoine Compagnon : *Le Démon de la Théorie* Littérature et sens commun, Editions du Seuil, 1998）の序章「われわれの恋愛から何が残ったか？　Que reste-t-il de nos amours ?」の一節である。フランスでは、一九六〇年代から新批評《ヌヴェル・クリティック》、詩学《ポエティック》、構造主義、記号学、ナラトロジー等々のさまざまな文学理論の盛行が見られた。そうした理論の隆盛が凋衰したいま、われらのあとに何が残されたのか？と著者は問うのだが、その一節に以下のような文章があって、私はいささか驚きを禁じえなかったのである。本書はその後、中地義和、吉川一義両氏による邦訳『文学をめぐる理論と常識』（岩波書店、二〇〇七年）が刊行されたので、それによって引用させていただく（〔　〕内は私による注記。なおこの邦訳についても二宮氏は「文学のために（第5回）」（『文学』第9巻第3号、二〇〇八年）で詳しく紹介し論評している）。

　ランソン〔Gustave Lanson, 1857～1934〕は、文献学と歴史的実証主義に裏づけられた堅固な理論をもっていると自負していたから、相手方（教養人や趣味人、ブルジョワたち）の伝統的な人間中心主義〔l'humanisme〕を激しく非難した。理論は、常識と対立するのである。さらに最近では、スパイラル状にめぐりめぐって、文学の理論が批判したのは、文学史における実証主義（ランソンが代表していたもの）であると同時に、文芸批評における共感（ファゲ〔Émile Faguet, 1847～1916〕が代表していたもの）であり、さらにはその両方を結びつけるというよくある方法（まずは実証主義によりテクストの沿革を語り、ついで人間中心主義でそれを解釈する方法）である。最後の例としては、厳格な文献学者［philologue］がプレヴォーの小説の源泉について綿密な研究をしたあと、マノンが生身の肉体をそなえた娘［une fille en chair et en os］としてわれわれのそばにいるかのように、なんのためらいもなくマノンの心理の実態や人間としての真実について炉端談義風の結論をくだす場合を考えればよい。（傍線引用者）

この文章に私が驚きを禁じえなかったのは、西郷信綱氏が一九六〇年に発表した「学問と批評の結び目」（『国学の批判―方法に関する覚えがき』［未来社、一九六五年］所収）の次のような一節と、あまりにもよく暗合していたからである（とくに右の傍線部）。

光源氏論とか浮舟論とかその他その他、列挙にいとまないくらい作中人物を「生きた人間」として扱ったものが文学研究として通っている例が多い。そこでは、作品の全体が織りなしている模様や構造から人物が脱け出し、独り歩きしているわけだが、この逸脱にも作品に対する批評の欠如があるといえる。作中人物が「生きた人間」ではなく、一定の言語表現の創り出したものであること、すなわち作者が芸術家であることを忘れるならば、それはもう文学研究でないといえるであろう。

西郷氏がここで批判しているのは、本文の校勘や系統図の作成といった研究を精緻に遂行している〝文献学者〟が、いざ作品を解釈する段になると「主観的心情がなまのままでてくる」（同前書所収「国文学の問題」一九五九年）ようなナイーヴなありかた、文学を文学として研究するための方法的反省の欠如であった（こんにち日本の国文学界でふつうに言われるところの「文献学」と西欧の philologie とはかなり異なるけれども、そのことはいまは問わない）。

先のコンパニョン氏の文章とこの西郷氏の言葉とを読み合わせてみると、日本でもフランスでも、文学研究は同時並行的に同じような潮流を経験していたのではないかという感を深くする。コンパニョン氏の本の序章には、次のような一節もある。

理論は、文学史家にたいして、あなたが文学と呼んでいるのは何なのか、あなたは文学固有の特性や価値をどう考えるのか、と問いかける。いったん文学のテクストに他のテクストと異なる特徴があると認めておきながら、それを歴史文書とみなし、作者の生涯、社会的・文化的背景、確認された意図、源泉など、それらの事実からなる因果関係を探ろうとする。理屈に合わないのは、だれの目にも明らかである。文学という対象がコンテクストから手を切り、それより永続性があるからこそ興味をおぼえたのに、その対象をコンテクストによって解明しようとしているというのだ。

これを読むと、日本でもいわゆる歴史社会学派や歴史実証的な文学研究が、文学の自立性を見失った歴史還元主義だと批判されたことが想起されるし、また一九六八年に発表されたロラン・バルトの「作者の死」が広汎な共感を喚起した理由の一端も理解されよう。もちろんバルトの問題提起には、近代的な人間中心主義に対するラディカルな批判という、より大きな思想的コンテクストがあったわけであるけれども。

さて源氏研究においても、一九七〇年代以降、フランスからの影響も強く受けて、構造主義、記号学、ナラトロジー等々の文学理論の盛行が見られたのであったが、物語のロマネスクや芸術性を掬い上げるということは、そうした文学理論においてもおよそ関心の埒外にあったように思われる。

物語のロマネスクや芸術性を掬い上げる、とはどういうことか？それを私はここで、源氏五十四帖最後の物語である薫と浮舟の物語を例として、試みてみたいのであるが、方法論的な留意点を言っておくならば、それは、作中人物や個々の場面をあくまでも「作品の全体が織りなしている模様や構造」との連関のなかで捉えること、たとえば浮舟が物語の織物から脱け出して「生身の肉体をそなえた娘としてわれわれのそばにいるかのように」その心理を想像したり、あるいはよく言われるような薫の「俗物性」を薫の性格や人間性の問題に収斂させるようなかたちであげつらったりしないこと、である。

ところで、「作品の全体が織りなしている模様や構造」と、個々の場面における作中人物の心とは、いわゆる解釈学的循環における全体と部分の関係にあるわけであるが、そのような解釈学的循環を経て得られた作品全体のロマネスクな構図として私が把握しているところのものを、あらかじめ提示しておきたい。

薫と浮舟の物語は、道心ゆえにかえって深く愛執になずむ薫と、その薫の妻となりながら匂宮との恋に溺れてしまうという若気の過ちを犯してしまった浮舟とが、互いに恋い偲び合いながらも、その心は遠く隔たったまま、というあやにくな構図を織りなす物語である。そこでは他者の不透明さ、他者の了解不可能性ということが前景化されており、いわゆる伝達不可能性の悲劇 *tragédie de l'incommunicabilité* と言うべきものになっている。

一　道心ゆえに愛執になずむ薫

薫の屈折した性格は、宇治十帖のプロットの要《かなめ》をなすものの一つとして、光源氏没後の物語である続編の始発、匂兵部卿の巻に明確に提示されている。彼は光源氏と女三の宮の子として世に遇され、まだ若いうちから官位も高くなり、「思ひ上がりたることこよなくぞものしたまふ」反面、「心のうちには、身を思ひ知るかたありて、ものあはれになどもありければ」、つまり自分の本当の父親が光源氏ではないことを知っているために、物悲しい思いも絶えず、身に添う栄華もかえって心の負い目になっていたという。ここに薫の道心が根本的に動機づけられているわけであるが、言うまでもなく重要なのは、そのような道心に制約された薫の女性に対する態度である。

中将（薫）は、世の中を深くあぢきなきものに思ひ澄ましたる心なれば、なかなか心とどめて、行き離れがたき思ひや残らむ、など思ふに、わづらはしき思ひあらむあたりにかかづらはむは、つつましく、など思ひ捨てたまふ。さしあたりて心にしむべきことのなきほど、さかしだつにやありけむ。

薫は、なまじ心を留めて、出家の際にふり捨て難い思いが残ってはなるまいと、女性関係には慎重になっていた、とくに、気を使わなければならない親のいるような高家との縁談は避けていた、というのであり、この引用文のすぐあとには、それを裏づけるような叙述が続いている。すなわち、匂宮がご執心の冷泉院の姫宮に薫も心惹かれていて、こういう人を妻にできたら一生何の不足もないだろうと思いながら（内親王の妻を持つことさえ、薫は夢見ないではなかったのであった）、しかし薫をわが子のように慈しんでいる冷泉院が、こと姫宮に関しては「こよなく気遠くならはさせたまふも、ことわりにわづらはし」かったので、薫自身も「心よりほかの心」のつくことを怖れて姫宮に「もの馴れ寄ることも」なかった。だが、そのような「わづらはしき思ひ」のない「なほざりの通ひ所」はあまたあって、そうした女たちのなかには、暮らし向きの「心細きに思ひわびて」、薫の優しい人柄に惹かれるままに、三条の宮（女三の宮と薫の住居）に女房として出仕する者も多かったが、そのなかには「さもあるまじき際の人々」（宮仕えなどすべきでない家柄の女たちということで、のちの宿木巻では、宇治の八の宮家の姫君たちのような零落皇族の女性たちもまじっていたことが明らかにされている）も少なくなかった、という。

このような薫の女性関係のあり方を皮肉った語り手の評語、「さしあたりて心にしむべきことのなきほど、さかしだつにやありけむ」は、実に意味深長と言わなければなるまい。薫の道心の核にはそれなりに純粋で切実な思いがあったとしても、しかし彼はおのれの精神性をあまりにも高く見積もって、自らの女性を愛することへの欲求を過小評価してしまうという、いかにもまじめで知的な青年にありがちな一種の慢心に陥っていた（「さかしだつ」）、それをこの語り手の言葉は指摘するとともに、色好みの匂宮以上に愛執になずみ、低迷することになる、そのイロニックな生の軌跡をも予告しているかのようである（物語最終帖の夢の浮橋巻で、横川の僧都は自らが出家させた浮舟に、薫の「愛執の罪」を晴らすためにも、還俗して薫のもとに帰るように勧める。「愛執」という言葉の物語で唯一の用例が、色好みの匂宮などにではなく、ほかならぬ薫に対して用いられているところにも、この物語のイロニックな構図が集約されていよう）。

二　薫と浮舟の物語—梗概

二十歳になった年に薫は、宇治の八の宮の存在を知る。八の宮は失意落魄の人であった。唯一の心の支えであった北の方にも先立たれたのち宇治に隠棲し、二人の姫君を育てながら仏道修行に専念していた。薫はこの八の宮のもとに通って仏道を学ぶうちに、その長女の大君に心惹かれるようになる。そして八の宮が亡くなったあとも、薫は姉妹の生活に細やかに心を配ることを怠らなかった（薫のこういう性格も、宇治十帖全体を通して、プロット構成の一つの要となっている。浮舟も、安心して一生を託すことができる人という、薫の優しさと誠実さに対する信頼は、最後まで失うことが無かったのである）。八の宮の死後、薫はいよいよ大君に思いを深め、恋情を訴えるのであるが、大君もまた薫に深く心惹かれていたにもかかわらず、その求愛を受け入れることなく世を去ってしまう。大君を忘れることのできない薫は、その面影を求めて、すでに匂宮夫人となって京都の二条院（匂宮邸）で暮らしている妹の中の君に恋情をつのらせてゆく。そこに登場してくるのが、浮舟であった。

宿木巻で語られるところによれば、八の宮は北の方の死後、その寂しさを、中将の君という女房とのかりそめな情交によってまぎらわしたことがあったという。中将の君は北の方の姪だったので、北の方に面影の通うところがあったのであろう。中将の君は八の宮の子を宿した。これが浮舟であるが、仏道修行に専念したいと思っていた八の宮には、この新たな係累がうとましく、彼は中将の君に冷淡になった。いたたまれなくなった中将の君は浮舟を連れて八の宮家を出て、裕福な受領の後妻になった。その夫は東国の受領を歴任したため、浮舟も東国で育ったのであった。

薫二十六歳（宣長の新年立では二十五歳）の年の夏、夫常陸介の任が果てて上京した中将の君は、浮舟を伴って、二条院の中の君を訪ねた。浮舟はすでに二十歳ほどの娘に成長していた。秋になって、中の君は薫に腹違いの妹浮舟の存在を告げ、浮舟が「あやしきまで」大君に似ていることを伝える。翌年四月、宇治の八の宮の旧宅を訪れた薫は、そこに偶然来合わせた浮舟をかいまみし、まことに大君に生き写しであることに深く感動して、妻としたい意向を中将の君に伝えた（**以上、宿木巻**）。

同じ年の秋、二条院に滞在していた浮舟を、匂宮が見初めて言い寄る。その時は乳母たちのはたらきにより事なきを得たが、浮舟はそのまま二条院にいるわけにはいかず、三条の小家に移る。九月半ば、その三条の家を薫が訪れて浮舟と契りを結び、翌日彼女を宇治に連れて行って、故八の宮の旧宅に住まわせる。これが**東屋巻末**のことである。

さて次の**浮舟巻**を繙くと、年が変わって翌年の正月になっている。したがって東屋巻と浮舟巻との間には、三ヵ月以上の空白があるわけで、この空白が実はひじょうに重要な意味をもっているのであるが、そのことは後述したい。匂宮は、浮舟から中の君に送られてきた年賀の手紙を読んで、昨年秋に二条院で見初めて以来忘れがたく思っていた女が、薫によって宇治に住まわせられているらしいということを察知する。宇治の八の宮の旧宅におもむいた匂宮は、薫の声色をまねて格子をあけさせて中にはいり、浮舟と契りを結ぶ。浮舟ははじめ、傍らに添い臥した男をてっきり薫と思っていたのであるが、すぐに匂宮であることに気づいて愕然とする。が、情熱的な匂宮の愛情に彼女は深く心動かされてしまうのであった。そののち二月初め頃、薫が宇治の浮舟のもとに訪れる。そして同じ二月の半ば過ぎに再び匂宮が訪れ、浮舟を宇治川対岸の家に連れ出して濃密な愛の時を過す。三月、薫からの使者と匂宮からの使者が宇治で鉢合せし、このことから薫は浮舟と匂宮との密通を知り、浮舟をなじる手紙を送る。また、薫が宇治の館の警護を厳重にしたため、匂宮が三度目に宇治に来たときには、浮舟に会えずに帰京したのであった。浮舟は苦悩の末、宇治川に入水して死のうと決意する。ここで浮舟巻は閉じられる。

次の**蜻蛉巻**を繙くと、浮舟巻末の翌朝で、宇治の館では浮舟の姿が見えないので大騒ぎになっている。浮舟の側近くに仕えていてすべての事情に通じていた右近（浮舟の乳母子）と侍従という二人の女房は、浮舟が宇治川に入水したものと推測し、亡骸の無いまま葬儀を行って、薫、匂宮にも彼女の死を告げた。

しかし浮舟は宇治川に身を投げたのではなかった。次の**手習巻**も浮舟巻末を受けている（したがって蜻蛉巻と時間的に並行している）。浮舟は、もののけに取り憑かれてあたりを徘徊し、意識朦朧とした状態で宇治院の裏庭に倒れ臥していたところを、横川の僧都一行に発見される。横川西麓の小野の山里に僧都の妹尼の山荘があり、浮舟はそこで手厚く介抱される。閑静な小野の山里で、浮舟はようやく心の安らぎを覚えるのであるが、それもつかの間、その秋、僧都の妹尼の亡くなった娘の婿であった中将が、浮舟を見初めて言い寄る。男女の色恋沙汰というものがすっかりうとましくなっていた浮舟は、折しも女一の宮の加持祈禱のために横川から下山して、妹尼の山荘に立ち寄った僧都に懇願して出家する。ところが、女一の宮の加持祈禱を終えた僧都は明石の中宮（女一の宮や匂宮の母）に、自分が宇治で発見した行き倒れの女性を出家させたことを語り、中宮はそれが、薫が失って悲しみにくれている女性ではないかと推察するのである。このように、浮舟を出家させた僧都が、彼女を再び薫と結び合わせる役をも果たしてしまうというところにも、イロニックな構図が認められよう。翌春三月、薫は浮舟の一周忌を宇治で営む。その一周忌の法事ののち、薫はなお晴れやらぬ胸の内を明石の中宮に訴え、中宮は女房の小宰相の君を介して、横川の僧都から聞いた話を薫に知らせる。

こうしていよいよ物語最終帖の**夢浮橋巻**となる。薫は、浮舟の義理の弟（常陸の介と中将の君との間に生まれた子）でまだ幼い小君を伴って、横川に僧都を訪ね、詳しく事情を確かめる。薫は僧都に浮舟との再会の仲立ちを依頼するが、僧都は僧侶の立場としてそれは謝絶し、かわりに浮舟への手紙をしたためて小君に託す。数日後、小君は僧都と薫の手紙を携えて小野に浮舟を訪ねる。僧都の手紙には、還俗して薫のもとへ帰るようにと書かれていた。しかし浮舟は、小君との面会もかたくなに拒み、薫への手紙にも返事を書こうとはしなかった。空しく帰参した小君の報告を聞いた薫は、興冷めした気持ちになり、なまじ手紙などやるのではなかったと悔やむばかりか、今の浮舟には誰かほかの男がいるのではないかとあらぬ邪推までした、というところで、この物語はふっつりと終わるのである。

三　薫を偲ぶ浮舟

さて、以上のような薫と浮舟の物語を、私はどのように解釈し、また鑑賞しているのかということを以下に述べてみたいのであるが、その糸口として、古来解釈が分かれている箇所を取り上げてみたい。それは手習巻で浮舟が出家した翌年の春、薫が浮舟の一周忌を営む直前の場面である。

閨《ねや》のつま近き紅梅の色も香も変らぬを、「春や昔の」と、異花《こと》よりもこれに心寄せのあるは、飽かざりし匂ひのしみにけるにや。後夜《ごや》に閼伽《あか》奉らせたまふ。下﨟《げらふ》の尼のすこし若きがある、召し出でて花を折らすれば、かごとがましく散るに、いとど匂ひ来れば、

袖ふれし人こそ見えね花の香のそれかとにほふ春のあけぼの

大尼君の孫《むまご》の紀伊守なりけるが、このころ上《のぼ》りて来たり。……

ここで浮舟は紅梅の花の香に、飽かぬ思いで別れた人を偲んでいるのであるが、それが薫なのか匂宮なのか、実にいずれとも決めがたいのである（詳しくは拙稿「「袖ふれし人」は薫か匂宮か―手習巻の浮舟の歌をめぐって―」［青山学院大学文学部日本文学科編・国際学術シンポジウム『源氏物語と和歌世界』新典社、二〇〇六年］を参照されたい）。私自身は、ここで浮舟が偲んでいるのは薫だと取りたいのであるが、その根拠の一つは、同じく手習巻の、出家直前の浮舟の回想である。

昔よりのことを、まどろまれぬままに、常よりも思ひ続くるに、いと心憂く、親と聞こえけむ人（八の宮）の御容貌《かたち》も見たてまつらず、（義父の任国の）はるかなる東《あづま》をかへるがへる年月をゆきて、たまさかに尋ね寄りて、うれし頼もしと思ひきこえし姉妹《はらから》（中の君）の御あたりも、思はずにて絶え過ぎ、（私のことを）さるかたに思ひ定めたまへりし人（薫）につけて、やうやう身の憂さをもなぐさめつべききはめに、あさましくもてそこなひたる

身を思ひもてゆけば、宮（匂宮）を少しもあはれと思ひきこえけむ心ぞいとけしからぬ、ただこの人の御ゆかりにさすらへぬるぞ、と思へば、小島の色をためしに契りたまひしを、などてをかしと思ひきこえけむと、こよなく飽きにたる心地す。はじめより薄きながらも、のどやかにものしたまひし人（薫）は、この折かの折など思ひ出づるぞ、こよなかりける。かくてこそありけれ、と聞きつけられたてまつらむ恥づかしさは、人よりまさりぬべし。さすがにこの世には、ありし御さまを、よそながらだにいつかは見むずる、とうち思ふ、なほわろの心や、かくだに思はじ、など、心ひとつをかへさふ。

自分は受領の義父に従って、はるかな東国で長く暮らしていたので、たまさかにお訪ねすることができた腹違いの姉上中の君を、嬉しく頼もしくお慕い申し上げていたのに、思いがけなくその夫である匂宮から言い寄られたために、お姉さまとの仲も絶えてしまった。また、私の処遇をしかるべく考えてくださっていたあの方（薫）のおかげで、不仕合せだった身の上もようやく落ち着きかけていたのに、何もかも台無しにしてしまった成り行きをつくづく考えてみれば、匂宮を少しでも「あはれ」と思い申し上げたこの心がいけなかったのだ、宮が小島の色によそえて変わらぬ愛をお誓いになったとき（浮舟巻で二度目に匂宮が訪れて来たとき、宇治川対岸の家に渡る途中、橘の小島で舟をさしとどめて匂宮が「年経《ふ》とも変はらむものか橘の小島の崎に契る心は」と詠んだことをさす）、どうして自分はあんなに感動したのだろう、とこのように往時を顧みた浮舟は、匂宮に対しては「こよなく飽きにたる心地す」とある。「こよなし」は、本居宣長が「此言は、必ず他に対《むか》へてくらぶる事のある時につかふ言にて、……くらべていたくかはれる意也」（『玉の小櫛』巻五）と的確に語釈しているとおりなのであって、「こよなく飽きにたる心地す」とは、匂宮に対する気持ちが、そのかみとはすっかり変わってしまった、夢中になっていた気持ちがすっかり冷めてしまった、というのである。

それに対して、匂宮のように情熱的ではなかったが、誠実で穏やかだった薫は、あの折この折と思い出すにつけ、匂宮よりずっと慕わしいお方だった、いつかまたあの方のお姿を、よそながらでも拝することがあるだろうか、という思いがつい胸をよぎるのを、ああ性懲りもない心だ、こんなふうにさえ思うまいと念じ返す、という。ここにはっきりと表れているが、手習巻以降、浮舟が恋い偲び続けているのは一貫して薫なのだと言ってよいのである。

にもかかわらず、本節のはじめに引いた場面で浮舟が「袖ふれし人こそ見えね」と偲んでいるのが薫なのか匂宮なのかという議論では、こんにち匂宮説のほうが有力なのは、浮舟巻で浮舟と匂宮の逢瀬は二回あるのに対して薫とのそれは一回だけであり、しかも匂宮との逢瀬のほうがずっと濃密に描かれていて、明らかに浮舟は匂宮のほうに強く深く心惹かれているような印象を受けるためであろう。それに、匂宮が三度目に宇治にやって来ながら、警護が厳重で館に近寄ることもできず、すごすごと帰っていたときには、浮舟は胸の張り裂けるような悲しみを味わっていた。

しかしながら手習巻では、右の出家直前の半生回顧に見られるように、浮舟は自らのそうした匂宮への惑溺が、取り返しのつかない若気の過ちであったと痛切に思い知るのである。しかもそのことは、実は浮舟巻のいたるところで、語り手によってすでに予告されていたのであった。一箇所だけ引用しておきたい。正月、宇治を訪れた匂宮が浮舟と契りを結んだ、その翌日の場面である。

御手水《てうづ》など参りたるさまは、例のやうなれど、（匂宮は）まかなひめざましう思されて、「そこに洗はせたまはば」とのたまふ。女（浮舟）、いとさまよう心にくき人（薫）を見ならひたるに、時の間《ま》も見ざらむに死ぬべし、と思しこがるる人（匂宮）を、心ざし深しとは、かかるを言ふにやあらむ、と思ひ知らるるにも、……

例は暮らしがたくのみ、霞める山際《やまぎは》をながめわびたまふに、暮れ行くはわびしくのみ思し焦《い》らるる人（匂宮）

に引かれたてまつりて、いとはかなう暮れぬ。まぎるることなくのどけき春の日に、見れども見れども飽かず、そのことぞとおぼゆる隈《くま》なく、愛敬づき、なつかしくをかしげなり。さるは、かの対《たい》の御方（中の君）には劣りたり。大殿《おほいとの》の君（六の君）の盛りににほひたまへるあたりにては、こよなかるべきほどの人を、たぐひなう思さるるほどなれば、また知らずをかしとのみ見たまふ。女（浮舟）はまた、大将殿（薫）を、いときよげに、またかかる人あらむやと見しかど、（匂宮の）こまやかににほひきよらなることは、こよなくおはしけり、と見る。（匂宮は）硯引き寄せて、手習などしたまふ。いとをかしげに書きすさび、絵などを見どころ多く描《か》きたまへれば、（浮舟の）若き心地には思ひも移りぬべし。

浮舟は、薫に対してそうしていたように、匂宮にも朝の洗面の世話をしようとするが、匂宮には浮舟にそのような給仕をさせることなどもってのほかであって、「そこに洗はせたまはば」（あなたが先に洗いなさったら、私はそのあとで）と最高敬語を使ってゆずっている。心憎いばかり落ち着きすましている薫を見慣れていた浮舟は、片時も会わずにいたら死んでしまいそうだと自分に恋い焦がれる匂宮に、愛情が深いとはこういうことなのかとすっかり感動してしまっている。ふだんは時間をもてあまして霞める山際をながめわびているのに、時間の推移にやるせなく焦慮する匂宮につられてあっというまに日が暮れてしまったとは、浮舟も匂宮に夢中になっていることを物語っていよう。匂宮も、日がな一日浮舟を見ていてもなお見飽きず、非の打ち所のない美しさだと感動している。だが、「さるは」以下の語り手の言葉の何と冷ややかなことか。浮舟は中の君には劣っているし、匂宮のもう一人の妻である右大臣家の六の君のはなやかな美しさに比べても格段に見劣りがしそうな程度の女なのに、「たぐひなう思さるるほどなれば」、ただ今は匂宮は浮舟に夢中になっているから、またとないほど美しく思えるだけなのだ、と。つまり匂宮は、いつも彼がそうであるように、早晩この浮舟にも飽きてしまうであろうということを語り手はほのめかしているのである。

それに続けて、浮舟もまたいよいよ匂宮の魅力の虜になってゆくことを語る文末が、「若き心地には思ひも移りぬべし」と結ばれていることにも注意しなければならない。古語の「若し」という形容詞は、未熟なという否定的なニュアンスで使われることが多い言葉で、ここもそうである。浮舟が匂宮に溺れてしまったのは、若気の過ちなのだ、彼女はやがてこのことを後悔するであろうということも、ここですでにそれとなくほのめかされているのである。

はたせるかな、手習巻で浮舟は、先掲の出家直前の回想に見られたように、「宮を少しもあはれと思ひきこえけむ心ぞいとけしからぬ、ただこの人の御ゆかりにさすらへぬるぞ」と悔恨に苛まれるのであるが、ここに一つ、読者をとまどわせることがあろう。匂宮に対して薫を、「はじめより薄きながらも、のどやかにものしたまひし人は、この折かの折など思ひ出づるぞ、こよなかりける」と浮舟は偲んでいるけれども、浮舟がなつかしく思い出している「この折かの折」が、少なくとも私たち読者にも追体験し実感できるようなかたちでは、物語には描かれていないのである。このことも、「袖ふれし人」を薫と解するのが少数派である理由なのではあるまいか。

ここで重要な意味をもってくるのが、前節「薫と浮舟の物語—梗概」でふれておいた、東屋巻末と浮舟巻との間にある三ヵ月以上の空白であろう。三条の家に薫が訪れて浮舟と初めて契りを結び、翌日彼女を宇治に連れて行って故八の宮の旧宅に住まわせたのが東屋巻末で、それは九月半ばのことであった。そして次の浮舟巻を繙くと、年が変わって翌年の正月になっている。匂宮は、浮舟から中の君に送られてきた年賀の手紙を読んで、昨年秋に二条院で見初めて以来忘れがたく思っていた女が、薫によって宇治に住まわせられているらしいということを察知するのであるが、さらに匂宮が、薫の家司の婿である大内記道定を召し寄せて尋ねたところ、道定も「(薫が宇治に)通ひたまふことは、去年《こぞ》の秋ごろよりは、ありしよりもしばしばものしたまふなり。下《しも》の人々の忍びて申ししは、女をなむ隠しすゑさせたまへる」云々と答えている。そういえば、匂宮が宇治におもむいて浮舟と最初の密会を遂げた先掲の場面にも、「御手水《てうづ》など参りたるさまは、例のやうなれど」「いとさまよう心にくき人（薫）を見ならひたるに」などと、東屋巻末以後も浮舟が薫と逢瀬を重ねてきていたことを前提としたような言い方がなされていた。この空白の三ヵ月の間に、「この折かの折など思ひ出づるぞ、こよなかりける」と浮舟に回想されるような折々があったものと、読者は想像しなければならないのである（逆にもし作者が、「この折かの折」に相当する場面を綿密に描き込んでいたら、浮舟が匂宮に溺れてゆく心情は、ひじょうに描きにくくなっていたであろう）。

さてそのような眼で読み直してみると、その翌月、二月初めに薫が宇治に訪れてきたときの浮舟の心内を叙した文章に、「この人に憂しと思はれて、忘れたまひなむ心細さは、いと深うしみにければ」とあるのを、たとえば新編古典全集の頭注は「薫の今までの途絶えの間に、捨てられたのでは、という心細い思いをさんざん味わってきた、の意」と解釈しているけれども、もう少し踏み込んで解すべきであろう。ただ男に忘れられることの心細さなのではない、ほかならぬこの優しく誠実な薫に忘れられることのつらさなのである。だから、このあと二月半ばに再び匂宮がやって来て、宇治川対岸の隠れ家で情痴に溺れるような時を過しているさなかでも、匂宮から薫を思い切るように迫られると浮舟は泣かずにはいられないのであった。

（匂宮は浮舟と）かたはなるまで遊びたはぶれつつ暮らしたまふ。（匂宮は浮舟を京に）忍びてゐて隠してむことを、返すがへすのたまふ。そのほど、かの人（薫）に見えたらば、と（匂宮は浮舟に）いみじきことどもを誓はせたまへば、（浮舟は）いとわりなきことと思ひて、いらへもやらず、涙さへ落つるけしき、さらに目の前にだに（こうして自分と会っている間でさえ、浮舟は薫から）思ひ移らぬなめり、と（匂宮は）胸痛う思さる。

またこのあとで、匂宮から来た手紙と歌を見ての浮舟の心を叙したところにも以下のようにある。

> （匂宮が）筆にまかせて書き乱りたまへるしも見どころあり、をかしげなり。ことにいと重くなどはあらぬ（浮舟の）若き心地に、いとかかる心を思ひもまさりぬべけれど、はじめより契りたまひし（薫の）さまも、さすがにかれはなほいともの深う人柄のめでたきなども、世の中（男女の仲）を知りにしはじめなればにや、（薫が、自分と匂宮との密通という）かかる憂きこと聞きつけて思ひ疎みたまひなむ世には、いかでかあらむ、……わが心も、瑕《きず》ありてかの人（薫）に疎まれたてまつらむ、なほいみじかるべし、と思ひ乱るるをりしも、かの殿（薫）より御使ひあり。

この文章の後半部分は、出家直前の浮舟の心内語に、「かくてこそありけれ（私はこうして生きながらえていたのだ）、と（薫に）聞きつけられたてまつらむ恥づかしさは、人よりまさりぬべし（ほかの誰に聞かれるよりもまさるであろう）」とあったのとも、正確に対応していよう。

こうした浮舟の心情は、彼女が入水を決意するところの心内語において、端的に叙されるところである。「心地には、（薫と匂宮の）いづれとも思はず。ただ、夢のやうにあきれて、いみじく焦《い》られたまふ（匂宮）をば、などかくしも（こんな私をどうしてそこまで思ってくださるのか）とばかり思へど、頼みきこえて年ごろになりぬる人（薫）を、今はともて離れむと思はぬによりこそ、かくいみじとものも思ひ乱るれ」と。そして、匂宮には「からをだに憂き世の中にとどめずはいづこをはかと君もうらみむ」（私は宇治川に入水して、亡骸をさえこの憂き世に残さないつもりですので、どこを目当てにあなたは私をお恨みなさることでしょう）という歌を詠み送ったあと、「かの殿（薫）にも、今はのけしき見せたてまつらまほしけれど、所々に書きおきて、（薫と匂宮は）離れぬ御仲なれば、つひに聞きあはせたまはむこと、いと憂かるべし、すべて、いかになりけむと、誰にもおぼつかなくてやみなむ、と思ひ返」して、結局薫には何も書き残さなかった、その心情の哀切さをも、私たちは思いみなければならない。手習巻以降の浮舟が、薫を恋い偲ぶのは、けっして唐突な変化ではないのである。

四　浮舟を偲ぶ薫―蜻蛉巻の意味するもの

前節のはじめに引いたように、「袖ふれし人こそ見えね」の歌には、「大尼君の孫《むまご》の紀伊守なりけるが、このころ上《のぼ》りて来たり」という一文が直接していた。そのころ、大尼君（横川の僧都の母）の孫の紀伊守が上京して来た、という。この紀伊守が、僧都の妹尼の小野の山荘に、薫に関する以下のような消息をもたらし、浮舟も耳をそばだてる。右大将殿（薫）が宇治に隠し据えておられた女君が去年亡くなって、今、その一周忌の法要が宇治で営まれようとしている。その女君も故八の宮の娘であったが、劣り腹であったらしく、殿は正式な妻としては処遇しておられなかったけれども、しかしその女君を失ってひじょうに悲しんでおられる。つい昨日も、殿は宇治を訪れて、川の流れに見入りながらはげしくお泣きになり、お館の柱に「見し人は影もとまらぬ水の上に落ちそふ涙いとどせきあへず」という歌をお書き付けになられた云々と。こうした話を聴いて浮舟は、「（大将殿はこの私を）忘れたまはぬにこそは、とあはれと思ふ」のであった。この場面の直前に、「袖ふれし人こそ見えね」と彼女が偲んでいたのが薫であってこそ、ここにはロマネスクな構成の美しさが認められよう。

これはひじょうに感動的な場面である。ここに、恋い偲びあう一組の男女の構図がみごとに織りなされた、といえよう。だが、と同時にこれは、きわめてイロニックな場面でもある。浮舟が宇治川に入水して亡くなったものと思っている薫はいま、浮舟の一周忌の法要を営もうとしている。その法要の布施にする「女の装束一領《ひとくだり》」の調製を紀伊守は薫から割り当てられて、その裁縫を依頼するためにこの小野の山荘にやってきたのであった。浮舟は、自分の一周忌の法要のための袿が裁縫されるのを目の当たりにすることになる。そのことからしてまことに皮肉な仕儀であるが、それだけではない。浮舟は、不義を犯した自分を、薫がなおも恋い偲んでくれていたのだと知って感動しているけれども、薫の心の内実までは知る由もない。しかし私たち読者は、蜻蛉巻を通してその複雑な胸の内をつぶさに見てきており、この二人の心の遠さを知っている。これもまた一種のドラマティック・アイロニー（ある事情が観客には知悉されているのに、登場人物相互には不透明であるところから皮肉な感じを生む作劇法）なのではあるまいか。

　ありていに言えば、浮舟は死んだものと思えばこそ、薫は切実な悲しみにひたりもし、はげしく泣くこともできようが、彼女が生きていたとなると、話はまた別なのだ。そのことは、この一周忌のすぐあとでも明らかにされる。女一の宮の女房小宰相の君から、浮舟が生きていて、小野の山里で出家して尼になっていると聞かされた薫は、まずまっさきに匂宮とのあの面倒な三角関係が再燃することを懸念し、「いみじくあはれと思ひながらも、さらに、やがて亡《う》せにしものと思ひなしてを止《や》みなむ（あのまま亡くなったものと思いなして、もうおしまいにしてしまおう）」、生きていたのだとあれば、いつの日か、後世の契りばかりを語らい合えるような折もあろうが、「（今生で）わがものに取り返し見むの心は、またつかはじ、など思ひ乱れ」ている。

　すでに蜻蛉巻でも、浮舟急死の報がもたらされたのち、匂宮が命もあやぶまれるほど悲嘆に伏し沈んでいることを聞いた薫は、彼らの関係がただ消息などを通わす程度のものではなく、男女の仲としてゆくところまでいっていたろうと推察し、もし浮舟が生きていたら「わがためにをこなることも出で来《き》なまし、と思すになむ、こがるる胸も少しさむる心地」がした、と語られていた。そして匂宮を見舞い、薫の目の前でも涙にくれているその悲嘆ぶりを目の当たりにして、「さりや、ただこのこと（浮舟のこと）をのみ思すなりけり。いつよりなりけむ。われをいかに可笑《をか》しともの笑ひしたまふ心地に月ごろ思しわたりつらむ、と思ふに、この君（薫）は悲しさは忘れたまへるを」とも語られていた。浮舟を失った薫の悲しみは、ずっと同じ強度と純度を保って持続しているわけではない。匂宮との関係を思うたびに、その悲しみはややさめる。が、そのつどまた新たに恋しさがつのり、焦がれる胸のさましようがないのである。むしろそのような感情の起伏の描出にこそ、作者の筆の冴えが感じられるところであろう。とくにこのあと、薫が匂宮と浮舟との関係を知っているのだということを少しずつほのめかしてゆくところは、会話の絶妙さとしては源氏五十四帖屈指のもので、名優二人に演じさせてみたいような名場面であるが、中途で薫もまた涙にくれてしまうのであった。

会話の絶妙さといえば、薫が右近から、浮舟の死は病死ではなく入水自殺であったことを知らされ、さらに浮舟と匂宮とのことについて右近を問い詰めるところも、圧巻と言えよう。とくに、右近の話を聞いたのちに、「（浮舟は）宮（匂宮）をめづらしくあはれと思ひきこえても、わが方（薫）をさすがにおろかには思はざりけるほどに、いと明《あき》らむるところなく、はかなげなりし心にて、この水（宇治川）の近きをたよりにて、かく（入水を）思ひ寄るなりけむかし」と、薫が浮舟の心をかなり正確に推察した上で、自分がこんなところに長く「さし放ち据ゑ」ておいたのがいけなかったのだ、「ただわが過ちに失ひつる人なり」と悔やんでいることも留意しておくべきであろう。

さて、以上のような蜻蛉巻の前半に対し、薫が営む浮舟の四十九日の法要を境に、その後半はまた大きく様相を異にしてくる。その法要が終わった直後に次のような叙述がある。

（薫と匂宮の）二人の人の御心のうち、古《ふ》りず悲しく、（ことに匂宮にとっては）あやにくなりし御思ひの盛りに

（浮舟との仲が）かき絶えては、いといみじけれど、あだなる御心は、（浮舟を失った悲しみが）慰むやなど、（他の女に言い寄って）こころみたまふことも、やうやうありけり。かの殿（薫）は、（浮舟の母中将の君のことを）かくとりもちて何やかやと思して、残りの人をはぐくませたまひても、なほ言ふかひなきことを忘れがたく思す。

浮舟の母親は、浮舟の入水について、自分の愛情が薄かったせいだと恨んでいるであろう、また実際「わが過ちにて」死なせた人なのだ、という思いから薫は、せめてもの罪滅ぼしに、中将の君と常陸の介との間に生まれた浮舟の義弟たち（右文中の「残りの人」）を取り立てて出世させてやろうと目をかけていた。優しく誠実な薫の面目躍如というところであり、とくに末尾の「なほ言ふかひなきことをわすれがたく思す」について『岷江入楚』は、「浮舟の事の忘れがたき薫の心也。薫は、のどかなるやうなれども末とほる心あり。匂の心は、切なるやうなれど末のとどかぬ心あり。人の性をみせて書けり」と注している。「あだなる御心は……、かの殿は……」という対比は、まさにこの注のとおりであるけれども、しかしながらこの物語はそんなに単純なものではない。なぜならば、さらにこのすぐあとに、薫が女一の宮をかいまみるあの有名な場面があって、薫もまた、むしろ匂宮よりもいっそう屈折したかたちで愛欲になずむ男であることが明らかにされてゆくからである。

夏の「蓮《はちす》の花の盛り」の頃に、六条院で明石の中宮主催の法華八講があり、その仏事の終わった直後に薫は、「白き薄物の御衣《ぞ》着たまへる人の、手に氷《ひ》を持ちながら、（女房たちが氷を割ろうとして）かくあらそふを少し笑みたまへる御顔、言はむかたなくうつくしげな」るを、ゆくりなくかいまみてしまう。明石の中宮腹の女一の宮であった。薫が幼い頃にほのかに見初めて以来、遠く憧れてきた女一の宮、宿木巻でその異母妹の女二の宮が薫のもとに降嫁することになったときにも、「后腹《きさきばら》におはせばしも（明石中宮腹の女一の宮であったなら）とおぼゆる（薫の）心のうちぞ、あまりおほけなかりける」と語られていた、その女一の宮であった。翌朝薫は女房に薄物の単《ひとえ》の調製を命じ、朝の日課の勤行を済ませたのちに、女二の宮にその単を着せて氷を持たせる（！）。しかし、女一の宮への憧れは満たされるべくもなく、薫は明石の中宮に、女一の宮から女二の宮に折々手紙を賜るよう懇請する（薫の実父柏木が、東宮を介して女三の宮の愛猫を手に入れたことを想起させよう）。こうした薫の愛欲になずむ低迷ぶりは、このあと薫が中宮女房たちと女郎花に寄せた歌を戯れに詠み交わしたり、また女一の宮の女房との会話のなかではかの『遊仙窟』が引用されるなどして、さらに強く印象づけられるところである。

だが、蜻蛉巻の後半がこのように明石の中宮周辺を主要な舞台として展開することには、さらに二つの意味が認められよう。一つは、手習巻の伏線であり、いま一つは、この物語全体を大きく広やかに回顧し、俯瞰するような趣向がもたらされることである。

浮舟巻末の翌朝に相当する蜻蛉巻開巻、宇治の館では浮舟がいなくなって大騒ぎになっていた。侍女の右近と侍従は、浮舟が宇治川に入水したものと推察したが、失踪にしても入水にしてもいずれも外聞が悪いので、急病死ということにして、亡骸のないまま葬儀を行った。そのとき右近たちは、「ここの内なる下人《しもびと》どもにも、今朝のあわたたしかりつるまどひに、けしきも見聞きつるには口固め、案内《あない》知らぬには聞かせじ、などぞたばか」ったという。しかし蜻蛉巻の後半になって、「かしこにはべりける下童《しもわらは》」が、女一の宮の女房で薫とも懇意な小宰相の君の実家に来て浮舟失踪のことを語り、それが明石の中宮の耳にもはいるのである。これは次の手習巻で中宮が横川の僧都から、宇治で行きあった女を出家させた話を聞いたとき、すぐにそれが薫の愛人ではないかと推察するということの伏線となっている。

また、先にふれたように薫が中宮に懇請した結果、女一の宮から女二の宮に手紙が来、それを見て薫はいよいよ女一の宮への思慕をつのらせながらも、「さやうなる、つゆばかりのけしきにても漏りたらば、いとわづらはしげなる世なれば、はかなきことも、えほのめかし出づまじ」と、結局その思いを心底に押し込めてゆくのであるが、それに続く以下のような長い叙述によって、その心の遍歴が自己総括されるのである。

かくよろづに何やかやとものを思ひの果ては、昔の人（宇治の大君）ものしたまはましかば、いかにもいかにも他《ほか》ざまに心を分けましや、時の帝の御娘を賜ふとも、得たてまつらざらまし、また（自分に）さ思ふ人ありと（帝が）聞こしめしながらは、かかること（女二の宮降嫁）もなからましを、なほ心憂くわが心乱《みだ》りたまひける橋姫（大君）かな、と思ひあまりては、また宮の上《うへ》（匂宮夫人の中の君）にとりかかりて、恋しうもつらくも、わりなきことぞ、をこがましきまで悔《くや》しき。これに思ひわびてのさしつぎには、あさましくて亡《う》せにし人（浮舟）の、いと心幼く、とどこほるところなかりける軽々《かろがろ》しさ（匂宮と密通したこと）をば思ひながら、さすがに（浮舟が）いみじとものを思ひ入りけむほど、（薫から密通をとがめる手紙が来て）わがけしき例ならずと心の鬼に嘆き沈みてゐたりけむありさまを（右近から）聞きたまひしも思ひ出でられつつ、（正式な妻といった）重《おも》りかなる方《かた》ならで、ただ心安くらうたき語らひ人にてあらせむと思ひしには、いとらうたかりける人を、思ひもていけば、宮（匂宮）をも思ひきこえじ（怨むまい）、女（浮舟）をも憂しと思はじ、ただわがありさまの世づかぬ怠《おこた》りぞ、など、ながめ入りたまふ時々多かり。

ここには、薫の社会的地位も含めたその全人生のなかで浮舟の占める位置が正確に見定められていよう。浮舟は、小宰相の君と比べても劣るような女なのであった。小宰相の君について薫は、「見し人（浮舟）よりも、これは心にくき気《け》添ひてもあるかな、などてかく（宮仕えなどに）出で立ちけむ、さるものにて（愛人として）われも置いたらましものを」と思っていた。そして、小宰相の君に対する薫のこのような思いにも関連してさらに重要なのが、かの宮の君に対する薫の感慨である。この蜻蛉巻で亡くなった式部卿の宮の姫君が、継母から意に染まぬ結婚を強いられ、それに同情した明石の中宮に勧められるままに、女一の宮の話し相手というような格で、しかしあくまでも女房として、出仕していた。ここで私たち読者は、この物語が五十四帖全篇を通して、紫の上、末摘花、朝顔斎院、紅梅巻の宮の御方（蛍兵部卿の姫君）、そして宇治の八の宮の姉妹たちと、宮家の姫君たちのさまざまな境涯を繰り返し繰り返し語ってきたことに想到しないわけにはいかないであろう。

大河小説を読み進めてきて、左手に感ずる残りのページの少なさだけでなく、語られる内容やそのトーンからも、ふっと、ああこの長い物語もようやく終わりに近づいているのだ、と感じさせられる瞬間があろう。と同時に、トーマス・マンの『ブッデンブローク家の人々』などでもそうだが、あるモティーフの反復によって、物語のなかを流れ去った歳月の長さを縹渺と感じさせられることがある。蜻蛉巻後半のこのあたりも、そういうところなのである。

五　心は遠く隔たったままに

宇治の大君や中の君と比べて浮舟は、薫と過去を共有していない。それぞれがまったく別世界の人生を歩んできていた。それでも、東屋巻末と浮舟巻との間の、物語には語られていない三ヵ月の間に、この二人の間には愛情といっていいようなものが育っていた。しかし匂宮の介入によって、この二人の心は決定的に隔絶してしまう。そして二人の心は遠く隔たったまま、この物語は終わるのである。そのことは浮舟巻で、二月初めに薫が宇治に訪れた場面ですでに予告されていたのだとも言えよう。

　そなた（匂宮）になびくべきにはあらずかし、と思ふからに、ありし（匂宮の）御さまの面影におぼゆれば、我ながらも、うたて心憂の身や、と思ひ続けて泣きぬ。

（薫）「御心ばへのかからでおいらかなりしこそ、のどかにうれしかりしか。……少しもおろかならむ心ざしにては、かうまで参り来べき身のほど、道のありさまにもあらぬを」など、朔日《ついたち》ごろの夕月夜《ゆふづくよ》に、少し端近く臥してながめ出だしたまへり。男は、過ぎにし方のあはれをも思し出で、女は、今より添ひたる身の憂さを嘆き加へて、かたみにもの思はし。山の方は霞隔てて、寒き洲崎《すさき》に立てる鷺《かささぎ》の姿も、所がらはいとをかしう見ゆるに、宇治橋のはるばると見渡さるるに、柴積み舟の所どころに行きちがひたるなど、ほかにて目馴れぬことどものみ取り集めたる所なれば、見たまふたびごとに、なほ、そのかみのことのただ今の心地して、……

　浮舟はすでに匂宮と過ちを犯しており、それゆえに思い乱れているのであるが、まだ事情を知らない薫は、その心中をあれこれ思いやって慰めるものの、彼は彼で物思いに沈んでいる……。それにしても、ここに描かれた風景の何と美しいことか。二月《きさらぎ》初めの夕月夜であるから、四囲の山々はすでに黒々と静まっていても、空にはまだ青くうるんだような明るさが残り、宇治川の水も燻し銀のような冷たい光をはなって広がっていよう。その川面に黒く小さく柴積み舟が点在し、寒々しい洲崎に群れいる鷺が夕闇の底にほの白く浮かんでいる。そういう風景を共に眺めながら、男は過ぎ去った日々の追想にひたり、女は憂愁の未来を思い嘆いて、二人の思いはまったく交わっていないのである。

　これとちょうど対照的であるような場面が、物語最終帖の夢浮橋巻にある。薫は浮舟の消息を確かめるために横川の僧都のもとを訪れ、僧都に浮舟との再会の仲介を依頼するが、謝絶されてすごすごと帰ってゆく、その薫を、たまたま浮舟が遠く見送るのである。

小野には、（浮舟は）いと深く茂りたる青葉の山に向かひて、まぎるることなく、遣水の蛍ばかりを、昔おぼゆるなぐさめにて、ながめゐたまへるに、例のはるかに見やらるる谷の軒端《のきば》より、前駆《さき》心ことに追ひて、いと多うともしたる火の、のどかならぬ光を見るとて、尼君たちも端に出でゐたり。「誰《た》がおはするにかあらむ。御前《ごぜん》などいと多くこそ見ゆれ。」「昼、あなた（横川）に引干《ひきぼし》奉れたりつる返り事に、『大将殿（薫）おはしまして、御《おほむ》饗応《あるじ》のことにはかにするを、いとよきをり』とこそありつれ」「大将殿とは、この女二の宮の御夫《をとこ》にやおはしつらむ」など言ふも、いとこの世遠く、田舎びにたりや。まことにさにやあらむ、時々かかる山路分けおはせし時、いとしるかりし（薫の）随身の声も、うちつけにまじりて聞こゆ。（浮舟は）月日の過ぎゆくままに、昔のことのかく思ひ忘れぬも、今は何にすべきことぞ、と心憂ければ、阿弥陀仏《あみだほとけ》に思ひ紛らはして、いとどものも言はでゐたり。

山道を下りながら、薫は当然浮舟のことを思い続けているであろう。いっぽう浮舟には、薫が自分のことを尋ねるために横川に来たのだとは知る由もないことであるが、先の浮舟巻の場面とは対照的に、ここでは二人、遠く離れていながら、相手のことを思っている。互いに恋い偲びあいながら、その心はなお遠く隔たったままという男女の構図を、みごとに空間化したような場面ではないだろうか。

この薫と浮舟の物語には、アナトール・フランスの『タイス *Thaïs*』にやや似ているところがあると思う。E・M・フォスターは『小説の諸相 *Aspects of the Novel*』のなかで、この小説は砂時計型の構図《パターン》を描いている小説だと論じている。砂漠で苦行する修道士パフニュスは、アレクサンドリアの高級娼婦タイスを、その汚れた生活から救おうとする。遠くかけ離れた境遇にいた二人が、小説の真ん中で出会い、そしてまた離れてゆくのであるが、タイスはパフニュスのおかげで修道院にはいって救いを得るのに対し、パフニュスはタイスに出会ったために堕落して地獄に落ちる。薫と浮舟の物語にも、似ているところがある。手習巻の浮舟は、自らの過ちに向き合うことで、それだけ成熟してゆくことが感じられるのに対し、蜻蛉巻の薫は、浮舟を失っていよいよ深く愛欲になずむ姿を無残にさらけ出しているからである。

ただし浮舟のばあい、その宗教的救済はおろか、そもそも彼女は今後もずっと平穏な出家生活を送って行けるのかどうかすら何の保証もないのだということを、物語は深刻に暗示している（この点については、拙稿「物語の終焉と横川の僧都」「永井和子編『源氏物語へ 源氏物語から』笠間書院、二〇〇七年」を参照していただければ幸いである）。出家直後の浮舟は、その若やかな尼姿の美しさがことさらに強調して描かれ、僧都の妹尼の娘婿であった中将は、「尼なりとも、かかるさましたらむ人はうたてもおぼえじ、など、なかなか見どころまさりて心苦しかるべきを、忍びたるさまに、なほ語らひ取りてむ」と思っている。また、僧都は出家した浮舟を、「なにがし侍らむ限りは仕うまつりなむ。何か思しわづらふべき」と頼もしく励ましていたけれども、そのいっぽうで僧都も妹尼もそれぞれに自分の余命の久しからぬことを語ってもいた。

夢浮橋巻のあの唐突な終わり方のあと、浮舟はどうなってゆくのだろうかと想像をめぐらしてみたばあい、物語に語られた経緯からして最も自然に推察されるのは、還俗せずに薫の庇護下で出家生活を送り、母とも再会を果すという結末であろう。しかしながら、物語はそのような結末を語ろうとはしなかった。この小論では、そのような結末を語ることはできない、いわば構図の力学のようなものを解明したつもりであるが、はたして説得力のある論たりえているであろうか。博雅のご批判を請いたい。

◇総　括

二〇〇八年パリ・シンポジウム　総括

藤原　克己

はじめに

ここに論文集として刊行する源氏物語シンポジウムは、フランス国立東洋言語文化大学（Institut National des Langues et Civilisations Orientales、通称イナルコ）の日本研究センター主催、パリ・ディドロー大学およびコレージュ・ド・フランスの協賛のもと、国際交流基金と東芝国際交流財団の援助により、二〇〇八年三月二十八、二十九の両日にわたって開催されたものである。一日目の第一第二セッションはセーヌ河畔のイナルコ本部で、二日目の第三セッションと総合討論は高等師範学校《エコール・ノルマル・シューペリユール》で行われた。その総合討論の司会を私がつとめさせていただいたので、この総括も私が執筆することになったしだいである。

「源氏千年紀」として『源氏物語』に関するさまざまな企画や書物が続々と開催・出版された二〇〇八年は、一八五八年に日仏修好通商条約が締結されて以来、日仏修交一五〇周年に当たる年でもあった。また、一八六三年にレオン・ド・ロニがフランスで初めての日本語講座を開講したのも、イナルコの前身の帝国東洋言語専門学校においてであったし、一九七四年に開設されたその日本研究センターの初代所長は、『源氏物語』等の仏訳で日本でもよく知られる故ルネ・シフェール氏であった（ちなみに言えば、森有正が主として教鞭を執っていたのも、このイナルコとソルボンヌにおいてである）。このイナルコを中心とした源氏研究グループによって、二〇〇八年という記念すべき年に、第五回目の源氏物語に関する研究集会が開催されることになったのである（イナルコ日本研究センターの研究教育活動については、イナルコの上田眞木子氏による「日本研究センターとフランスの日本学」〔『アジア遊学』98〈特集・フランスにおける日本学の現在〉勉誠出版、二〇〇七年〕を参照されたい）。

今回のシンポジウムの開催に際しては、それまでの研究集会においても企画立案から煩雑な実務にいたるまで常に中心的役割をはたしてこられたイナルコの寺田澄江氏から、高田祐彦氏と私に協力の依頼があった。高田氏は二〇〇四年に開催された第一回の源氏物語研究集会に参加して、「須磨——抒情性と運命の交錯」という発表をしておられた。また私は二〇〇二年の一月にイナルコで菅原道真についてお話させていただいたことがあった。そうしたご縁で、シンポジウムの開催から本書の編集にいたるまで、寺田・高田・藤原の三人が色々相談しながら進めてきたのである。

シンポジウムの発表者それぞれの専門や著書等については、巻末の執筆者紹介をご覧いただくこととして、ここで詳しく紹介することは省かせていただくが、フランス側発表者のダニエル・ストリューヴ（パリ・ディドロー大学）、アンヌ・バヤール＝坂井、寺田澄江は、『源氏物語』の新仏語訳を進めているグループのメンバーでもある。本書の巻頭に据えたシンポジウムの「開会の辞」で、現在のイナルコ日本研究センター所長であるバヤール＝坂井さんが紹介されているように、このグループによる桐壺巻の仏訳が、第一回第二回の源氏物語研究集会の成果とともに、同センターの発刊している日本学研究誌『シパンゴ』の臨時増刊・源氏物語特集号（*Cipango : cahiers d'études japonaises*, Numéro Hors-série, 2008,《Autour du *Genji monogatari*》）に掲載されている。なお、この新仏語訳の特長については、やはりグループの一員であるイナルコのエステル・レジェリ＝ボエール氏が「フランスにおける『源氏物語』の受容」

（『比較日本学教育研究センター研究年報』第5号、お茶の水女子大学、二〇〇九年三月刊）で詳しく紹介しておられる（インターネットでも読むことができる。http://hdl.handle.net/10083/33763）。

総括に先立って、シンポジウムの通訳をしてくださった三人の方、ドミニク・パルメさん（Dominique Palmé）、関口涼子さん、ジュリアン・フォーリ君（Julien Faury）に心からのお礼をのべておきたい。パルメさんは、大岡信の仏訳詩選『光の砦 *Citadelle de lumière*』、谷川俊太郎『クレーの天使』、大江健三郎『広島ノート』、三島由紀夫『音楽』、中村真一郎『夏』、池澤夏樹『スティル・ライフ』、吉本ばなな『キッチン』『とかげ』『N・P』等々、現代日本の詩・小説・評論などの仏訳を数多く手がけてこられた方。関口さんは、日本語とフランス語で詩作・著作を行うかたわら、吉増剛造、多和田葉子の仏訳、ソ連軍侵攻後のアフガン社会を描いて大きな反響を呼んだアティーク・ラヒーミーの小説『灰と土』の日本語訳（インスクリプト、二〇〇三年）、ジャン・エシュノーズの小説『ラヴェル』の日本語訳（みすず書房、二〇〇七年）等、実に多彩な仕事をしておられる方。フォーリ君は、東京大学大学院人文社会系研究科の修士課程を修了して帰国し、現在博士論文を執筆中。修士論文のテーマは大江匡房であったが、空海や菅原道真にも深く傾倒する若き俊秀である。シンポジウムで活発な議論が交わされえたのも、この三人の練達した通訳のおかげであった。

透明さと不透明さ

このシンポジウムのフランス語タイトルには、Opacité et transparence（不透明さと透明さ）という標題が掲げられていた。この標題は寺田さんの提案で、高田さんも私もすぐに賛同したのであった。オパシテ・エ・トランスパランスというフランス語の響きのよさ、標題としてのすわりのよさにも私たちは魅せられたのであるが、もちろんそれだけではない。何よりもこの一対の言葉は、『源氏物語』という物語テクストを分析する上でも、また味読し鑑賞する上でも、まさに肯綮にあたる言葉のように思われたのである。不透明さは、難解さとは違う。難解さといえば、何か一義的な正解のようなものが前提されていて、ただそれが分かりにくいということにすぎないであろう。同様に透明さも、たんなる明晰さや分かりやすさとは違う。たとえば全知視点が作品世界にもたらす透明さと、語り手や作中人物の限定視点を通して語られる作品世界や作中人物の不透明さ、といったことを考えれば、この言葉はすぐれて物語テクストに適合的な分析用語であることが了解されよう。

ただ、発表者の方たちと事前に幾度か重ねた打ち合わせのなかで、私たちはこの透明さと不透明さという問題を、あえてあまり強調しないようにしていた。発表者の方々には、それぞれの問題意識や関心を自由に展開していただきたいと願っていたからである。そこで、また分かりやすさということにも配慮して、シンポジウムの日本語のタイトルは「源氏物語の場面、語り、時間――ことばの不透明性をめぐって」としたのであるが、しかしこのタイトルは上述のような問題関心を精確に伝えうるようなものではなかったと思う。

「ことばの不透明性」といえば、読者はローマン・ヤコブソンとロシア・フォルマリスムのいわゆる「詩的言語の不透明性」を、まず想起されるであろう。私たちが日常の社会生活で使用している言葉は、メッセージを伝達する透明な容器のようなものと考えられるが、詩の〈ことば〉は、たんなるメッセージ伝達の具ではなく、言葉それ自体がその意味やイメージや響きをもって屹立する。そのように言葉が、一種の抵抗感のある〈もの〉として顕《た》ち現われてくるような詩的言語の様相を指して「不透明性」というわけである。本書の寺田論文や土方論文でもとくに明らかにされているように、『源氏物語』を織りなしている言葉は、和歌的な象徴性やイメージを豊かにはらんだ言葉であるから、そのような意味での「詩的言語の不透明さ」ということも、たしかにおさえておきたい点ではあるのだが、しかしながら私たちの関心は、言葉の織物としての物語テクストの不透明さ、とくに言葉によって織りなされた人間関係における他者の不透明さ、作中人物同士が互いに不透明な存在であるとともに、また作中人物が読者に対しても不透明であるような物語テクストのありかた、むしろそういう問題のほうに、より多く重心がかかっている。そこで、この論文集の編集に際して、書名のほうも「源氏物語の透明さと不透明さ――場面・和歌・語り・時間の分析を通して」と改めさせていただくことにした。

ところで寺田さんは、このOpacité et transparenceという標題を、バルトの『彼自身によるロラン・バルト』(*ROLAND BARTHES Par Roland Barthes*, 1973)から取られたのであった。同書に、「不透明さと透明さ」と標題された次のような一節がある。佐藤信夫氏の訳(みすず書房、一九七九年)で引用させていただく。

説明原理。この仕事はふたつの地点の間を進んで行く。
――出発の地点には、さまざまの社会関係の不透明さがある。その不透明さはたちまち、ステレオタイプ(『零度のエクリチュール』で扱われた、学校式作文の義務的ないろいろのかたちやコミュニスト小説類)という威圧的な形式としての正体を暴露されたのであった。そのあとは〝ドクサ〟の無数のほかの形式。
――到着の(どこにあるかわからぬユートピーの)地点には、透明さがある。優しい情感、願い、溜息、休息への願望。あたかも、社会的対話の固形性が、明るく、軽く、透けて見えるようになって、やがて目に見えない透明さにいたる日がいつか来るとでもいうように。(後半略)

バルトがここで考えていることとは離れるが、他者が、明るく、軽く、透けて見えるようになって、優しい情感等が透明さのなかに息づくようなユートピー。私たちは物語や小説においてこそ、まさにそのようなユートピーを夢見ることができるのではないだろうか。もちろん、物語・小説はそのようなユートピーそのものを描くことを目的とするものではない。それどころか、私たちに深い、まじめな感動を与えるような物語・小説ほど、むしろそのようなユートピーが現実にはありえないことを痛感させるものであろう。その上、物語・小説は、作中世界や作中人物の実在感を確保するためには、作中世界や作中人物を、読者に対して不透明なものにする必要すらあるらしいのである。ちょうど、詩的言語がその不透明性によって、一種の抵抗感のある〈もの〉として顕《た》ち現われてくるのと同じように。だが一方で私たちは、作中人物たちの愛のかなしみ、生きるかなしみを、ほとんど完全な透明さのうちに感ずることができるのではないだろうか。いったい、こうしたことはどうして起こるのか。ダニエル・ストリューヴ氏が垣間見について論じられたことは、この問題を考える上でたいへん示唆的であるように思われる。

垣間見と男の憧れ

ストリューヴ氏の「垣間見――文学の常套と変奏」は、平安朝物語に繰り返し現れる垣間見の場面について、物語・小説の普遍的な地平においてその王朝物語固有の意味を考えるとともに、垣間見が真に場面らしい場面を構成して物語の展開に生かされるようになる十世紀後半の『うつほ』『落窪』から『源氏物語』の終幕に至るまでの幾多の垣間見の場面を、「変奏」の相において捉えようとした論である。

まず、ヨーロッパの恋愛小説が男女の出会いと視線の交差によって始まるのに対して、王朝の恋物語は男が女を物のはざまから一方的に見る垣間見から始まるという対比からは、彼我の文学における〈恋愛〉の内質の違いに思い至らされよう。ただし氏の論の重点はそこにはなく、まして〈見る／見られる〉に支配／被支配の権力構造を穿ち読むような近年流行の議論に左袒するものでもない。氏は垣間見の本質を、それが禁忌と遮蔽物によって男の憧れをかきたてる機制に見るのである。「うつせみの世にも似たるか桜花咲くと見し間にかつ散りにけり」という古今集歌をエピグラフに置き、夕霧が紫の上のなきがらを何らの遮蔽物もなく、しかし死という絶対的な境界に隔てられて凝視する御法巻の場面を、垣間見の究極的な変奏として最後に据えた氏の論に、私は深い感銘を受けるとともに、氏が先年仏訳された西鶴『好色盛衰記』（*Chroniques galantes de prospérité et de décadence*, Editions Philippe Picquier, 2006.）の序文で、「日本の和歌や物語の伝統は、心ゆくまでの逢瀬を遂げられるかどうかによりも、むしろ恋人との別離のうちに――恋人の不在によってかきたてられる憧れ désir に――、恋の精髄を見ていたのではなかったか」と書いておられたことも思い合わされたのであった。また、貫之の「山桜霞の間よりほのかにも見てし人こそ恋しかりけれ」という古今集歌が、ことのほか意味深く反芻される論でもある。

垣間見における透明性と不透明性

右のような大きな論の枠組みのなかで、氏はさらに細かく垣間見の変奏を分析してゆかれるのであるが、中心的に扱われているのは、碁を打つ空蟬と軒端の荻を光源氏が垣間見する場面（空蟬巻）とその変奏、やはり碁を打つ姉妹（玉鬘の娘たち）を蔵人の少将が垣間見する場面（竹河巻）と、薫が宇治の大君・中の君姉妹を垣間見する場面（橋姫巻・椎本巻）である。これらの垣間見はいずれも「匂ひ多く」「匂ひやか」などと形容されるはなやかな女君と、はなやかさには欠けるが精神的な深さを感じさせる女君とが対比されるという点で相似形の反復変奏となっているという指摘も実に興味深い論点であるけれども、いま私がここで取り上げたいのは、竹河巻の場面である。蔵人の少将の視線はもっぱら意中の人、はなやかな姉君にばかり注がれており、地味な妹君のほうにはほとんど目もくれていない。しかしこの直前の場面では、「匂ひやか」な姉君と「重りかに心深きけはひ」の妹君とがこまやかに対照的に描き分けられている。つまり、読者には妹君の美しさもじゅうぶんに知らされているのに、それが少将には見えていない。この点で少将は「読者よりも劣った立場にいる」とストリューヴさんは言う。この指摘が、私にはとくに興味深くまた重要に思われ、シンポジウムの質疑応答の際にも、かなり長々と発言したのだった。それを、ここにも繰り返させていただきたい。

垣間見する男が「読者よりも劣った立場」に置かれているということは、碁を打つ空蟬と軒端の荻を垣間見する光源氏についても言えることなのではないだろうか。ストリューヴさんも引用しておられる箇所であるが、源氏の目に映った空蟬の容貌は、「目すこし腫《は》れたるここちして、鼻などもあざやかなるところなうねびれて、匂はしきところも見えず、言ひ立つればわろきによれる容貌《かたち》を、いといたうもてつけて、このまされる人よりは心あらむと目とどめつべきさましたり」と語られている。目が少し腫れぼったいようで、鼻筋もすっきり通っておらず、はなやかなところもなく、と言い立ててゆけば、不美人と言わざるを得ないような容貌だが、しかしいたく挙措に気をつかっていて、器量においてはまさる軒端の荻よりも心は深そうだと、目をとどめずにはいられない様子であるという。空蟬には複雑な内面世界がありそうだということは光源氏も気づいている。しかしながら、空蟬の目が腫れていた理由までは、彼には知る由もなかろう。ところが、そのわけが、このすぐあとの場面で、読者には知らされるのである。

碁が終わって皆寝静まったようなので、源氏はやおら空蟬の寝所に忍び込むが、その衣擦れの音や、着物に薫きしめた香の匂いにいち早く気づいた空蟬は、そっと寝床を抜け出す。彼女がそんなにもいざとく源氏の闖入に気がついたのは、眠れずにいたからであった。そのことが、次のように語られている。

女は、さこそ忘れたまふを、うれしきに思ひなせど、あやしく夢のやうなることを、心に離るるをりなきころにて、心とけたる寝《い》だに寝《ね》られずなむ、昼はながめ、夜は寝覚めがちなれば、春ならぬこのめも、いとなく嘆かしきに……

帚木巻末以来、しばらく源氏からの手紙も途絶えていた。女は、源氏が自分のことなどすっかり忘れてしまったらしいのを、これでよかったのだと思いなそうとはしていたものの、あの夢のようであった逢瀬のことが心に懸かって離れず、昼はもの思いにふけり、夜も寝覚めがちに、目の休まるいとまもなく嘆いていたという。「春ならぬこのめも、いとなく嘆かしきに」は、「夜はさめ昼はながめに暮らされて春はこのめぞいとなかりける」（『一条摂政御集』）。「このめ」は「木の芽」に「此の目」を掛ける。「いとなし」は暇《いとま》がないこと）の歌をふまえ、この場面の季節は夏なので、「春ならぬ」としたもの。彼女の目が腫れていたのは、実は彼女がずっと源氏を思い続けて、涙がちに眠れぬ夜を重ねていたせいだったことが、ここでは全知視点の語りによって明かされている。だが源氏には、「目すこし腫れたるここちして、鼻などもあざやかなるところなうねびれて」云々と、空蟬の不透明な外観しか見えていないのである。

ちなみに、十七世紀フランスのラ・ファイエット夫人によって書かれた『クレーヴの奥方』にも、ヌムール公がクレーヴ公妃を垣間見する場面があるが、ちょうどその時公妃のしていたことによって（たとえばヌムール公もそのなかに描かれている絵に彼女がうっとりとして見入るなど）、公妃もヌムール公を恋い慕っていたことが、ヌムール公にもはっきり分かるというふうに描かれている。それと対比してみれば、空蟬巻の垣間見には、全知視点の透明性と、垣間見の限定視点の不透明性とが、心憎いばかりに織りなされているといえよう。

サルトルのモーリヤック批判

ここで、サルトルの「フランソワ・モーリヤック氏と自由」(『シチュアシオンⅠ』)を想起しておきたい。小林正氏の訳(人文書院、一九六五年)により引用する。

小説では、代名詞《彼女》は他人すなわち不透明な[opaque]対象、われわれにはあくまで外観しか見えないあるひとを指示することができる。たとえば私が「彼女がふるえているのに私は気がついた」と書いた場合がそうである。だが、この代名詞が論理的には第一人称で表現されるべき親しさ[intimité]のなかに、われわれをひきいれることも起こりうる。たとえば「彼女は呆然として自分自身の言葉の響きを聞いていた」。このことは、実際、私が彼女である場合にしか、つまり「私は私の言葉の響きを聞いていた」ということができる場合にしか知ることができない。

サルトルは、この小説特有の第三人称を、モーリヤックが「特権的な観察者」の立場、全知全能の神の視点に立って、まったく恣意的に濫用していることを手厳しく批判し、「外観につき当たればそこに止まらないでこれを突き透す神の眼から見れば、小説もないし、芸術もない。芸術は外観を糧とするものだからである。神は芸術家ではない。モーリヤック氏もまた芸術家ではない」と結んでいる。要するに、小説の作中人物が堅固な実在感を持つためには、不透明な外観を与えなければならないということであろう。逆に言えば、ストリューヴさんが引用している清水好子氏の言にもあるように、「文章によって描かれる人間像について、その真実感がこういう作中人物の視線を通した場面で、とくに強く発揮されている」のは、その作中人物の限定視点を通して、他者の不透明な外観が与えられるからでもあろう。『うつほ』『落窪』などに比べてはるかに複雑精緻な心内語を織りなす『源氏物語』は、その一方で、そうした心内語を可能にしている全知視点の透明さを、あえて曇らせるような工夫をもさまざまに凝らしているように思われる。たとえば花宴巻で、春鶯囀を舞った光源氏の舞姿に感動した藤壺が、「おほかたに花の姿を見ましかばつゆも心のおかれましやは」という歌を詠んだところで、「御心のうちなりけむこと、いかで漏りにけむ」という草子地が差し挟まれることなども、こうした観点から捉えなおしてみることができるのではないだろうか。

能と源氏物語

河添房江氏の「源氏物語と源氏能のドラマトゥルギー——謡曲『野宮』との比較」は、能の『野宮』の深さと美しさが、シテ六条御息所の語りの求心性のなかで、『源氏物語』の互いに相対化しあう多様な視点、他者の不透明さ、延展する時間構造等を消去し、ポリフォニックな構造をホモフォニックなそれに鋳直すことによって生まれているものであることを、『源氏物語』本文と謡曲詞章の丹念な比較分析を通して明らかにした論である。源氏能についてはこれまで、能の専門家の方が、本説としての『源氏物語』をいかに摂取しているかということを論じられたものは多かったが、『源氏物語』をいかに削ぎ落としているかということを正面から精緻に論じたものはあまりなかったように思う。その点で、私などはこの河添さんの論をわが意を得たりと受けとめたのであって、さらに付言すべきことはないが、ただ、シンポジウムの質疑応答のなかで、ある質問に答えて河添さんが、源氏能の源氏摂取が「表層的」だというつもりはまったくないのです、と強く言われたことを、ここにも記しておきたい。

筋の外

佐野みどり氏の「記憶のかたち、かたちの記憶――源氏物語と絵画」は、平安後期から近世に至るまでの豊富な源氏絵作例の提示とその犀利な分析によって、シンポジウム参加者を感嘆させた発表であったが、その論の核心は、物語の生成と読者論に相渉るものであり、とくに河添・土方・バヤール＝坂井氏らの論と交響しあうものである。

佐野さんの論からは離れてしまうが、私の関心に即して言わせていただくと、アリストテレスの『詩学』で悲劇の作劇法に関して論じられている「筋の外」の問題にひじょうに興味を覚えた。『源氏物語』の須磨の嵐のくだりは、海龍王と光源氏や明石一族との関係、桐壺帝の霊が語る「これは、ただいささかなるものの報いなり」という言葉の意味等々、物語テクストの不透明さが集中的に現れるところであるが、その不透明さはまさにこの「筋の外」の問題に関わっているように思われる。

源氏物語における自然

寺田澄江氏の「世界とその分身――源氏物語の霧」は、『源氏物語』正編のさまざまな場面に流れ、立ちこめる霧を、情趣化された自然ではなく、荒々しい野性の力を秘めた、そしてそれゆえにこの世界の分身である異界の影を運び来たって、世界を不透明化し二重化（二極化）するものとして捉えた論である。私たちはこの物語の自然を、ともすれば「景情一致」の相において捉えてすませがちであるが、そうした読み方に反省を迫り、物語における自然の別の一面に気づかせてくれる。たとえば寺田さんが、『源氏物語』における霧の検討の最初の事例として挙げている夕顔巻の次の場面。

なにがしの院におはしまし着きて、預り召し出づるほど、荒れたる門の忍ぶ草茂りて見上げられたる、たとしへなく木暗し。霧も深く露けきに、簾をさへ上げたまへれば、御袖もいたく濡れにけり。

夕顔を伴ってなにがしの院にやってきた源氏は、院の管理人を召し出して門を開けさせる間、牛車の窓から鬱蒼と茂った院内の木立を見上げている。すると深く立ちこめた霧が窓から流れ入って、袖をいたく濡らしたという。このディテールによって、この場面の臨場感が一挙に増してくるように思われるのも、寺田さんの言われるように、情趣化されていないなまの自然としての霧の力と言ってよいのであろう。寺田さんは今回、第三部の霧は考察の対象から外されたが、ひじょうによく似た場面が東屋巻末にもある。薫が浮舟を牛車に乗せて宇治に連れてゆく道中である。

君（薫）も、見る人（浮舟）は憎からねど、空のけしきにつけても、来し方の恋しさまさりて、山深く入るままにも、霧立ちわたるここちしたまふ。うちながめて寄りゐたまへる袖の重なりながら長やかに（牛車の簾の外に）出でたりけるが、川霧に濡れて、御衣の紅なるに、御直衣の縹《はな》色のおどろおどろしう移りたるを、落とし崖の高き所に見つけて、引き入れたまふ。

これも一種異様な臨場感を有する場面ではないだろうか。

和歌共同体の言語

土方洋一氏の「『源氏物語』と「和歌共同体」の言語」は、『源氏物語』の語りには「作者が虚構の世界や人物を一種の客体として描き出すというのとは本質的に異なる言語意識、対読者意識が働いている」のであって、それは私たちが「語り手—聞き手、作者—読者」という「メッセージの送り手と受け手とをいずれも個的な主体としてイメージする西欧近代の言語観を前提としている」かぎり、その生動的な語りのあり方を捉えることはできない、この物語は「作者と読者と作中人物とが、互いに「和歌共同体」の成員として、目に見えない、強い紐帯で結ばれていることを前提として言説が成り立っている」のだと論ずるものである。

これは、土方さんが「源氏物語における画賛的和歌」（一九九六年）を起点として書いてこられた一連の論文の一つの帰結といってもよいものなのであろう。『源氏物語』の和歌には、必ずしも作中人物がその場で詠じた歌とのみは受けとめられないような、作者または語り手が一種〝画賛〟的に詠んだ歌とも解されるようなものがあるということを論じたこの「画賛的和歌」の論は、それが発表された当初は、そこにふくまれている問題の大きさに気づいた人はあまり多くなかったように思われる。そうしたなかで、高田祐彦さんが「語りの虚構性と和歌」（高田『源氏物語の文学史』［東京大学出版会、二〇〇三年］。初出は一九九七年）でいち早くこの問題を取り上げ、この物語の作中世界が読者に対して開かれているありようを論じて、従来の語り論の枠組みの不備を衝いておられたのはさすがに慧眼であったが、私などはまったく迂闊であったとしか言いようがないのである。ところが、土方さんのこの画賛的和歌の論が、近時にわかに注目を集め、議論の的になっている。二〇〇八年の十二月に出た小嶋菜温子・渡部泰明編『源氏物語と和歌』（青簡舎）の巻頭に、編者の二人に土方さんを交えた座談会「『源氏物語』と和歌――「画賛的和歌」からの展開」が置かれているのも、その端的な表れといえよう。その座談会で司会の小嶋さんが「昨今、「画賛的和歌」のご論を引用した論文が急増しているようにも見受けられます」と言っておられるが、私の「「袖ふれし人」は薫か匂宮か」（本書所収拙論参照）もその「急増」した論文の一つである。

今回のシンポジウムで発表された土方さんの「和歌共同体の言語」の論は、右の画賛的和歌の問題を、さらに作中人物の心内語へ、そしてこの物語の語りのありようそのものへと展開された論である。この論文を読まれた読者は、多少とも『源氏物語』の原文に親しまれた方なら、ああなるほどと得心されるとともに、その明晰な行論に清新な感銘を受けられたことと思う。

森有正の「間接化された直接話法」「潜在的一人称」

ところで土方さんは、「語り手のことばであるはずの地の文が、作中人物の心のことば、即ち心内語（内話・心中思惟とも）とときに融合してしまうという現象」を端緒として、「和歌共同体」の問題を手繰り寄せられたのであったが、西欧近現代の作家たちが、「自由間接／直接話法」とか「体験話法」と呼ばれるようなかたちでかなり意図的に創出しなければならなかった地の文と心内語の融合したような表現が、日本語では、その本来の性質からして起こりやすいのだとも言えるのではないだろうか。ここで、森有正の「「ことば」について」（『旅の空の下で』）の次のような一節を想起しておきたい。引用は、二宮正之編『森有正エッセー集成4』（ちくま学芸文庫）による。一九六八年に書かれた文章である。

たとえば、「あの人は読むまいとしている」という場合、「読むまい」は「と」で受けられる間接化された直接話法であり、「あの人」はそれの主格ではなく、「としている」の主格であり、「読むまい」の主格（自分）は潜在している一人称なのである。

日本語のこのような特質を、『源氏物語』の原文とルネ・シフェール氏によるその仏訳との比較を通して鮮明に浮き彫りにしたのが、中山眞彦氏の『物語構造論　源氏物語とそのフランス語訳について』（岩波書店、一九九五年）の第一章「主語と主体」であった。たとえば桐壺巻の、

「限りあらむ道にも後れ先立たじと契らせたまひけるを。さりともうち棄てては え行きやらじ」とのたまはするを、女もいといみじと見たてまつりて、

の傍線部が仏訳では、

Et la femme, à son tour, avec un regard empreint d'une profonde tristesse : ……

すると女もまた、深い悲しみを湛えた眼差しでもって（中山氏訳）、

となる。「いといみじ」は、桐壺の更衣の「内心の声」の一人称的表出——森有正の言う「間接化された直接話法」——なのであるが、仏訳ではそれが「客観化された主観」に置き換えられてしまう、と中山氏は指摘している。

森有正の『アリアンヌへの手紙』（二宮正之訳、同前書所収）には、「『源氏』の密度の高さにわたくしはすっかり夢中になってしまう」（一九六九年四月三十日）、「『源氏物語』はマルセル・プルーストの『喪われし時を求めて』と並ん

で、わたくしにとって次第に大事なものになってきた。［……］わたくしは緩っくりとまた誰にも言わずに『源氏』の仏訳を続けようと思う」（同五月七日）などと書かれている。イナルコの教員でもあった森が、四十年後のこんにちもなお生きていて、私たちのシンポジウムに参加していたら、どんな発言をしたろうか……。よしなき夢想ではあるが、総括の間奏曲として、お許しいただきたい。

和歌の不透明さ

ジャクリーヌ・ピジョー氏の「「紅葉賀」における対話――和歌と和歌引用の機能」は、光源氏と葵の上、源典侍、紫の上、藤壺、王命婦という、その性格をさまざまに異にする女性関係における和歌（葵の上との場合は、和歌の贈答がないということじたいが問題になる）の分析を通して、和歌によるコミュニケーションの内質を問うた論である。藤壺の「袖濡るる露のゆかりと思ふにもなほうとまれぬやまとなでしこ」の歌の、「袖」はあなた（源氏）の袖か私（藤壺）の袖か、「なほうとまれぬ」の「ぬ」は否定か完了かと、解釈の分かれるところであるが、「このいずれかを選んでしまったのでは、複雑な心情を掬い取ることにはならず、歌を貧しくしてしまうのではないかと思う」というピジョーさんの言葉に、とくに賛意を表しておきたい。この歌は、けっして難解な歌ではない。しかし不透明な歌である。私は先に花宴の巻の藤壺の歌、「おほかたに花の姿を見ましかばつゆも心のおかれましやは」にふれた。光源氏の舞姿に思わず感動しながら、しかしその感動に心置きなくひたることのできないしこりが胸につかえていることを感じずにはいられない。むしろその感動が、そのしこりをいよいよ苦しいものにする。この紅葉賀の藤壺の歌も同じであろう。光源氏とその子をいとしく思う気持ちが、同時に重苦しい罪の意識をかきたてる。そしてピジョーさんが言われるように、「歌だけが、登場人物の複雑な心情をこれほどに深い不透明性と矛盾のうちに表現できるものなのである」。

源氏物語を読むということ

アンヌ・バヤール＝坂井氏の「アネクドート、あるいはミクロフィクション、そして読者との関係」は、シンポジウムの総合討論でもとくに議論の焦点となった論である。バヤール＝坂井さんはここで、『源氏物語』を読むとはどういうことなのかという根本的な問いかけをされている。たとえば、「作者の意図に近づくことが、今日の読者にとって妥当な、あるいは唯一妥当と言える基準なのだろうか」と。また、ヴォルフガング・イーザーの読書理論にいわゆる「内包された読者」――テクストの理解に必要な知識や記憶のレパートリーを備えた、テクストに内在する読者――に、今日の読者は近づきうるのだろうか、アカデミックな研究は「内包された読者」のレパートリーを再構成しうるかもしれないが、ではアカデミックではない読書はどうなるのか、と。

この「内包された読者」は、バヤール＝坂井さんも土方さんの「和歌共同体」と結びつけておられるが、しかし『源氏物語』におけるおびただしい漢詩文の引用を考えれば、「和歌共同体」のそれをも包み込んで、さらに広やかなレパートリーを有する読者ということになろう。が、「内包された読者」のレパートリーは、そうした引用の源泉だけにも限られまい。この物語は、『うつほ』『落窪』などと比べて創作技法も格段に練達しているし、人間観察や心理描写も深化している。むしろ、シェークスピアやトルストイなどの西洋の劇や小説に感動した経験を積み重ねた読者の読みのほうが、こんにちの大学の日本文学科で通常なされているようなアカデミックな研究よりも、この物語の深さと美しさ、面白さをいっそうよく鑑賞しうるということもあるのではないか（もちろん、それはアカデミックな研究による注釈に助けられての鑑賞であることは言うまでもないが）。

私は、ジャクリーヌ・ピジョーさんが「本居宣長の読みのシステム」（«Le système de lecture de Motoori Norinaga» dans *Repenser l'ordre, repenser l'héritage : Paysage intellectuel du Japon* (*XVII*^{e} ~ *XIX*^{e} *siècles*), Droz, 2002.）という論文で、宣長は伝統的でない「素朴《ナイーヴ》な読み」を尊重していたと論じておられたことを想起する。ピジョーさんはこの論文で、本居宣長の「もののあはれ」論も近世儒学の教戒性から自由ではありえなかったのであって、文学の自律性を主張したという理解にも限定が必要だという近年の議論に対し、イアン・ワットの「ソフォクレスやシェークスピアにしても、ゲーテやトルストイにしても、彼らの作品は根本的に教育的《ディダクティク》なのだが、ただしそれは、人間的経験の実相に対してきわめて鋭敏な感受性をもっていた作家たちの作品に、私たちが想像力をはたらかして共感してゆくことを通して、私たちの社会的・倫理的意識がより強められる、という意味においてである」という言葉を引いて、宣長「もののあはれ」論の含む教戒性も、そのような次元で解すべきものであると論じられた。私もこのピジョーさんの見解に深い共鳴を覚えるのみならず、「ソフォクレスやシェークスピアにしても」のあとに「紫式部にしても」と補いたい思いをさえ禁じえないのである。

六条院四季の町の意味するもの

高田祐彦さんの「六条院への道——『源氏物語』の長編構造の仕組み」については、「はじめに」でのべられている、『源氏物語』は、五十四の巻がゆるやかに結合しながら展開する長編物語である。いくつもの筋や物語の単位が複雑に絡み合っているので、その全体を見通すことは容易ではない。そのために、近年は、長編としての特質を解き明かそうとするような研究は少なく、巻や人物を単位とした精緻な読み込みが中心になっている。しかしながら、『源氏物語』という千年もの命を保っている作品がいかなる長編であるか、という問題意識を持ち続けることは、いささか力んだもの言いになるが、世界の文学のなかで『源氏物語』を考えてゆくために、はなはだ重要なことだと思うのである」という言葉に、まず敬意と共感を表明しておきたい。「個別の出来事や小さな単位の物語という「部分」と、ゆるやかな物語の流れという「全体」」との関わりの不透明さ、それはバヤール＝坂井さんが問題とされていたところでもあるわけだが、高田さんはその不透明さを確かめながら、論を進めてゆかれる。

その高田さんの論旨を要約することは省略して、ここでは総合討論において、河添さんから提起された議論を紹介しておきたい。高田さんが、六条院の四季の町を、あくまでも作中人物たちの心情と結びつけて論じられたのに対し、河添さんは、四季を支配宰領する者としての光源氏の王者性をどう捉えるのか、と質《ただ》された。河添さんはかつてその著書『源氏物語の喩と王権』（有精堂、一九九二年）で、六条院四季の町の主宰者としての光源氏のなかに、帝王としての資質に恵まれながら即位しえなかった彼の、現実の天皇を超える理想的な天皇像が顕現しているのだということを精細に論じられたのであったが、『源氏物語』が皇室や武家の文化的な権威づけに利用されてきた過程を丹念に跡付けた三田村雅子氏の大著『記憶の中の源氏物語』（新潮社、二〇〇八年）で、たとえば後小松天皇との間に擬似親子関係を演出しながら自らの権威を高めようとした足利義満が、その演出に『源氏物語』を最大限に利用していたことが明らかにされたことなどによっても、この河添さんの論の重要性が改めて注目されるのである。しかしながら、河添さんのそのような視点と高田さんの読みとは、けっして両立しないものではないであろう。神話的な構造あるいは王権論的な構造が「人間の物語として展開されるべく心情的な脈絡で支えられてゆく」（高田『源氏物語の文学史』前掲）ありかたに、この物語の長編化のダイナミズムを解析するということが、この論文も含めて、近年の高田さんの仕事に一貫する関心だからである。

再読の問題について

私の「薫と浮舟の物語――イロニーとロマネスク」では、出家直前の半生回顧のなかで、浮舟は薫のことを「はじめより薄きながらも、のどやかにものしたまひし人は、この折かの折など思ひ出づるぞ、こよなかりける」と回想しているけれども、ここで浮舟がなつかしく思い出している「この折かの折」が、少なくとも私たち読者にも追体験し実感できるようなかたちでは、物語には描かれていないということを問題にし、東屋巻末と浮舟巻との間にある三ヵ月以上の空白の間に、そのような折々があったものと私たち読者は想像しなければならないのだと考えてみた。そしてそのことも根拠の一つとして、手習巻以後の浮舟が恋い偲んでいたのは匂宮ではなく薫であるとし、「袖ふれし人こそ見えね」の歌の「袖ふれし人」も薫であると推論したのである。だが、それが「正しい」読みなのであろうか。実は私自身このような推論の仕方に、はたしてこれでいいのだろうかというような、何か釈然としないものをも感じていたのであるが、バヤール＝坂井さんの問題提起はまさにこの点に関わるものなのだと思う。私の提示した読みは「再読」によって再構成された読みであるが、再構成の仕方はこれだけではないだろうし、またそこには再構成の過程で、個々の場面から受ける感動や印象の強弱を再調整し再序列化しているところが当然あるであろう。そのような操作のなかで、無意識にあるいは故意に忘れてしまった細部の感動がなかったかどうか。また故意にあるいは不注意に解釈を歪めてしまったところがなかったかどうか。いったい、この物語の織りなされ方は、『落窪物語』や『クレーヴの奥方』のような中編の物語・小説のそれとはまったく異なるもので、部分と全体との関係には不可避的に不透明なものが孕まれるのだと、私自身かねがね思っていながら、しかし私はその不透明さにじゅうぶんな注意をはらったのかどうか。今後のさらなる課題としたい。

総括の最後に

さて、はじめにものべたように二〇〇八年は源氏千年紀の年でもあったし、また日仏修好一五〇周年の年でもあった。しかしながら、私たちがこの本の書名に二〇〇八年という年と、パリという街の名を刻んでおきたいと思った理由は、実はそれだけではない。バヤール＝坂井さんがシンポジウム開会の辞で、私たちの研究は「現在定着されつつある学術政策――フランス国内のものであるばかりでなく、どうやら日本国内のものでもあるようですし、また多かれ少なかれ世界中どこでも同じ現象が起こっているようですが――、何はともあれ現今の短期的視野に立った学術政策」とは相反して、「長いスパンでの源氏に関する言説と知識の蓄積を目指す」ものだと言明しておられたことに留意していただきたい。いまフランスで、サルコジ大統領のもとで進められている大学改革、すなわち競争原理と独立採算制の導入、定量的な業績評価の徹底、学長権限の強化等々（それはまさに日本の大学を席巻した〝改革〟とも軌を一にするものであるが）の根底にある価値観は、フランスの誇る長い人文学の伝統を破壊するものだという危機感が、大学関係者ばかりでなく一般市民の間にも高まっているようである。私たちのシンポジウムから一年後の二〇〇九年二月、このような大学改革に対する、ストライキを含む抗議行動が、フランス全国の大学で展開されたのであったが、それに呼応するように、『クレーヴの奥方』の青空朗読会がフランス各地の街角で開かれたという。というのも、二〇〇六年二月にもサルコジ氏は、公務員試験に『クレーヴの奥方』が出題されたことを批判していたが、大統領に就任した後の二〇〇八年にも、再び『クレーヴの奥方』に揶揄的に言及していたからである。もちろん、公務員試験に『クレーヴの奥方』のような文学作品を課す必要があるのかというサルコジ氏の批判に共鳴した人々も一方では少なくなかったのではないかということも、当然考慮に入れておかなければならないことであろうが、そのうえでなお、バヤール＝坂井さんの「開会の辞」は私たち共通の思いなのであって、前記のような状況下のパリで開催された源氏シンポジウムであったということを、書名に刻んでおきたいと私たちは願ったのである。

あとがき

寺田　澄江

パリ源氏グループは、INALCO（フランス国立東洋言語文化大学）の日本学研究機関、CEJ（日本研究センター）の長期研究計画の一つとして二〇〇二年に活動を始め、すでに八年になろうとしている。CEJプロジェクトとは言え、パリ・ディドロー（第七）大学の古典研究者も主要メンバーとして参加している混成チームで、『源氏物語』の共同翻訳を目的としてプロジェクトを開始したため、研究活動そのものが始まったのは二〇〇四年だった。以来『源氏物語』そのものにとどまらず、作品を取り巻く歴史的、社会的、芸術的広がりも取り上げるというかたちで毎年研究集会を開催して来たが、源氏プロパーの研究者は一人もいないというフランスの研究環境の中では、このような学際的アプローチは必然的な成り行きであった。今回のシンポジウムはこうした一連の活動の最初の大きな節目を形づくっている。ご参考のため、これまでの研究集会の概略をまとめておこう。

二〇〇四年　一つのエクリチュールの誕生とその変遷（Naissance et évolution d'une écriture）
第一部　『源氏』への道のり（Cheminement vers le *Genji* 蜻蛉日記／落窪物語）
第二部　須磨巻をめぐる様々なアプローチ（Différentes approches du chapitre Suma 叙情の役割／流謫の図像化／語

りの中の助詞「も」／物語二百番歌合／連歌／現代語訳）
発表者　ジャクリーヌ・ピジョー（パリ・ディドロー）ダニエル・ストリューヴ（パリ・ディドロー）高田祐彦（青山学院）エステル・レジェリ＝ボエール（イナルコ）カトリーヌ・ガルニエ（イナルコ）寺田澄江（イナルコ）ミシェル・ヴィエイヤール＝バロン（イナルコ）アンヌ・バヤール＝坂井（イナルコ）
二〇〇五年　源氏物語の時代（L'époque du *Genji monogatari*）
第一部　表象（Image et apparence 衣服）
第二部　社会的空間と宗教的空間（Espace social, espace religieux, 受領／内裏／巡礼と物の怪／若紫巻における仏教／源氏物語の死）
発表者　シャルロッテ・フォン＝ヴェアシュア（EPHE 国立高等研究院）武田佐知子（大阪外国語）フランシーヌ・エライユ（国立高等研究院）マリー・モラン（イナルコ）アルノー・ブロトンス（パリ・ディドロー）ジャン＝ノエル・ロベール（国立高等研究院）フランソワ・マセ（イナルコ）
二〇〇六年　響き合う空間（*Le Roman du Genji* et ses résonances）
第一部　筆の技（Art du pinceau）
第二部　テクストの図像化（Textes mis en image 桃花源記／湖水に浮かぶ源氏絵／絵画とテクストの語り）
第三部　音楽（Musique）
発表者　パスカル・グリオレ（イナルコ）セドリック・ローラン（レンヌ二）エステル・レジェリ＝ボエール（イナルコ）佐野みどり（学習院）フランソワ・ピカール（パリ・ソルボンヌ）
二〇〇七年　源氏物語の文化史—宗教、芸能、美術（*Le Roman du Genji* : sa postérité dans la religion, les spectacles, art）
第一部　風俗と宗教の視点から（La société au prisme du *Roman du Genji* 源氏供養／扇の草子／近世演劇）
第二部　源氏物語絵巻への新視点（Nouveaux regards sur les rouleaux illustrés du *Roman du Genji* バーク・コレク

ション「源氏物語絵巻」賢木巻／喪失の構図）
企画・実行　小嶋菜温子（立教）
発表者　小峯和明（立教）安原真琴（立教）加藤敦子（ソウル女子）稲本万里子（恵泉女学園）エステル・レジェリ＝ボエール（イナルコ）

今回のシンポジウムのテーマが示しているように、パリの源氏研究は、現在エクリチュールに焦点を当てたものへと収束している。このような方向性が本文の精緻な分析を基本とするフランスのエクスプリカシオン・ド・テクストの伝統に支えられているということは否定出来ない。しかしそれ以上に、翻訳という、テクストに向かい合う作業からプロジェクトが始まったということ、しかも書くという行為がその発端から共同のものとして置かれたということが、グループの研究の方向性をおのずから規定するものでもあった。

我々メンバーは月一回集まり、持ち回りの下訳を全員で書き直すという三時間程の共同翻訳作業を続けている。それは、『源氏』というテクストのしたたかさと格闘する時でもあり、言葉、特にフランス語に対する感性の違いがぶつかり合う場でもある。千年前の日本語と、変遷して止まない「現在」を抱え込んだ現代フランス語との間に調和ある関係を一歩、一歩創造していくことは、たやすいことではない。しかも、古典作品の宿命として、このテクストは、写本作業を通じて我々の手に伝わりその過程でのテクストの変質という複雑な揺れを抱え込んだ、いわば歴史的時間を凝縮した存在なのである。つまり、私達の共同作業は紫式部という千年前の作者だけではなく、彼女の作品を運んで来た膨大な時間の流れというものをも相手にしている。その結果、翻訳は遅々として進まず、最も楽観的な予測でも、完訳までに百年は要する計算である。これほど時間をかけてテクストを読むことは、いかに頑張ろうと一人では不可能なことに違いなく、この異常なほどの「遅読」がパリ源氏翻訳の特質と言ってもいいかと思う。このように時間をかけてテクストと向き合っていると、テクストそのものが私達の内部で変貌し、平板に視線が滑って行くように思われた部分ですら立体化し、言葉が陰影を帯びて立ち上がってくるのである。

二〇〇九年二月からフランスの大学で全国的に広がった抗議行動の過程で、このように遙か昔の作品に時間を惜しみなく使うという研究態度について、またその意味について改めて考えることが多かった。政治的な立場を超えて大学人の多くが立ち上がったこの運動は、競争原理の徹底による研究・教育の「活性化」という形で、高等教育の標準化を欧州全域で進めているボローニャプロセスのフランス版に対する異議申し立てであり、市場原理への教育・研究の組み込みを食い止めようとする動きであった。あらゆる研究分野において短期的な成果を重視し、それによって研究の質を評価しようとする政策に対する抵抗のシンボルとなったのが、フランスの心理小説の祖とされる一女性によって一七世紀に書かれた『クレーヴの奥方』だったということも象徴的である。現フランス大統領が選挙運動中に、公務員試験の問題に『クレーヴの奥方』を選んだ者がいるとあざ笑ったというエピソードが改めて取り上げられたのは、文化の意味も歴史の重みも理解しない文教政策を体現するものと多くの目に映ったからだった。こうした短期的視野での効率主義に対して、千年の射程距離で物を考えるという態度を持つということが、それ自体として意味を持つのだと私は考えている。源氏グループというささやかな研究共同体の「遅読」は、千年という時間の彼方から立ち現れて来るテクストが持つ歴史を私達のスケールで生きる実践的な方法であるとも言えよう。

『源氏』を私達が何故研究するかと言えば、千年前のこの作品が投げかける様々な問いが、現在の日本文学を支えている書くことへの欲求、読むことへの欲望と深部において切り結んでいると思われるからであり、日本において千年の間この作品を問い、学び、この世界に熱中した人々とは別の、フランスという歴史的・文化的コンテクストにこの作品を置き直した時に、新たに見えて来るであろう文学空間というものの存在を確信しているからでもある。

最後になってしまったが、今回のシンポジウムに参加を快諾され、忙しい中で執筆して下さった参加者各氏に心よりお礼を申し上げる。また、私達の計画をご理解下さり、ご支援下さった国際交流基金、東芝国際交流財団のご協力なしにはこのシンポジウムを実現することはできなかった。両財団に改めてお礼を申し上げたい。

さらに、本書の刊行に際しては、東京大学文学部・布施学術基金より助成をいただいた。故布施郁三博士とご遺族の方々ならびに同基金運営委員会にも、この場をお借りして篤くお礼申し上げたい。

そして、本書の出版を快く引き受けて下さり、煩雑な編集過程にも労を惜しまず協力して下さった青簡舎の大貫祥子さんにも心よりお礼申し上げる。

編者・執筆者紹介

寺田 澄江（てらだ すみえ）
一九四八年生まれ。INALCO（フランス国立東洋言語文化大学）教授。
〔主要業績〕*Figures poétiques japonaises—La genèse de la poésie en chaîne—*(Collège de France, 2004)、「交錯する雅俗」（『源氏物語と江戸文化』森話社二〇〇八年）、「見立ての古代」（『アジア遊学 フランスにおける日本学の現在』二〇〇七年六月）

高田 祐彦（たかだ ひろひこ）
一九五九年生まれ。青山学院大学教授。
〔主要業績〕『源氏物語の文学史』（東京大学出版会、二〇〇二年）、『源氏物語ゼミナール』（青簡舎、二〇〇八年）、『新版古今和歌集』（角川ソフィア文庫、二〇〇九年）『〈うた〉をよむ 三十一字の詩学』（三省堂、一九九七年、共著）

藤原 克己（ふじわら かつみ）
一九五三年生まれ。東京大学大学院教授。
〔主要業績〕『菅原道真と平安朝漢文学』（東京大学出版会、二〇〇一年）、『菅原道真 詩人の運命』（ウェッジ、二〇〇三年）、『日本の古典—古代編』（放送大学教育振興会、二〇〇五年、共著）

アンヌ・バヤール＝坂井（Anne Bayard-Sakai）
一九五九年生まれ。INALCO（フランス国立東洋言語文化大学）教授、CEJ（日本研究センター）所長。
〔主要業績〕「谷崎潤一郎論、『鍵』の不透明性と叙述装置」（『国文学解釈と教材の研究』一九九八年五月号）、「谷崎小説の書き出し」（『ユリイカ』二〇〇三年五月号）、*Le Japon après la guerre*（共著）、(Editions Picquier, 2007)、谷崎潤一郎、大江健三郎、大岡昇平など、翻訳多数。

ダニエル・ストリューヴ（Daniel Struve）
一九五九年生まれ。パリ・ディドロー（パリ第七）大学准教授。
〔主要業績〕*Ihara Sikaku Un romancier japonais du XVIIe siècle* (Presse Universitaire de France, 2001)、「『好色一代女』の一典拠としての久米の仙人の説話」（『アジア遊学 フランスにおける日本学の現在』二〇〇七年六月）、「『好色一代女』と『徒然草』」（『立正大学国語国文』45号、二〇〇六年）

河添 房江（かわぞえ ふさえ）
一九五三年生まれ。東京学芸大学教授。
〔主要業績〕『性と文化の源氏物語』（筑摩書房、一九九八年）、『源氏物語時空論』（東京大学出版会、二〇〇五年）、

『源氏物語と東アジア世界』（ＮＨＫブックス、二〇〇七年）

佐野　みどり（さの　みどり）
一九五一年生まれ。学習院大学教授。
〔主要業績〕『風流　造形　物語』（スカイドア、一九九七年）、『じっくり見たい源氏物語絵巻』（小学館、二〇〇〇年）

土方　洋一（ひじかた　よういち）
一九五四年生まれ。青山学院大学教授。
〔主要業績〕『源氏物語のテクスト生成論』（笠間書院、二〇〇〇年）、『物語史の解析学』（風間書房、二〇〇四年）、『日記の声域』（右文書院、二〇〇七年）

ジャクリーヌ・ピジョー（Jacqueline Pigeot）
一九三九年生まれ。パリ・ディドロー（パリ第七）大学名誉教授。
〔主要業績〕『物尽し―日本的レトリックの伝統』（平凡社、一九九七年）、*Poétique de l'itinéraire dans le Japon ancien* (Collège de France, 2009, 改訂版)、*Questions de poétique japonaise* (Presse Universitaire de France, 1997)

二〇〇八年パリ・シンポジウム
源氏物語の透明さと不透明さ
——場面・和歌・語り・時間の分析を通して

二〇〇九年九月二五日　初版第一刷発行

編　者　寺田澄江
高田祐彦
藤原克己

装　幀　水橋真奈美
発行者　大貫祥子
発行所　株式会社青簡舎
〒一〇一-〇〇五一
東京都千代田区神田神保町一-二七
電　話　〇三-五二八三-二二六七
振　替　〇〇一七〇-九-四六五四五二
印刷・製本　株式会社太平印刷社

ISBN978-4-903996-18-9　C3093

平安貴族の結婚・愛情・性愛　多妻制社会の男と女　増田繁夫著　二九四〇円

源氏物語と漢詩の世界　『白氏文集』を中心に　日向一雅編　二九四〇円

仲間と読む　源氏物語ゼミナール　高田祐彦　土方洋一著　二一〇〇円

女から詠む歌　源氏物語の贈答歌　高木和子著　一八九〇円

源氏物語と和歌　小嶋菜温子　渡部泰明編　一一五五〇円

青簡舎刊

価格は消費税５％込です